應運而生的副業

凶厲獸、溫迪戈、嬰靈、酒靈……
從「經紀人」開始的驅魔之路

宸彬 著

U0078555

Selling a haunted house

我在美國賣凶宅

sale

房產經紀人 × 保險經紀人，
最意想不到的組合，
成為抓妖除魔完美搭檔！

「你看，今天我們合作，最終不是制服了那隻凶厲獸嘛。」
「你的意思是，以後我們還是可以拿下這樣的房子，
然後我們把它們都『淨化』以後包裝好再出售，合作做房地產是嗎？」

目錄

目錄

第一章　猙獰微笑

接完電話以後，睡意正濃的我一下子整個人清醒了。我甚至能感覺到，自己的臉色十分難看。逐漸暗下去的手機螢幕顯示，眼下是凌晨四點整。

見鬼，以前從來沒有發生過這樣的事情。我一邊快步走到衣帽間換衣服，一邊在心裡嘀咕道。走路的時候竟然有點站不穩，我不知道自己是因為害怕還是別的原因。套衣服袖子的時候，密閉的房間裡卻忽然不知從何處冒出了一小陣陰風，從腋下靈敏地鑽過。我不禁打了一個寒顫。

完了，這一回是真出人命了，而且一上來就是新移民全家五口的性命。我握在方向盤上的手心滲滿了汗。愧疚就像是一把枷鎖似的，把我的身體死死固定在駕駛座上，而恐懼的情緒一點點蔓延上來，就像是要把人溺斃在這個高速奔馳的密閉容器裡。

凌晨四點的街道上非常冷清，交通號誌都換成了紅黃閃爍的警示燈，不用擔心衝紅燈的我幾乎是一路衝行，不久後就來到了案發現場。那是一個街口轉角位的米黃色房子，在蔥鬱的樹蔭下特別納涼。當然那是地產廣告上宣傳照片的模樣，如今是天色最暗的時刻，籠罩在伸手不見五指的黑暗中，我只能從紅藍二色來回掃動的警燈中依稀辨別房子的輪廓，以及前院還沒來得及搬離的地產廣告——印了我聯繫方式的地產廣告。

沒錯，趕往這個滅門慘案現場的我並不是個刑警，而是個地產經紀人。

對了，忘了自我介紹。我叫范吉，在一個小城市長大，後來因為父母婚姻原因去了新加坡男校留學，然後來了美國中西部的亞利桑那州鳳凰城上學生活，到現在已經八個年頭了。一年半前臨近大學畢業，因為幫助母親的一個同學弄投資移民，輾轉進入了房地產行業，現在拿著H1-b工作簽在中西部做房產經紀和價值評估專員。

這時候，房子的正門被一名穿著制服的警官打開了。客廳裡慘白的燈光透出來，警官的面容一邊隱沒在黑暗中，一邊暴露在燈光下，好生詭異。警燈掠過了警官整個面龐，我發現那個左臂帶著紋身的警官正在看著自己。不知怎麼，我感覺自己的身體不由自主地打了一個冷顫。幸好在夜裡，那警官應該沒有看見。

我迎著他的目光走了上去，在走近以後說：「柯林斯警官，聽到這宗慘案，我很抱歉。」

柯林斯輕輕點了點頭，然後像似不情願地在門口慢慢讓出了路。他說：「我很高興你能來，」當然，他的臉上一絲笑容也沒有，「這麼晚叫醒你我們也不好意思，但對於這樣的慘案，破案是分秒必爭。目前，產權還沒完全交接，我們能直接聯繫上的而且也大概知道情況的只有你了。」

我在看到柯林斯警官身後的景象以後，整個人像是觸電一樣渾身劇烈的抖了一下，然後整個人怔怔地呆住了。柯林斯警官說的話，我一句也沒聽進去。只覺得一陣強烈的噁心感從胃部湧上來，腹膈肌抽搐了一下，我連忙用手把嘴巴捂住了。面前的景象，我猜想這一輩子我都忘不了。

只見在屋內那片慘白的燈光下，所有一天前還簇新的家具，都染上了面積不一的斑斑駁駁的血漬而且破碎不堪，而且那絨毛米黃沙發像是被棕熊的利爪撕得體無完膚。被用作電視背景的木質幕牆上被砸出了一個黑漆漆的大洞，而在那個大洞的下方，赫然掛著一隻皮肉已經潰爛得可以見骨的斷手！

在客廳的沙發周圍，原本是松木顏色的地毯如今也染上了近似於烏黑的深紅血跡，在那已然乾涸的血泊中，仰面躺著我的客戶——一個來自東北的新移民鄒先生。逝者的死狀極其悽慘恐怖，我只是看了一眼就趕緊把視線移開，可那畫面依然像印刻在了他的腦海裡一樣。鄒先生兩隻大腿以下的部位全都已經消失不見，大腿的褲管上還有著參差不齊的纖維裂口，很明顯鄒先生是被什麼膂力驚人的東西硬生生從膝蓋出把腿撕開的，從褲管裡透出的髕骨顯然已經因為外力而碎裂。

而在死者的上半身，所謂的衣物已經完全發揮不了遮身的作用了，零零碎碎的布條上，依稀可以看見鄒先生的身上有著數不勝數的深深血洞，有的已經結出了暗紫色的血痂，其中一個血洞，竟然有一根肋骨從裡面穿刺了出來！我第一時間聯想到了野獸的獠牙。那些血洞很可能就是被長長的獠牙刺穿，而形狀像是微微倒勾的尖長獠牙在插進死者胸腔以後，又把裡面斷裂的肋骨帶了出來。鄒先生的雙手一隻在死死攥著地毯，另一隻則是往膝蓋的傷口處探去。他的表情，簡直超出了我一直以來對慘死者的一切想像。他的五官痛苦驚慌得完全扭曲，宛若一個被拳頭摁住用力一旋的麵糰。

我極力地想要掙脫這個畫面，可是大腦皮層的細胞卻完全不聽指揮，不斷勾勒著死者以及現場一切恐怖的細節。我整個頭皮都感覺麻掉了，肺部的空氣被一點點地抽出，重新灌進去的，是焦灼的氣息。我還沒在屋內的其他的房間裡轉轉，就已經覺得再也受不了。於是我扭頭衝出了房子，在夜空中大口大口地呼吸。此刻我當然不會想到，這樣的恐怖的情景，在我往後的生活裡竟然會變成一種常態。而我如今所看到的慘狀，僅僅只是個開端。

在我終於忍住乾嘔以後，柯林斯警官以及另外一個叫雅各的青年同僚立刻讓我開始配合工作。美國警車的前排中間都配置著一臺接連機構資料庫的加密電腦。柯林斯警官在考核了我的身分並讓他遞交出一切買賣雙方和仲介簽署的各式契據進行粗略翻閱以後，讓我驅車跟在警車後面回局裡完善口供。

車子發動駛離之時，我無意間往房子裡又瞟了一眼。房子正門右側的房間裡，原本漆黑一片的窗戶不知道在什麼時候居然亮起了燈，而在那個被拉起的百葉窗後，居然站著一個伸出利爪的魁梧的身影。儘管那個黑影只是模糊一片，可我分明看見了大概在它頭部的位置，露出了一個極其猙獰的微笑。我嚇得倒吸一口涼氣，一腳猛然踩在了煞車上。可就在瞬息之間，那扇窗戶又陷入了一片漆黑，燈彷彿從未亮起。

可能是我眼花吧，剛才那些景象實在太恐怖，搞得我都有點神志不清了。我在心裡自言自語道。他重新啟火車子，往分局的方向駛去。雅各警官的警車還停在房門口，作為警務人員，他大概是在保護案發現場等待其他同僚前來吧。

我和兩位警官都沒有注意到，在案發房子斜對角另一個民居的庭院裡，停著一輛車。特別的不在於這輛車，而是在這輛完全沒有發動的車裡，還蟄伏著一個人。這個人一動不動地坐在駕駛座上，冷眼觀察著一切。

約莫在二十分鐘以後，柯林斯和我都端坐在問訊室裡開始了談話。

「我覺得還是有必要再說一遍，這麼晚把范先生你叫來，我們確實不好意思。不過因為房產產權以及其他一些原因，我們還是得請先生你配合一下。」柯林斯誠懇地說。他的語氣裡自然而然地流露著一些憤然的情緒，不過這不是針對我的，而是針對製造這起慘案的凶手的。

「我能理解。我會盡力配合的，畢竟發生這樣的事情誰也不想。作為一個同樣住在附近的居民來講，儘早破案也是對我們的一顆定心丸。」我說。說這話的時候，我的聲線不自覺地有點發顫。從警多年的柯林斯自然是捕捉到了，不過他沒有放在心上。儘管對於良民來說，警局自是有一種天然的威嚴，更不要說是坐在問訊室裡了。而且剛剛看過那樣恐怖的場景，沒有這樣的情緒反而不正常。殊不知，他只對了大半。我自己清楚，我的心裡有點虛。

大約又過了一個多小時，柯林斯警官在完成必要的手續以後就把我從警局裡放了出來。這所地處亞利桑那州納瓦霍郡的房產，根據州法律和買賣雙方簽下的合約，在買家鄒先生沒有償還80％以上的借貸貸款之前，房產的產權契據是保留在借貸方——也就是我們公司手上的，這就是我會在深夜被叫到現場的原因。

從警局出來的時候，天色已經開始慢慢變亮，黎明即將到來。然而，我此刻的心情並不佳。畢竟，這樣一所好不容易包裝好脫手的房產，在交易還沒完成的時候就發生了這樣一件怵目驚心的事。儘管錢算是賺到了，但是我往後一段時間內的生意和品牌的行銷，肯定會大打折扣。

我坐在車裡，各種片段式的想法湧上了心頭。忽然間，我想起了一件事情。大半個月前的某一天，那時我第二次領著鄒先生、鄒太太前來看房子並進一步商定價格，曾經在那個街區的對門碰見過另一個華人，一個看起來和我年齡相仿的青年男子。在見到對方之時，我和他兩個素未謀面的人的臉上都不自覺地流露出了幾絲詫異。

我感覺驚訝是因為我在為公司擴充房源時，曾到對門去進行過陌生拜訪過。我清楚記得那一家的戶主是兩個脾氣異常火爆的白人老夫妻，我的開場白還沒說完就被老人家掃地出門，而且還被當場要求加進「Do Not Call List」（電話銷售禁令清單）裡。短短兩三週時間裡房子易主的可能性不大，而從那個華人青年的行頭來看，他更像是一個經紀，說不準還是同行。可是AZ（亞利桑那州行政縮寫）州的亞裔人口只有2％，再添上華人和房產經紀這兩個篩選項，圈子可以說是小的不得了，但我對這個人毫無印象。至於對方為什麼同樣面露驚訝之色，我就不得而知了。

想著想著，我竟然神差鬼使地開回到那個發生了慘案的房子前。此時，雅各警官的警車也已經離開了，房子的外圍被拉上了一圈黃黑相間的警戒線。我觀察到房子外面的草地上，很多草都被壓彎了，有些區域還露出了黑色的土壤。這說明，政府各個機構的人在過去一個小時裡在這裡忙翻了天，指紋、照片和實物證據採集，屍體搬運還有現場恢復等工作，猜想都完成了。美國還是挺注重保護民眾生活和心理安全的，在這樣的事件處理上還算是比較有效率，而這樣一來對我倒是有利。對這一點我心中有數，這些事當然越快處理完越好。

就在這個時候，我突然感覺到自己的側面被汽車的遠光燈閃了幾下。我向光源的方向望去。只見一個穿著背心的青年從車裡走了出來。

「是他！」我大出意料，不禁說出聲來。如今我眼前看到的，正是剛剛才想起的那個華人青年。更令我驚訝的是，從這個青年的神情來看，彷彿他已經對這個房子裡發生的慘案瞭如指掌。

兩人原本相距也就十公尺左右的距離，在我把車窗按下來的時候，那名青年已經走近了。「余沛江。」不知是因為緊張還是因為心虛，我一驚，竟然脫口而出直呼對方其名。

對面的青年倒是淡定得多，只見他輕輕嘆了一口氣：「事情還是發生了。之前我勸止過你的。」聽到「勸止」二字，我愣了一下，沒有接話。第一次見面之後的情形，繼續在我的腦海裡浮現了出來。

當天兩人在第一次打照面的時候，並沒有其他的交流。我儘管對青年的身分進行了一些揣測，但一門心思還是放在客戶身上的，畢竟當時最大的任務就是讓鄒先生簽下合約並付錢。而對面那個青年當時也沒和他們打招呼，雙方各自離開了。

當晚，我收到了一條來自陌生號碼的語音留言。留言裡，一把年輕的男聲用不是很標準的普通話說：「你好，我叫余沛江，是一個保險經紀人，今天白天我們見過面的。我在廣告上看到了你的電話，所以就打過來了。今天看到你帶客戶看房子。我也不想多管閒事，不過還是想建議你，那個房子是個凶宅，不宜出售。」除了語音，同樣的號碼還發來了簡訊。中文的，大意是說那處房產被一股凶悍的邪氣所籠罩，又被高齡榕樹樹蔭所遮蔽，陽氣不進陰氣不出，加上房產看起來久未有人氣進駐，陰氣極盛，在處理好這些問題之前，這房子短期內實在不宜出售。

我看完簡訊以後哈哈大笑，心想怎麼這個青年還是這麼迷信愚昧。看完以後我就把手機擱在了一邊，根本沒往心裡去，更不要說回覆了。現在再見到他，記憶力一向不錯的我一下子就想起了他的名字。他的名字特別逗，當時我情不自禁地就讀了出來，還感覺自己就像是在點菜：魚配薑。

儘管幾個小時前自己就在不遠處的這個米黃色房子裡經歷過一些透心寒的恐懼，也在窗外看到過一閃而過的，用科學解釋不了的駭人異象，但我還是沒有接受面前這個名叫余沛江的青年的理論。我說：「所以你還是覺得這房子鬧鬼了是嗎？什麼陰氣陽氣的，那些東西在美國是行不通的。這裡是發生了不幸，就是某個喪心病狂的傢伙所為的，甚至是某種凶猛的野生動物做的，警察會把案件調查清楚。」

我的嘴上是這麼說著，但我心裡清楚，我連自己都未必能完全說服，就連現實的證據也不足以撐起任何一個說法。房子沒有從外向裡強行入侵的痕跡，昨晚案發之時周圍的鄰居居然沒有一家被驚動，即便柯林斯警官向我透露說昨夜鄒夫人在撥號報警時明明是高聲尖叫著說有鬼，鄰居不應該聽不見那種音量的呼救。儘管案發現場看起來的確像是被黑熊之類的猛獸襲擊，可是近兩年該郡都沒有任何相關的案件上報，房子所處的位置是並非靠近森林，野獸不可能沿著大街一路深入專門挑上這一家。

余沛江已經預料到我的反應，他說：「你要是覺得沒什麼，儘管可以隨我進去看看。」

「什麼？你要進去！現在？」我被這個「多管閒事」的同胞驚到了，以至於都忘了擺出「我們公司才是產權所有者，憑什麼讓你進去」的架勢。再說，房子已經短暫性地被警察封鎖了。不過說實話，作為產權所有方的我們，在警察完成取證離開以後是可以進去的。不過要等真正立案以及定責以後，房子才可以重新投入市場。

「不是現在，我們中午進去。」余沛江沉著地講到，好像是經過了一番深思熟慮，「現在正好休息和準備一番，中午的時候陽氣最重。」

我覺得面前這個人和自己完全不在一個頻道上，簡直就是匪夷所思，莫名其妙。不過更莫名其妙地是我竟然有一種衝動跟著這個「魚配薑」再進去那所詭異的房子裡一探究竟。或許，在我的心底裡，也是想證實做完那個鬼影以及百葉窗上猙獰的微笑只是心理作用造成的幻象吧。

兩人分別開著兩輛車去開門開得早的餐廳應付了一下。接著余沛江帶著我去了幾個商店，採購了一些工具。

我原本覺得這個青年無非也就是去華人雜貨店買些紙錢檀香八卦鏡啥的，沒想到余沛江買回來的卻幾乎全不是這一類東西。我看了看，黑色的尼龍編織籃裡裝著：巖壁釘、攀山繩、海鹽香氛蠟燭、農用剪，還有一個直徑將近十寸的大瓷缽。此外，余沛江的車尾箱裡還有一個改裝過的帶插座的蓄電池，以及加長的正負二極電鉗線。我對這對東西的用途只能胡亂猜測，但沒有細問。買完東西以後，余沛江提出再兜去他家一趟。

我發現原來這個神神叨叨的華人保險經紀和我家很近。因為時間已經將近中午，余沛江也沒有客套讓我進去坐一會，只是讓我把車停在庭院裡，等下兩人開一輛車去就夠了。我坐在余沛江的福特探索者裡，才剛掏出手機，余沛江已經打開車門坐進駕駛室裡了。只見余沛江的懷裡，抱著一隻全身都是麻色線斑紋的狸花貓。貓咪似乎很想享受被主人抱著的感覺，懶洋洋四腳朝天地睡著，四隻小肉墊縮起，像個小嬰兒一般。我無意中看到了，這是隻公貓。

「翠花，到後面去，我要開車啦。」余沛江對著貓咪輕輕喚到，貓兒竟然像是能聽懂人話似的，輕輕巧巧一個翻身，三兩下就蹦到後座盤坐下了，果然是個高高在上的主子。不過我是被這個土得掉渣的名字雷到了，更何況這個名字竟然還被用在一隻公貓身上。

不過我的注意力馬上就被吸引到別的地方去了，因為我看見了余沛江右臂上那個既像爪傷疤痕又像灼燒疤痕的五個窟窿。余沛江看到了我的視線落在自己手臂上，並沒有什麼反應，只是淡淡地說道：「我們現在先把眼前的麻煩搞定，之後有機會我再告訴你吧。」

我沒有再追問，心裡卻對他的過去萌生了一種難以形容的好奇心。不知道為什麼，在看見他手臂上的異樣傷疤以後，我竟然開始慢慢相信他之前所說的那些話。當然，什麼都得眼見為實。

我們趕回那所房子的時候，正好是在接近正午的時分。今天烈日當空萬里無雲，乍一看，這個位於街角的房子乾爽納涼而又通風，真不失為一個理想的居所。美國的鄰里想必會開始猜測昨夜房子到底發生了什麼事，至少緊挨的幾家人很可能會見到昨夜的警燈和今晨的忙亂，不過我們到達的時候周圍很平靜，鄰居的庭院的停車位空空如也，大家都為自己的生計忙碌著。這對我們來講也是合適不過。

停好車以後，余沛江盯著兩棵樹看了幾秒，然後問我：「這兩棵樹能不能砍掉？」

「什麼！你不是進去給我驅鬼的嗎，怎麼又砍起我們家樹來了。」我說。

「你要是想改變這房子的風水，也讓我們待會兒進去的時候少受些折磨，這倆榕樹砍了總比沒得砍的好。『榕』樹不容人，這是一個定律。」余沛江說。

我沉吟了一下，然後同意了。本來我也有砍掉靠裡那一棵的意思，因為它的根太靠近房子的地基了，樹齡要再往上漲的話，難保以後不會破壞掉房子的結構。我說：「好吧，那就聽你的，把前院那棵樹砍掉吧，後院那有個小雜物棚，我記得裡面是有個舊電鋸，希望還能用。不過外面那一棵的話我做不了主，人行道外面那一圈草地是業主的 Dedication（公用攤分土地），砍樹的話得向政府申請。」

「那我們動手吧。」

在半小時以後，我們兩個人終於艱難地地把這個有差不多二十年樹齡的榕樹鋸斷了。樹轟然倒下，我和余沛江都擦了下額頭的汗。說實話，把這麼好一棵遮陰的樹砍掉，我也是挺心疼的。不過事不宜遲，我們兩個拿著剛剛準備好的工具，走進了屋內。

余沛江把貓咪從車裡抱出來，在進屋以後放到了地上讓貓咪自己活動。傳說貓和狗這些有靈性的寵物具有陰陽眼，可以感應到人類感應不到的東西，看見人類看不見的邪魅妖異，有的家寵甚至有能力迫使這些東西現形。

接著，我們二人緊鑼密鼓地開始了場地的布置，爭取在屋內的邪魅現身前，就把準備功夫做足。在進門之前，余沛江已經估算過，樹倒以後陰氣外洩，而且正午時分陽氣最為充足，房子裡的「東西」實力會打折扣。

因為我對這些東西一竅不通，當下又不是現教現學的好機會，只好他說什麼我做什麼就是了。他讓我分別在房子東南西北四個正方位上點好蠟燭，並且把除了通向後院那扇玻璃門以外的所有門窗全部關上，並掛上紅繩鈴鐺。接下來，余沛江開始物色一個地方，想把巖壁釘敲進去固定住。我看在眼裡痛在心裡，這下一來，就連地板我都要翻修了，本來白賺鄒先生一家的頭期款又要搭進去了。

這屋子裡的房間分布在客廳的兩側，當時鄒先生一家就是看中了這房子每個房間的私密性才決定買下的。余沛江低聲跟我說：「我們分頭去檢查每一個房間吧。」沒等我回答，他在客廳裡四周打量的幾眼，然後就跟著他的翠花去的方向走了過去。

不知道是因為心理作用還是怎麼，余沛江漸漸走遠以後，我竟然開始有點心慌起來，生怕就在下一秒，這房子裡真有什麼凶猛的怪物突然之間出現在我面前，張開腐臭的血盆大口朝我撲來。不過身為男人大丈夫總不能說出「我不敢」這樣的話，如今只能硬著頭皮上了。在我回過頭來向前走的時候，屋頂的暗處裡好像有一雙巨爪要朝我抓來，我趕緊往前走快了兩步。

我走進了客臥。這臥室是鄒先生他們為兒子準備的。因為他們是剛搬進來的緣故，房間裡的家具陳設非常簡單，也沒有什麼雜物。為了節省空間，他們家也是用的下面是學習桌上面是床的複合式家具。我在房間裡環視了一圈，並沒有發現什麼意向。

我在心裡還暗自慶幸這裡沒有床底，不會有隻枯槁的手一下把我的腳踝抓住。可突然之間，我的餘光裡開始閃出了一些什麼東西，我一驚，全身的雞皮疙瘩一下子起來了。只見房間裡那個螢幕微微泛起了亮光，爾後一些像是訊號干擾一樣的波紋起伏不定地出現在螢幕上，那些波紋扭曲成一團，居然像要變成一張猙獰的鬼臉朝螢幕外的我撲過來。床上凌亂的的被團此時也顫動了起來，伴隨著千萬蟲蟻湧出的那種聲響。

我嚇得奪步衝出了房門。可是當我邁出房門的那一刻，房間裡的一切又重新回覆了死寂。我大著膽子把頭伸進去又瞟了一眼，什麼動靜也沒有。難道剛才是我的心理作用？

我深呼吸一口，然後從側門走進了房子的車庫裡。美國人房子的車庫一般都不用來放車，因為庭院的位置多的是。車庫多數都會變成這家人的大型雜物房以及洗衣房。進門以後，我還沒來得及把車庫裡的布局看清楚，門就在我身後被重重關上，然後鎖住了！進門的左手邊挨著牆，有一臺洗衣機一臺乾衣機，上面是一個放滿了洗衣精以及其他各種瓶瓶罐罐的架子。突然間，架子上那些瓶子全都像長了眼睛一樣朝著我的身上砸來。我一邊用力去擰側門的門把，一邊死命想把門撞開。怎麼別人一腳就可以把門撞開，老子連踹帶撞，這門居然紋絲不動。

余沛江應該在那邊聽到了我弄出的聲響，馬上趕過來這邊救我。門是那一側反鎖的，他一下子就把門打開了。那些瓶瓶罐罐砸了我一身，然後掉在地上，那一桶洗衣精可真是重，幸虧受這一下的是我的肩胛不是我的老腰。

就在這個時候，我和余沛江同時聽到了在客臥裡貓咪翠花充滿敵意的叫聲。「出現了！」余沛江低聲而急促地說，然後揮舞著手裡的錘子和釘子，邁步往貓咪叫聲的方向衝去。

我的反應自然是沒有他快，不過我也是緊跟著他朝著房間衝了過去。直到我真正親眼看到眼前的景象以前，我都希望這一切只是疑神疑鬼，什麼也不會發生。就在我看到房間裡的時候，就像上一次在窗邊看到的那樣，我看到了一個非常壯健的黑影，它在看到余沛江朝他撲過去的時候，發出了一聲凶厲的叫喊，也朝著我們這邊衝了上來。我確信我看到的只是模糊一片的黑影，可是在我的腦海裡，卻清晰印刻著那一個我曾經看到過的，猙獰非常的微笑。

余沛江雖然是背對著我，但我能看出此刻的他非常鎮定，一手舉著錘子一手舉著巖壁釘應了上去，像個雷震子一樣朝著那個魁梧的黑影直鑿下去。只聽得一聲悶響，我估摸著余沛江應該是得手了。可是緊接著，我的耳邊傳來的卻是余沛江痛苦的呻吟聲，「叮噹」一聲，巖壁釘掉在了地上，余沛江也被一股強大的衝力撞得直朝我倒飛而來。

我一下子慌了神，不知道是應該試著接下他，還是趕緊躲開。終究，我還是一咬牙上前接住了他。我總算是幫他緩衝了一點撞擊力，但我們還是雙雙後仰倒在了地上，被他壓在身下的我，簡直成了他的人肉擋箭牌。余沛江身手比我敏捷得多，猜想還是專門練過的。他從我身上迅速滾開，飛快地朝我投來一個感激的眼神，然後爬起來又衝了上去。

此時，那個籠罩在黑影中的龐然大物也朝我們衝了過來。他的喉嚨裡發出一些低沉而且渾濁的叫聲，既不像低吼也不像是哀求，聽起來像是五味雜陳，我感覺全身都爬滿了雞皮疙瘩。不過這並不代表那怪物停止了攻勢，他掄起足有我們大腿粗的手臂，朝著余沛江一拳砸去，也攤開手掌朝我抓來。等他快要抓著我了，我才反應過來。他的手比我想像中大多了，完全可以一下子把我抓起來。我儘管不像余沛江那般矯健，好歹平時也是會去健身房裝裝逼發朋友圈的，也不至於完全束手待斃，我也朝著一旁滾了過去，爬起來拔腿欲跑。

但我終歸是慢了一慢，那怪物雖然沒有抓到我，但也抓住了我的衣服，而他的利爪在我的後腰劃出了火辣辣的幾道。幸好動作快，不然連腎都能被挖出來一邊。

在另一邊，余沛江成功避開了怪物的一拳。砂鍋大的拳頭砸在房子的地板上，一大塊塌了下去，我看在眼裡，痛在心裡，這一次可真是血本無歸了。余沛江往後跳開，在怪物的拳頭砸空以後，馬上雙手掄圓了力氣，一錘子重重砸在了那怪物的手背上。

那傢伙被砸痛了，開始咆哮起來。接下來，我們要面臨更大的危險的。那東西被我惹怒了。只見它的雙眼發出了猩紅色對的凶光，它雙手上的指甲開始變黑變長，不是那種巫婆指甲，而是像鋼鐵一樣堅挺長條。它垂在地上的手，利爪在木地板上拖出的尖銳聲音，竟然真的像是金屬。

余沛江朝我使了個眼色，我明白了他的意思，和他趕緊奪路跑到客廳裡。我們之前準備的工具就放在客廳裡，而且跑到客廳去我們躲閃作戰的空間也更大些。一邊跑，余沛江一邊對我低聲說：「是凶厲獸。」

早在我們進門之前，余沛江就和我講過他的猜測。身材魁梧，手段凶殘而且手掌長有鋼條般的爪甲，除了眼睛和嘴外別無其他五官，但能把表情附在玻璃等板材上顯示，這些都是凶厲獸的特點。從早上我在側門看見的，帶著猙獰微笑的黑影，以及案發現場的慘狀，相當程度上都指向凶厲獸這個目標。

速度奇快的凶厲獸不知何時已經追到了他的身後，一爪子對著余沛江的後心直插過去。我根本來不及去救。

令我寬心的是，小魚兒並沒有低估凶厲獸的力量，他早有準備地回掄一錘，金屬碰撞刺耳的聲音拖了一下，錘子成功把利爪盪開了。不過余沛江這一下原本只是出於防禦恐嚇的虛招，力量並不大，能撞開利爪運氣成分很大。在這之後，他本來往前傾的身體失去平衡，往地上摔去。

我從沒和余沛江合作過，更談不上什麼默契，可是在他失去平衡的時候，他把錘子從地上滑了過來，為我製造了攻擊的機會，也為自己增加了逃生的可能。如果是按照動作片裡劇情的發展，我應該一下子握住搖桿，順勢一錘子砸在怪物的要害上，結束這場戰鬥。然而我和他畢竟沒有這樣配合過，本來應該威風凜凜的一幕變得洋相百出。

為了轉移凶厲獸的注意力，救下余沛江，我飛起一腳側踹在凶厲獸的膝關節上。我感覺自己的腳像踹在了鋼板上，反震非常強烈，而眼前這個怪物紋絲不動。恰恰就在這時，滑過來的錘子撞在了我的腳邊，我重心一失，也狼狽地摔在了地上。不幸中的萬幸是，我沒被錘子的搖桿撬開後庭花。

余沛江的動作還挺快，這時候已經順勢往外一滾，一把抓起了農用剪。他迅速站起來以後，雙手握著農用剪的把手朝著凶厲獸的身體直捅過去。凶厲獸左右開弓，舞起利爪朝著我，也朝著余沛江抓過來。它的注意力都放在奪取農用剪上，因此右手對我的攻擊，我要避開並不困難。我抓起錘子，朝著他攻向余沛江的手猛砸過去。

余沛江這一著完全就是虛招，似乎他等待的，就是凶厲獸自己把利爪送過去。他雙手往下一沉，農用剪在他手上神奇地變換了位置，由下往上張開了剪口，一把卡住凶厲獸鋼條一樣的長指甲後雙臂用力一合，想把凶厲獸的左手指甲剪斷。

可是如此堅硬的指甲哪有那麼容易被剪斷，凶厲獸痛得吼叫了一聲，然後使盡全身力氣把手往後一摔。如果余沛江不放手，肯定連人帶剪被摔到後面的地上去。余沛江及時鬆了手。可是全新的農用剪還是比較鋒利的，儘管沒有把這怪物的指甲完全剪斷，也深深卡了進去，凶厲獸一甩手，竟然沒有甩掉農用剪。幸好以它的智商，不至於聰明到用另一隻手把剪刀取下來為它所用，我們鬆了一口氣。連續甩了幾下，剪刀終於脫手，它又朝著我們憤怒地撲了上來。

剛才我攻過去的那一錘，被它用另一隻爪擋開了，我的手上還被它割傷了深深幾道口子，鮮血在往外湧。這傢伙聞到血的味道以後開始狂躁起來，似乎想要把我生吞了似的，速度變得更加快了。

血流出來的時候我也是很害怕的，這可怖怪物的黑指甲，天知道有沒有毒。而且從傷口的深淺大小來看，一時半會還止不了血。不過保命更重要，這時也管不上什麼傷口不傷口了，把它打倒才是關鍵。幸好沒有傷筋動骨，短時間內對我行動的影響也不大。我揮起手上的錘頭，往上一拉手臂，錘子狠狠砸在了凶厲獸的下顎骨上。我再發力把錘子往下一揮，錘子又轉向砸在了凶厲獸左手的指甲上。

凶厲獸的左爪本來已經被余沛江使農用剪剪開了，此刻被我一錘下去，四隻手指上的黑指甲終於全部斷掉了。凶厲獸痛得大嚎，左臂一縮，側著身子把全身力量聚在了左肩上，朝我猛撞過來。我根本躲閃不及，只感覺胸前的肋骨似乎痛得幾欲爆裂，整個人倒飛出去。我撞在了廳裡沾滿血漬的沙發上，我的腰被沙發的椅背角一撞，痛得我張開嘴巴完全發不出聲，我感覺這世界從此一片灰暗，可能我從此都不能真正做個男人了。自作孽，不可活啊，誰叫我找回來這樣一個鬼房子，還滿心以為可以大賺一筆。

在我剛才攻向凶厲獸的時候，余沛江閃身到了凶厲獸的身後，把被摔到一邊的農用剪撿起來。他衝上去一個貓腰，就要把農用剪插進凶厲獸下體的要害部位。

緊接著，我聽到了一聲慘叫。然而那明顯是余沛江的聲音。我連忙睜開眼睛，只見那把農用剪已經深深扎進了凶厲獸的體內，然而那怪物還是忍著痛，斷了指甲的手死死掐住了余沛江的咽喉，而它另一隻完好的利爪，手指併攏朝著余沛江的小腹像把尖刀一樣要直插進去，眼看著就要把它開膛破肚。

我死命忍著全身骨裂一般的痛楚，使盡吃奶的力氣把錘子朝著凶厲獸擲了過去。不要說我現在只剩三四成力氣，很難對它造成什麼傷害，就是我現在有十足的利器，遠水也救不了近火。不過余沛江這個「保險經紀人」還真不是一般人，在這樣千鈞一髮的關頭他居然還有能力自保。凶厲獸此時的膝蓋是微微彎著的，因為它要從地上把余沛江撈起來。而余沛江就趁著這個機會，雙腳在它大腿上借力一蹬，身體往一側偏過去。凶厲獸著快捷無倫的一擊竟然讓他給躲過去了。

所謂大難不死必有後福。果然，剛才被凶厲獸一擊打暈在牆角的貍花貓翠花，此時也已經醒過來，從房間裡竄出來以後，像一道黑色的閃電一樣，三兩下借力爬到了凶厲獸的肩膀上，朝著它耳朵的部位使勁一咬。貓咪體型小，照理來說不應該對它造成那麼大的傷害。可偏偏它痛得嗷叫著倒在了地上打滾，雙爪胡亂去摳去抓靈活的貓咪。余沛江被扔到了一邊，他頑強地爬起來，咬牙衝過去把農用剪一把抽了出來，一股黑色的黏稠汁液流了出來，味道讓人作嘔。

那怪物對著自己下手也不知輕重，在利爪的胡亂抓撓下，我和余沛江都清晰聽見了它自己撕破皮肉的聲音，那怪物的傷口也都開始見血了。黑色的液體開始從它身體的各處傷口滲出。哇塞，余沛江養的貓咪真有這麼神，只咬一口，就能讓本來只痛不傷的凶厲獸像洩氣皮球一樣？

我們趁著這個機會落井下石……不，乘勝追擊，余沛江撿起了掉落在地上的巖壁釘和錘子，幾下猛力把凶厲獸的右手肘關節狠狠釘在了地上，然後用農用剪把它右手的尖甲也廢掉了。

我按著我們商量好的，把攀山繩的一頭拋給了他，兩個人分別握著兩頭繩子，費了很大力氣，終於把凶厲獸捆紮得嚴嚴實實。

渾身疼痛的我終於鬆了一口氣。我指著那怪物問余沛江：「你打算怎麼消滅這東西？」

余沛江喘著粗氣，朝我一笑。他說：「我們電死牠。」我這才想起，我們剛剛特地準備一個蓄電池和黑紅兩極電纜呢。儘管我過去也算是半個黑心商人，但至少我不做殘害生命的事。我連一隻松鼠都沒殺死過，現在要我去行電刑，有點……太興奮了，這該死的東西一連殺我好幾個同胞，還把我的房源搞成這個鬼樣，老子要你永不超生！

我幫余沛江接通電源，余沛江拿著兩極的電鉗，夾在了凶厲獸兩個肩膀上。電源旋鈕一開，我看著萎靡下去的凶厲獸的身影開始劇烈地顫抖，眼裡的紅光卻更盛了，它胡亂掙扎叫喊著，每一個野蠻的獸吼中都夾帶著要把我們煎皮拆骨的仇恨。我一度非常害怕它會掙脫那些攀山繩，畢竟商標上都註明著那是 Made In China。幸好，這攀山繩總算是為國爭光了，無論凶厲獸怎麼掙扎，它都盡忠職守地把它牢牢困在原地，即使最後被電焦了也是如此。

在這期間裡，余沛江自然也是沒有閒著。他從包裡掏出一塊油蠟，放進大陶盆裡點著了，然後唸唸有詞地把客廳裡幾個野生動物狩獵標本都塞了進去。奇怪的事情發生了，原本只是一撮小火苗，居然嗶嗶啵啵一下子把幾個大塊頭全都點燃了。那些標本裡，有鹿，有小象，也有母獅和黑熊，看來，鄒先生一家（或者上一任戶主）是個打獵愛好者。

標本燃燒的時候我清晰地看到了那些動物都閉上了眼瞼，神情變得安詳。火焰裡瀰漫著屍體腥臭的味道，葉綠色一樣的火光在不到一分鐘的時間裡已經燃燒殆盡，那些標本卻連灰燼都沒有留下。陶盆裡，多了一股泛著油光的液體，火苗在上面輕輕蹦動著。

余沛江滿意地點點頭，然後小心翼翼地捧起陶盆，走到了看起來已經氣絕的凶厲獸面前，把陶盆裡的液體連帶著火苗倒進了留在地上的黑色汁液中。盆中的液體傾瀉而下時，我看到了像是雞尾酒表演一樣的藍色火焰瀑布，緊接著，在不到一秒的時候，那些黑色的黏稠液體連帶著凶厲獸的整個身體一下子全部點著了，而且又在十秒鐘以內迅速地熄滅。地上只留下了一灘灰黑，除此之外什麼痕跡也沒有。

就這樣完結了，我們終於鬥法勝利，降服了一隻凶悍的魔獸了。若非整個身體處於一種隨時散架的狀態，以及周身的疼痛告訴我們這是真實的，我肯定會覺得這就是一場夢，一場噩夢。

第二章　按摩院難兄難弟

我看了看窗外，天色竟然已經開始變暗了。不可能吧！我心裡想，剛才那個過程絕對不會很久。我看向余沛江，他知道了我的疑惑，讓我先到房子四周把蠟燭收回來，把那些工具全部收走再說。

終於大致完成了清潔工作，余沛江回頭朝我一笑，叫我把正門打開。我照做了，在我面前的，竟然真的是已經開始天黑的世界。我的手錶只是過了約莫四五十分鐘的樣子，可是我在上車找出手機來看的時候，天吶已經快下午七點半了。

我一臉狐疑地看著余沛江，他聳聳肩，然後輕輕笑著開始跟我解釋。我們剛才放在房子四方位的蠟燭是經過他「特殊處理」的，在陣法觸動以後行程了一個磁場的扭曲，減緩了屋內一切事物的運動速度和時間，因為我們同在裡面的空間，所以相對是不會變的，但如果外界能看到裡面發生的情況，可能我們好幾分鐘才往前邁了一隻腳而已。這樣做的目的，是拖慢我們在裡面製造的動靜和發出的聲音。要是以正常的速度發生剛才的一出，鄰居不報警才怪。

我恍然大悟，原來是這樣的情況。像剛才一錘子砸到地上的聲響，如果減慢成五到十分鐘發出，聲音瞬間就會被建築和植被之類的吸收，在外界看來就是一片平靜了。直到現在，我才打心底對余沛江慢慢產生了一些欽佩之情。

等紅綠燈的時候，他看著我問：「現在，我想我手臂上的傷痕，不用過多解釋了吧？」

我也不是那種八卦婆媽的人，也哈哈一笑：「我想我現在懂了。希望我不會再中這樣的大獎了吧。」我一笑，發現自己全身都被牽動著一下下地痛，真是要命。

回到余沛江的家中以後，他給我拿出了一些治外傷的藥品，也拿了類似泰諾一樣的止痛藥給我：「根據我的經驗來看，你應該是沒什麼大礙的，好好休息一兩週猜想又會生龍活虎了。如果你覺得不放心的，去醫院拍拍電影也行。」

被他這麼一說，我好強的性格就上來了。我說：「沒事！就這些小傷我能有什麼事！」本來我想拍拍自己的胸脯逞逞強的，手到胸前還是收住了力輕輕拍了下去。

看到我這樣，余沛江又笑了，用拳頭打了一下我的手臂，說：「走，出去喝點酒幫傷口消消毒吧。我請。」

「哎呦。」他這一下四兩撥千斤，痛死我了。好，既然你說要請客，我范吉今晚就要喝到你變窮光蛋。

美式的運動酒吧和汽車旅館在州級公路上比比皆是，主題形式多樣，參差不齊，但運作模式大抵都差不多。我們的車就停在了一家叫 Upper Deck（我們當地華人都稱它作「烏龜家」），東西味道還可以，就是服務和上菜速度和烏龜有得一比。

餐廳一半是空調十足的室內吧檯和餐桌，另一半是軸對稱一樣的擺設，搭建在一個草廬裡，中間用落地玻璃隔開。亞利桑那州地處綠洲和沙漠相間的地帶裡，晚間的沙漠風帶著絲絲涼意，坐在外面吃飯聊天也是挺舒服的。

亞利桑那緊靠著墨西哥，墨西哥人口自然也有一定比例，這裡對的墨餐以及很多其他的南美餐已經可以算是很道地正宗了。我點了一個墨西哥有名的 Steak Fajitas（類似於牛排鐵板燒的東西，有辣椒和洋蔥，另外配各種醬汁和生菜絲，自己操作夾著餅吃），余沛江要了一個起司酥皮洋蔥濃湯和凱撒沙拉，還有一小盤炸生蠔。吃完飯以後，我們要來了兩紮啤酒，賓夕法尼亞產的 Yuengling（雲嶺）和喬治亞產的 SweetWater（思維沃特）。

因為今天實在狼狽，我們三兩下手腳就把桌面上的食物一掃而空，兩手啤酒也都已經大半進肚。明明理智還在，可是在幾兩酒下肚以後，說話的聲音大了，敢說的話也多了。

余沛江問起我做房地產的經歷。我啜吸了一口桌面上的水煙，然後說：「之前賺了一些自以為沒什麼的『黑心錢』，怎麼說呢。我坐了房地產幾年，主要客戶都是亞裔移民，無論是從亞歐非還是從中南美洲來的，在做生意上都會傾向於找回自己的族裔，尤其是華人。我有在本州給他們找房子，也有在鄰近的外州給他們找房子，無論是 Town House（聯排）、Single Family Home（帶庭院獨棟）、Condo（獨立產權公寓大樓）還是 Apartment（小區公寓）都有。

「因為中西部和中南部的房價都不高，我為了多賺一點提成，有專門留意一些空置已久，或者因為一些不是很好的原因而低價拋售的房子，比如裡面死過人，或者有動物離奇死亡，有人在房子裡失蹤等等的房子。當然，也不是我找的每一個房子都這麼恐怖，也有很多是因為違規僭建或者過於擾民，導致被社群通知警察強制遷出的。說實話之前我不知道那些髒東西真的存在，我以前也不迷信那些東西，就包裝一下以市價賣給買家，既賺差價也賺提成。」

余沛江說：「其實這樣的房子，確實不宜出售，凶厲獸這種只是其中一種情形，還有很多的情況，都更為恐怖凶險。你以前不知道，這也不怪你，你也幸運以前沒有出過這樣的差錯。不過以後還是正正經經做生意吧，這樣的錢賺了也花不安心，而且分分鐘害了其他人。」

我本來認真聽著余沛江說的話，想起以前賣出去的房子，也是有點後怕。忽然間，我靈機一動，一拍大腿，說：「可是現在不一樣了啊！我們可以搭檔了呀！」有點喝高的我一下子沒有注意說話的音量，鄰桌的客人都被嚇到了，都轉過頭來看我。

「這……這又是什麼意思？」他有點雲裡霧裡，顯然沒有跟上我的思維。啊哈，看來還是我的智商要高一籌。

「你看，今天我們倆合作，最終不是制服了那隻凶厲獸嘛。既然現在行，以後也一樣可以。我是說，如果我們合作的話……」

「你的意思是，以後我們還是可以拿下這樣的房子，然後我們把它們都『淨化』以後包裝好再出售，合作做房地產是嗎？」

「對。而且，畢竟買房子不是買菜，我們光靠買賣房子也未必會很忙，再加上在整個房地產市場裡找這樣的房子也不是很簡單的市場。只要我們這種模式的成效可以讓人看到，我們很快就會接到各式各樣的生意單，我們甚至慢慢地連房子的生意都可以擱下，專門去幫一些有需要有困擾的房產經紀人或者住戶解決麻煩，收取他們的『勞務費』！」我越講發現自己越發的眉飛色舞，感覺鋪天蓋地綠油油的美元鈔票就在眼前了。

「你這樣想並非沒有道理，也未必不可行。」余沛江沉吟道。

「對嘛對嘛！」難得他表現出了一點興趣，而且大家現在又是藉著酒意，我講得更加起勁了，「美國的房屋改造率和拆遷率因為產權和土地使用權原因都很低，這樣下去那些『不乾淨』的房子會越來越多，退一萬步來講，我們除了賺錢，也是在幫助改善整個市場，幫助別的家庭啊！現在大家都絞盡腦汁想另闢蹊徑創業，吶，這就是我們創業的一種。」

「哈哈，我還真被你說動了。行，那我們就先試試吧！」余沛江被我滿臉通紅還一本正經開了個小型宣講會的行為逗樂了。他接著說：「那你說吧，接下來怎麼辦！」

「好！有你同意就可以拍板了！」我也笑了起來，「你可要知道，在美國的合約法裡，即使口頭協定也是有效，也是受法律保護的哦！接下來的一步，那就約定在回去休息一週後，前去慶祝慶祝這段合作關係的成立吧！」

一週以內，我一邊和余沛江保持著聯繫，一邊整理好手頭上在跟進的房源，以及還沒完結的合約，心裡都在盤算著這事情。幸好余沛江這傢伙也沒有推脫是喝了酒說的胡話，這兩天還給我整理了一些他之前處理過的案件和遇到過的怪物，以及一些他從父親那裡或者書上學到的心得體會。我也樂得研讀，畢竟知己知彼以後，再幹這樣的事情就能效率高一些，傷也少受一點了。余沛江這傢伙居然還是個健身狂人，在他發的狀態裡，和一屋子的筋肉黑哥哥一起舉啞鈴做拉伸，場景氛迷之詭異。

我去家庭醫生那裡用雙氧水處理好傷口，也用無需拆卸的水溶纖維線縫好以後，每天上噴霧膠布，一個禮拜下來也好了大半了。身體的其他部位還有點痠痛，不過總算應了那句「年輕就是萬能的本錢」，身體沒啥大礙，我還能邁著傷腿小跑一段。

終於，我感覺傷口好得差不多以後，給余沛江打過去說：「我說了請你去慶祝慶祝的。我們找人按摩去！」

余沛江在電話那頭笑了：「啊，這就是你所說的慶祝方式啊？嗯，看起來是個會享受生活的老手。」

「哈哈，我也是給自己找個藉口。我上一次也是一年多前對的事了，之前那個叫Mimi的技師手法還是很到位的。你可別誤會我啊，我還是很正經的一個人。」

「行了，你這種就等於是說『我抽菸我紋身我喝酒我泡吧，但我是個好女孩。』一樣好吧？說吧，幾點在哪等。」

「現在就去，二十分鐘後到！」我說著，然後趕緊換上衣服出門。

那家就在西北82大道邊上的按摩店叫Best Asian Massage（最棒的亞洲人按摩），如果單從昏暗嫵媚的紫碳粉紅色相間的燈光來看，認知馬上就會告訴我們這不是什麼好東西。之前我也是這麼以為的，可是上次我介紹一個熱情高漲的美籍印度友人去試了以後，他興味索然地告訴我沒意思，那裡簡直比古巴的海還要乾淨。後來他還給我追加了後續，埋怨說自從去那裡做了個全身按摩以後，那玩意兒不舉了近大半個月。

我心裡罵道，該死的阿三，自己不行了還怪別人，真是拉不出屎就怪地板太硬。後來我抱著格物致知的態度自己也去試了一次，沒有阿三形容的那般差，不過也沒有好到哪裡去。就是老美的手法和國內的差別太大，總覺得彆扭。

想著想著，車已經駛進按摩院所在街的停車場裡了。沒想到這個魚配薑已經先到了。嗯，看來很迫不及待嘛。不過他的表情神色並沒有很興奮，反而有種說不出的淡淡的負面情緒，既像是狐疑，又像是敵意，但又似乎都不是。我把車停在他旁邊。我沒有調侃他，只是平常地問：「怎麼了？」

「范吉，你說你之前來過這裡是嗎？」余沛江問，不過他的眼睛沒有看我，而是看著那個全紅色的霓虹照片。

「是啊，不過那都是一年多前的事情了，我發誓。怎麼啦，該不會是這裡也鬧鬼了吧？」因為之前跟他一接觸就是神魔鬼怪之類的，我很自然就想到這上面去了。看來，我的世界正在變得不正常，而且我有預感，這是一種不歸路。

余沛江輕輕點了點頭，又搖了搖頭。她說：「這裡的陰氣比青樓，甚至太平間都還要重，很不尋常。我懷疑這裡的確有些什麼不好的東西。」

「哎呀，你是不是太疑神疑鬼了點。女人多的地方陰氣肯定重。你看後面一大片烏雲遮住了天空，可能快要下雨了，陰氣不重才怪咧。行了行了，我相信你是第一次來了，不要像個娘們一樣扭扭捏捏。」嗯，這貨應該就是屬羊的。

「你要真指望和我一起靠賣凶宅這行業掘金，你就應該相信我。要知道，我爸以前是在北角專門學過這些的，我也有過一個親身經歷的。」說話的時候，他下意識地把他的右邊臂膀向我這邊努了努。

「好了好了，我相信你了。那你說，我們現在應該怎麼辦吧。」我自己心裡清楚，我妥協不是因為他手臂上的疤，而是我忽然想起了之前阿三朋友給我抱怨過的那番話。當然，這我可不會對魚配薑說。

「陰氣這麼重的妖物我之前還真沒有遇到過，也沒在我爹或者書本上接觸過。反正我們多少有點傍身的東西，也做好防範的心理準備就好了。進去吧。」說著，他打開車門將一把蝴蝶刀塞在了自己褲腿縫製的暗格裡。他另外遞給我一個鋸齒彈簧刀，跟我講了一句十分像街頭假和尚說的話：「拿著，這個開過光的。」我差點暈厥在地上。我的衣服沒有改制過，於是隻能用內褲的皮筋夾著，希望不要無意中按開了彈簧，誤把自己祠堂拆掉就萬事大吉了。

我們推開磨砂毛玻璃門進去了。進門以後，我們被困在了一個小框裡。在我們面前，左側有一個旋轉的透明玻璃稜柱折射著底座發出來的嫵媚妖異的光，右側是個被墊高的小冰箱，裡面放著礦泉水和罐裝可樂。

就在這個時候，突然間我微微感覺到了頭頂有些異動。我不動聲色地學著華妃娘娘翻白眼，往上看去，竟然讓我看見了在牆壁上暗處的角落裡，有一縷縷像是黑煙一樣的物質在輕輕飄動瀰漫著，而在那團黑煙的中心，竟然匯聚出了一個面孔和五官！我只是匆匆一瞥，第一感覺判斷那是一張漂亮女性的臉孔，但是因為是煙霧聚成的，而且一片烏黑，感覺非常陰森恐怖。我感覺到余沛江扯了一下我的衣袖。我也順勢輕輕晃了晃手臂，示意他我也看到了。

在我們的左邊，是一個像櫃檯的一樣的小窗戶，窗戶旁邊是扇門，能看出來已經電子感應上鎖了。我和余沛江在扯衣袖的時候，猛然間小視窗的門被一下打開了，一個長髮披散的女人頭鑽了出來，在妖異的燈光下，那張臉的下方昏闇然而雙目和額頭都反射著紫紅色的光，嚇得我差點叫出聲來。那個女人瞅到是兩個華人，把頭又縮了回去，用聽不出是哪裡口音的普通話問我們做半身還是做全身，做沐足還是拔罐。原來是個正常人，而且還是個美人胚子，真是的，小心提防結果反而被正常的東西嚇到了。我藉著看向身旁余沛江的視線，用餘光再掃了掃頭頂，那個黑煙面孔已經散去不見了。

不管怎樣，現在我是已經完全相信了余沛江所說的話了。就在我心裡胡亂想著等下會遭遇上什麼樣的魑魅魍魎時，余沛江已經若無其事地把身子靠在窗戶上，打情罵俏地問：「哇，你這裡還有拔罐啊？正不正宗的呀，不要等下亂來，會搞出人命的。」我認識他雖然不久，但百分之八十時間都是拽酷的撲克臉，從沒見過他像這樣輕佻。我可真要給他頒個影帝。

那女孩發出了銀鈴般的笑聲，嘻嘻地嗔罵道：「兩位公子要是小費給得好，說不定等下還真的可以搞出人命呢，哈哈。」這一句，資歷再淺的小牛犢也能聽懂是什麼意思。看來之前阿三是不得其門而入——不會說中文啊。

「那，你們現在有空房嗎？」我說。

「有啊，剛好是兩個。哦你看我，光顧著看你們兩個帥哥，都忘了開門了。」說著，她就在桌面按了一下按鈕，門開了。後來我和余沛江都揣摩了一下，覺得這兩道門肯定就是拖延警察，讓裡面的人可以做好準備的。

余沛江也知道接下來的服務是分房間的，他低聲和我說了一句：「小心點，等下我們隨機應變。」然後就迎上去，跟著櫃檯接待的小姐進去了。這傢伙平時一副不苟言笑的樣子，現在居然十足一個浪蕩子一樣，嘻哈調笑地和剛剛走出來的技師打招呼，然後一同進了房間。真是個影帝，我心裡嘀咕道。

櫃檯從房間回來以後，把我領進了和余沛江對面的房間裡。嘿，我得到的伺候比余沛江還要好，輕咬下唇的技師已經露著粉紅色的長腿坐在按摩床上等著我的，那雙大眼睛可是比得上二十年前的小燕子呀！至於說腿為什麼是粉紅色呢，那是因為房間裡只有一盞粉紅色的暗燈。她的身材勻稱得完全不像是個按摩技師，至於像什麼了，我就不說了，我怕再想下去管不住自己。

技師和我打了招呼然後轉身走到後面的桌子上整理工具，讓我把衣服脫了。美國的亞裔按摩店，至少是我去過的都是這樣，客人脫光瞭然後趴在按摩床上，至於需不需要翻面，那就看去的店以及給出小費的數額而定了。

本來這是個享受的過程，沒想到進來卻變了做任務。我不知道我們接下來會遇到什麼樣的怪物，我甚至不知道我身後的這個技師會不會就是怪物。自從我被余沛江打了預防針，又在進門時看到那詭異的黑煙，我就知道這場按摩不會讓我放鬆，反而讓我更緊張。

我脫下衣服時，快速把彈簧刀揣進了褲子的後口袋，把褲子搭在了床邊放雜物的椅子上，盡可能方便我等下隨時拿起。然後我就這樣赤條條地走到按摩床上去，心裡祈禱著上面鋪的毛巾是消毒過的。

我往技師的纖細苗條的背影看了過去，只見她如瀑般的黑色長髮中，那絲絲縷縷的黑煙似乎又冒了起來，那個美麗而帶著陰森邪惡的面孔再次浮現了出來。我的心臟猛然一收縮。這不會是前後有兩張面孔的怪物吧，前面一張人臉，後面一張鬼臉。

但我現在都到這裡上了，只好躺下來見機行事了。在我趴下來的那一刻，我忽然想到了一個足以讓我全身起雞皮疙瘩的可能性：要是這裡不止一隻怪物，而是一窩怪物，我們兩個裸男到時應該怎麼應付。要是她們還會催眠之類的邪術，我們更是赤裸裸的刀俎下的魚肉了。余沛江啊余沛江，你在關鍵時刻可千萬不要掉鏈子啊。

房間裡的空調開得挺足的，光脫脫的我趴在床上感覺到自己身體微微在發抖。我並不知道那是害怕得發抖，還是真的因為冷。當技師塗滿按摩油的手貼到我背上的時候，我感覺自己身在北極。在她推走按捏的時候，我的身體還是禁不住微微顫抖。

技師笑了笑，沒有說話。她的手在我背上臀上跳著按著，忽然間就彎腰湊到了我耳邊，吐氣如蘭地說道：「放輕鬆，別緊張。這樣子力度夠嗎？」這突如其來的一句真是讓我驚到了。按摩床的枕頭是有洞讓人呼吸的，我的視線順著往她站著的方向看去。我看到一雙纖細的玉腿在輕輕晃動。幸好，她還是有腿的。

此刻其實是什麼異樣也沒有的，我也不是第一次來按摩（儘管前面幾次都不需要一絲不掛，好歹可以穿個褲衩），但因為剛才看到的東西以及余沛江的疑慮，導致此刻我的心理壓力很大。我知道，這樣的平靜的很快就會被打破。等待可以是件很恐怖的事情，尤其在你有預期會發生些什麼不好的事，但你不知道什麼時候它就會來臨。

時間一分一秒地過去。這個叫琳娜的浙江妹子和我有一搭沒一搭當地聊著，相互試探著。這本來應該是一場氣氛比較輕鬆的談話，妹子試探性地想套出你是不是老嫖蟲是不是放蛇的警察，而你在過招之中反過來套取對方的訊息，贏得對方的歡心。因為心理防備的原因，我想像她看著我後背時瀰漫著黑氣的臉上露出妖異的微笑，摸在我背上的手隨時會伸出腐爛的尖甲，像把手術刀一樣把我的皮肉劃開。

琳娜還沒問我要不要轉過身來，事情就發生了。在房門一側的薄牆體處突然傳來了一聲悶響，緊接著遠處又傳來了一聲，這一邊的牆上再來了一下。無論受下這三下撞擊的是余沛江還是那隻怪物，我都能深深感受到，這一行不好混啊。

既然小魚兒逼得這怪物現形了，我躲在這裡既不仗義，也不安全了。因為說不好這裡真的一窩兒都是怪物。我連忙跳下床去抓起內褲面對著琳娜，顧不得迴避了，快速穿起。

琳娜不自覺地往後退了一步，勉強擠出笑容說：「你不要那麼緊張，我們也沒幹什麼，即使是警察也沒事的。可能是哪個喝醉的客人……啊！」緊接著她開始尖叫起來。因為我穿上內褲以後，第一時間掏出了魚配薑給我的彈簧刀。

原本我還以為她是被我的刀嚇到。可是很快我就意識到並不是。她的尖叫已經是在回擊了。因為空間密閉昏暗，我慢慢才看清整個房間裡空氣竟然出現了一陣陣漣漪！此時她的面孔開始扭曲，在粉色的燈光下我分明看見她眼睛的瞳孔開始收縮成一條線，就像是毒蛇的眼睛的一般，而且隱隱發出駭人的青光，在這樣的光線下分外顯眼。

我雙手捂著耳朵，痛不欲生，有一瞬我簡直像生生把自己的耳朵撕下來。我還看到她的嘴裡，剛剛正常的牙齒外，此刻居然叢叢長滿了密密麻麻尖細而長的鏽牙，有著斑駁的黑漬。空氣裡也開始飄出惡臭。

雙手根本擋不住那股刺耳的魔音，我感覺自己的神經開始被侵入，意識開始變得模糊。求生的本能支撐只穿著內褲的我地跌撞撞倒後往門外走去。單對單拿著幾公分彈簧刀的我，無論這刀有沒有被開光我也打不過這樣一隻女妖精的。要是我和魚配薑一起，至少他還能告訴我怎麼做，我們互相照應，取勝的可能性還更大。

那女怪物怎麼可能會讓我這麼輕易逃出去。她那苗條緊緻還穿著黑色高跟鞋的雙腿居然一下子就越過按摩床跳了過來，頭髮在空中飄散著飛起，像隻張牙舞爪的傘蜥蜴，而那一根根原本柔順細軟的青絲，此刻卻像變成了一條條小毒蛇一般。配合著她那雙如蛇蜥一般的眼睛，我的心裡升起了一股寒意。我知道直視蛇的眼睛肯定不會有好事，我趕緊把視線挪開。此時，牆上再次響起了一聲悶響，魚配薑這傢伙可是要拆房子呢？

幸好蛇眼女飛撲而來的時候停止了叫喊，我的行動一下子順暢，馬上俐落地擰開門把衝了出去，然後飛快地把門扣上了。

果然，余沛江此時和女妖們戰在了一處。幸好，我猜的並不全對，這裡面並不全是怪物。此刻在燈光同樣昏暗的走廊裡，余沛江正在相當神勇地舞著蝴蝶刀一個戰兩個。那兩個的其中一個是剛剛領位的櫃檯小姐，另一個的本錢和事業線都是非常一流的，沒錯就是余沛江的「技師」了。

在走廊深處的角落裡，還有兩三個妹子抱在一團蜷縮在角落裡低聲哭泣，但是不敢高聲尖叫。她們要麼是受制於三隻妖怪的人類，要麼就是先前懵然不知身邊的同事竟然是如此恐怖的妖怪。不難看出那三個受驚的女孩相對於這三劑美麗的毒藥，完全只能算是庸脂俗粉。所以說有事情過於美好理想，反而要警惕。

余沛江那邊的戰局暫時還算平手，他被妖怪避得東躲西閃，身上套好的T恤被撕開了好幾片，不過他手上的蝴蝶刀也總算讓妖怪們掛了彩，其中那個櫃檯小妹還被削去了一大片頭髮，差點剃成了個陰陽頭。不過我只穿著內褲衩子，他也頂多比我多了破破爛爛的半件露點上衣，我們如此狼狽，為事業的犧牲還是挺大的。

往余沛江那邊的戰局瞥了幾眼以後，回過頭來的我發現我死死拉住的門上，不知什麼時候已經開始被一種像毒液一樣的東西開始腐蝕，現在門板上已經出現一個不規則並且還在不斷擴大的洞了。洞的四周「滋滋」地冒著泡，我知道即使我拉著門板也阻止不了她出來，於是趕緊鬆開了口。那些毒液之類的東西要是滴在手上，一秒見骨都不奇怪。這次可真是攤上大事了。

蛇眼女用手抓在了那個不斷擴大的洞邊上，往後用力一扯，一大塊木板被她生生扯開，她柔弱無骨的手什麼事也沒有。

儘管她們手上沒有尖甲，但是她手上剛剛接觸到腐蝕毒液的皮膚，還是泛起了青光，一些像是蛇鱗一樣東西開始長出來並且蔓延成了一小片。我快速掃了一眼魚配薑那邊，果然，那些蛇眼女的傷口上也開始各自泛出了顏色不一的蛇鱗。

眼下我也顧不得這些蛇眼女妖精全都會聽中文了，扯開嗓子就問余沛江：「你有方法怎麼對付這些怪物了嗎？」

余沛江沒有回答，不知道他是不想這些蛇眼女聽到，還是他根本不知道答案。就在這時候，我的對手開始出新招了。只見她撕開木板從房間裡衝出來以後，瞬間就貼近了我面前，然後雙手抓著我的前臂猛一用力，就把我摁倒在了地上，她靈巧地用腳勾在我內褲的橡筋邊上，一把往下拽扯，居然還得手了。接下來的一幕，既噁心也讓我毛骨悚然。只見她帶著惡臭尖牙的嘴巴張開著移到了某個部位的上方，從她喉嚨的深處居然伸出來了一條溼漉漉，滿沾著黏液的管子，管口前端有個像吸盤一樣的東西。難道……？我的胃液一下子被抽到了喉嚨上來，我必須忍住，要是忍不住仰躺著吐得自己滿臉都是，我真是不要做人了。

我絕對不能讓這怪物得逞！我閉眼咬牙，一口把酸酸的胃液嚥了回去，然後使盡吃奶的力氣兒，把握在手上的刀猛一下朝著那個噁心的管子割去。因為力度全部集中在一處，一下子爆發，蛇眼女沒有摁得住我，我的刀尖順利一下子把她那噁心的像食道外伸的器官割掉了。只見她痛苦地嗷叫一聲，雙手抽回捂著喉嚨倒在地上不斷抽搐，喉嚨冒出了大量細小的深色泡沫。被我隔斷的部位，此刻像被一根被快速燃燒的檀香一樣一截截短下去，再接著就連她的嘴以及臉都開始像燒焦一樣，完全像一張被火苗燒開的紙一樣。

我在她的大腿上也輕輕用刀劃了一下，果然，同樣的效果出現了！這把所謂開光的刀真的有用了！

蛇眼女如今已經完全沒有攻擊力，而且眼看著也是死翹翹了，我趕緊衝上去幫余沛江解決剩下的禍害。另外兩個蛇眼女看到同伴如此慘狀，也開始害怕了。她們就這樣亂了一下，本來已經遊刃有餘在她們身上製造傷口的余沛江更加得勢了。硬是在另一邊用刀把蛇眼女的退路封住。他那把刀並沒有這般神奇的特效，蛇眼女當然是死命往他那邊衝。我猜想店的後面也是有以防萬一逃生用的後門的。她們這一來，對我門戶大開，我的手兩下起落，就分別在她們後背扎了兩個大洞，她們的後背也出現同樣的像燒焦潰爛的效果，三隻害人精如今在地上痛苦萬分，像被翻了肚的蟑螂四肢亂舞，那根噁心的管子伸出來胡亂晃，身體最後慢慢「燃燒」成了一堆灰燼，在地毯上印一灘黑。

事情居然就這樣讓我這個新手擺平了！而且關鍵是，除了剛才聽覺上以及精神上受到的折磨，我居然沒有新生的皮肉傷，這完全就是一大成就啊！

那些蜷縮在角落的女孩看得愣了眼，兩個裸體大俠把三隻妖精都放倒了。我們只是默默回房間，把褲子穿上，然後就離開了。留給她們的，是兩個穿著內褲在走廊裸奔的偉岸身影，而我們自己，口袋裡的錢一分不少。唯一有點美中不足的是，我們身上都抹上了滑滑的按摩油，總感覺彆扭，得回去洗澡了。

第三章　第一單生意

俗話說好事不出門，壞事傳千里。在按摩院風波過去還不到三天，我感覺自己身上的按摩油和晦氣都還沒徹徹底底洗乾淨，就接到了一單新任務，呃，也可以說是新生意。我趕緊找到了余沛江商量，畢竟對方一出手就是一萬多美元的酬金。

原來，我們在按摩院狼狽而風光的事蹟竟然被私底下傳開了！找上我的是一個今年已經六十二歲的鰥夫老爺子。他是一棟房子的房東，房子是他和老伴本來是買給兒子結婚用的，儘管來了異鄉，可骨子裡還是一個亞洲人，總想給後代留點什麼。可是因為他前半輩子比較浪蕩，在老伴病逝以後兒子就和他斷絕關係到東北部生活了，他的房子買回來以後就空置了好幾年，直到最近才租給了三個中國留學生。

可是最近留學生開始找他反映一些比較詭異驚悚的事情。這幾個孩子平時看起來也是那種很喜歡玩很容易起鬨那種，一開始沒在意。可是後來他們又找他，神情也不對勁，他才慢慢相信。他還沒想到什麼方法，就在第二天，其中一個學生突然就倒在地上不省人事，送去醫院的時候醫生說已經深度昏迷了。他剛好聽說了我們倆，他年紀大了本來也比較迷信，再加上這玩意兒寧可信其有不可信其無，都快出人命了，就試著聯繫我們看看有沒有辦法。

看著他出手這麼闊綽，我也實在不忍心拒絕，要知道他給出這個價格已經是八分之一輛賓士GLS450了。我問了一下他地址，我就被驚到了。他居然回答說是在新墨西哥州。距離我們好近千英哩的隔壁州！大哥，這事怎麼可以傳得這麼快！

當然，關於我們倆的故事經過悠悠眾口被傳成了什麼樣，我也不太好揪著老大爺細問，只是問他怎麼有我的聯繫方式。老頭子也沒向我過多解釋，只是說把我們倆的情況告訴他的那個女孩，恰好之前在我那詢問過租房子的事情，認出了我，翻出我的聯繫方式告訴他的。我也不好死揪著這個問題不放，就掛了。然而我心裡還是很驚訝於謠言傳播的速度，希望傳出去的東西裡，我和魚配薑更加英雄一些，只穿著褲衩殺怪這樣的細枝末節就不要被追究了。

我打過去給余沛江的時候聽到那邊不住的喘氣聲，果然，這傢伙又泡在健身房裡。下次找個機會我一定要提醒他，在健身房的浴室裡撿肥皂必須要背靠著牆才行。我把情況簡單地和他說了一遍。他看上去挺感興趣，對我說：「去看看也無妨。聽聽留學生遇到的到底是什麼。」然後，事情就這麼定了。

我們打過去讓老頭子幫我們約好那兩個暫時安全的留學生，然後就在週五清早就驅車出發了。一路上我坐在副駕駛沒事做，開始刷微信的公眾號推送，沒想到在一個吐槽性質居多的留學生社群裡，被我發現了一篇文章，而這篇文章竟然和我從老大爺那聽回來的情況挺像！

有些事情就是這樣湊巧得讓人難以置信。儘管不能百分之百確定，但心裡像是認定了是的，一字一句地把文字看完了。從這篇文章的立場來看，大概就是三位學生租客中的其中一個寫的，而且內容還頗為詳細。

首先，這是一幢兩層半高的大房子，一樓和二樓都有兩百多平方公尺，樓上屋簷中間還有一個有四十平方公尺左右的小閣樓，如果算上庭院整塊地的話，加起來有一萬多平方英呎，相當於一千多平方公尺，算是當地中規中矩的一套住宅，從筆者發出的外觀和內牆來看，這房子的歲數並不大，約莫四十到五十年的樣子，也算是平均水準。這樣一套房子如果沒有借貸貸款，在當地的話二十到二十三萬美元現金可以拿下來。不過，房子的實際樓齡卻是八十年往上走，後來我才知道筆者這傢伙拍房子也加上了美顏濾鏡。

敘事的主角志浩跟同一層的舍友美籍華裔朋友亞當斯·李是作為第二批房客是在大半個月前搬進去的。他們倆是在讀的大學校友，是在大學裡透過兄弟會認識的。除了他們倆以外，房子裡的租客還有一個比他們早兩週左右搬進來住下的大壯。他們的這個敦厚老實的年長舍友住在閣樓改成的房間裡。

胖子大壯是志浩和亞當斯的校友師兄，現在畢業了在一家華人移民開的餐廳裡幫忙打理。上學期間他就在那家餐廳兼職送外賣，有時也幫忙做做司機，送老闆一家去超市，或者送老闆女兒去同學家參加生日聚會什麼的。他和老闆女兒是相差一屆的直系師兄妹。日久天長，憨厚的他就被老闆女兒看上了，然後兩人就在一起了。現在他在店裡幫忙等愛人明年畢業，兩人再決定到時候要不要出去外州發展，說不定哪天兩人把天窗一拉，美國綠卡和美人他都袋袋平安了。

志浩和亞當斯就是透過大壯找上這所房子的。亞當斯是本州人，不過從家裡開車到學校要一小時有多，他嚷了好久要出來找房子住。剛好志浩和之前舍友的女朋友，因為一個涉及充電器的事情被舍友誤會了，尷尬得不能再住下去，就搬出來了。兩人看到了大壯在群上喊的廣告，一拍即合，馬上就搬進來了。

我納悶著講個靈異故事還需要交待得這麼詳細，這個志浩真是有夠八卦有夠囉嗦的，正在心裡罵著，他總算進入了正題。第一個不對勁的地方是他們搬進去的第一天，老實的大壯無意中對他們說的。當天，作為半個東道主的大壯殷勤地去接他們幫忙拿行李進房，還大致介紹了一下洗手間和廚房在哪，房子的地板是地毯最好不要養貓狗之類的事情。最後，大壯漫不經心地說了一句：「對了，你們剛進來可能不習慣，頭一兩個晚上可能會做噩夢，不過過去就沒事了。」說完，還順手指了一下房東買回來的投幣洗衣機的位置。兩人以為是句玩笑話，都沒放在心上，志浩覺得大壯的山東口音濃重，亞當斯這個 ABC（American/Australia Born Chinese，美國／澳洲出生的華裔）猜想根本就沒聽懂。

然而就在第一天晚上，分別睡在二樓兩個房間的新房客果然做了一晚驚心動魄的噩夢。噩夢的內容志浩在推送裡沒有細說，猜想得我們到了目的地以後再問他，至少我知道了他不是在醫院昏迷的那一個。他說那一個噩夢特別地長，第二天醒過來時已經過中午了，醒來之前志浩好像還感覺都有鬼壓床。恰好，舍友亞當斯也是在那個時候悠悠醒來。亞當斯不斷扭動著脖子說沒有帶家中熟悉的枕頭過來，睡得不好，脖子疼。

志浩正要提起昨夜做噩夢的事情，亞當斯忽然說：「好冷，哪裡吹來的風。」說著，他憑自己的感覺往二樓的偏廳走過去。在廳裡的牆上，亞當斯發現了一扇半人高的暗門，已經被打開了一小半。

暗門既不著地也不著頂，就開在牆的中間，而且貼上了和牆體一樣的牆紙，如果它不是開著，不特意仔細找還不一定能一下子留意到。暗門上有一個成人小拇指長的門閂，亞當斯順手把它鎖上了。志浩並沒有看到暗門後面有什麼東西，從他的距離和角度只能看到黑乎乎一片。接著亞當斯用英文說了一句：「Aged houses usually have things like this. My house does, too.（老房子通常都有些這種玩意兒，我們家也有。）」志浩權當是吃了一個定心丸。

本來志浩以為事情應該告一段落，一切應該回到正常狀態，上學派對打遊戲了，然而事與願違，怪異的事情一點點陸續發生了。

先是承上啟下的噩夢連續做了兩三晚（這也是後來志浩印象深刻，能把夢重新表述出來的原因），接著就是某天三個舍友在吃完飯後決定試用一下洗碗機，卻在洗碗機裡發現了兩顆長短不一的牙齒。再後來，晚上洗澡或者趕作業的時候，總會若隱若現傳來一些非常輕微但又能聽見的敲門聲和腳步聲，有時一些沒有歌詞的音樂哼唱，曲調的風格和中西方眼下的流行樂風格都很不一樣。而在志浩躺下來睡覺的時候，偶爾回感覺有風從腦袋上方吹過，可是用手的卻又感覺不到。

週末，志浩和亞當斯想去後院打羽毛球的時候，發現了院子裡有某些奇怪的東西。院子裡有類似於屏風一樣的東西，以某個特定的角度擺著，三分之一已經深埋進土裡，因此也無懼風吹雨打。在後院一隅約莫四五年樹齡的小芒果樹樹蔭下，有一些插進土壤裡的木條圍成了一個近似規則的多邊形，木條上纏繞著許多圈帶刺的鐵絲。

兩人挑著空曠的地打了一陣子球，亞當斯揮手一個高遠球，志遠沒接住，球落在了志遠身後的長勢稍密的草地上。可當他去撿球的時候，發現球竟然找不到了。摸著摸著，志遠竟然摸到了個比他小腿直徑稍粗的一個深洞。剛開始他以為是蛇洞或者其他什麼動物的窩，不敢把手伸下去，只是盡可能站遠，拿著拍網把搖桿伸進去戳了一下。他戳到了硬硬的東西。撥開草往裡一看，兩人居然發現了洞裡是一尊以前從未見過的石製神像！他嚇得對神像拜了拜又偷偷快速拍了張照，然後趕緊扯著亞當斯回房子裡去了。

後來志浩上網搜了一下，發現那個是北美殖民時期以前，美洲原住民印第安人崇拜的神。儘管他們對於這些難以解釋的怪異現象有點過於一驚一乍，但畢竟他們住下來以後沒有受到實質性的傷害，因此他們也沒特別做些什麼。說實話這房子除了採光不好以外，從空間設計、地段以及租金各方面，都非常不錯。而他們繼續住的原因還有最重要的一點，他們都看在老房東身體狀況一般這一點上，一次性把一年的租金都全交了。作為香蕉人的亞當斯不明白為什麼不可以給房東直接轉帳，我們這些留學生當然是挑通眼眉，房東算是非法出租，因為他沒有申報出租，收的租也沒有納稅，這檔子事在美國自然是現金交易為好。

後來，更加詭異的事情發生了。在入住的第二週，他們先是開始聽到非常輕的「咚咚」門板撞擊的聲音。志浩和亞當斯都發現那是樓上大壯的閣樓裡傳來的。去敲大壯的門，發現大壯還在床上呼呼大睡。他醒來以後，三人就在閣樓裡尋找。志浩發現閣樓的房間裡也有暗門，就在床頭櫃後的牆上。而且，在床腳對著的牆上還有一個暗門。不過這兩扇暗門都是鎖著的。奇怪的是，在他們進去大壯房間把他弄醒以後，那聲音就消失了。

很快，他們就發現了大壯的衣櫃擺放有點奇怪。大壯揉揉眼睛說因為閣樓天花板是斜著的緣故，衣櫃太高不能靠牆，所以就擺得和牆體之間空出了一點點距離。這衣櫃在床頭櫃的另一邊，三人費力地把它挪開了一點，往後面的空間看去。三個人都驚呆了，這衣櫃後面竟然還有一扇暗門，而且開始開著的！之前像敲門一樣的聲響，應該就是暗門打開時撞到了衣櫃後面的板上。而這聲音，還不止一下。

志浩寫道：「當時我只感覺到渾身的雞皮疙瘩都上來了。這房子，肯定有什麼東西在這裡……這個憨厚的山東大漢每天睡得地方，竟然從三個角都被暗門夾住了。要是晚上真有什麼東西，把小門打開以後靜靜地注視了床上熟睡的我們，那……我真的不敢再往下想了。」

把那扇打開的暗門關上閂住以後，他們三人開始了在整個房子裡尋找暗門的旅程。他們發現了一個毛骨悚然的事實，屋子每一個房間甚至包括洗衣房，都有暗門通向未知的區域，而且二樓偏廳還有扇暗門是開在天花板上的！這還不是全部。就在舍友昏迷事件發生的前幾天，亞當斯和志浩在二樓浴室裡發現水龍頭出黃水，於是叫水管工前來維修檢查。水管工在廚房一隅的地毯上，發現了一個地下室的暗門！

然而，關於地下室的事情志浩也沒有詳細說。只是粗粗說了一下在發現地下室的第二天，他的舍友亞當斯就陷入了深度的昏迷。「房東已經給我們請來了高人，希望所有事情都會好起來吧。」

我們又簡單吃了點東西然後繼續趕路。我們住在鳳凰城以東，距離新墨西哥州也不遠。從10號跨州公路行駛的話，六個多小時就可以到。我們中途停下來在高速口邊上的Diner（過路小餐廳）隨便吃了點簡餐然後繼續上路，下午三點前就趕到了目的地所在的奧黛羅郡。

害怕再出事的房東已經過來帶著大壯和志浩到他的府上暫住去了，我們提前給他們打了電話，然後約在一個基本上全是西班牙裔的咖啡店裡見面。老爺子房東在第一眼見到我們的時候愣了一下，好像沒有料到我們會如此年輕。和老爺子一起的還有兩個亞裔年輕人，如無意外就是大壯和志浩了。

幾個人互相打招呼以後就開始直奔主題。他們三個人對我和魚配薑的身分都有點將信將疑，不過我總算沒在他們臉上看到任何異樣，我和魚配薑在按摩院裡的尷尬事蹟他們應該是不知情。鬆了一口氣以後，我要開始獲得他們的信任。於是，我故弄玄虛，先是跟老房東問了一下關於房子年分、朝向以及外觀位置等一些基本問題，然後我神神祕祕地把我從文章裡看到的一些要點，在適當時機一針見血地跑出來反問他們。這下子他們三人的臉上都寫了大大的「驚訝」二字。

事實證明，我這一舉是有效的。志浩這孩子的心也大，沒有考慮到我看過他帖子的可能性，總之很快我們就獲取了他們的信任，也知道了更多的訊息。事不宜遲，我們決定馬上就到宅子裡面去觀看。我拿到了老頭子用來納稅的土地地塊編號（Parcel Number），稍微瀏覽了一下歷史交易記錄。

系統上有顯示的歷史交易記錄是從盧溝橋事變的同年開始的，在過去的八十年間這房子一共易主過四次，土地流轉的速度在這個小鎮中已經算是中等偏快的了。1937年春天交易時，契據上的

Grantor，也就是出讓人，是一名印第安人，因為他們身分的原因房子交易時是免稅的。房屋的接收人竟然在同年年底就轉手給了一家非裔美國人，轉讓形式是產權放棄 (Quit Claim Deed)，受讓人只是象徵性地花費了十美元，就擁有了這個帶上庭院共有 11,000 平方英呎（約合 1022 平方公尺）的房子。

一直到 1976 年，這家非裔才把房子以一個當時的合理市場價格轉讓給了一個姓溫斯頓的白人農場主的家庭。此後一直到雅典奧運會那年，這個房子都作為農場主一家的投資物業出租給住客。租客的訊息在交易記錄上自然不會顯示，不過我卻是從房東老爺子那裡得知了個大概，他做人比較小心，買房子前至少也打聽了一下裡面有沒有死過人，華人都比較忌諱這一點。那裡面的租客，有住很長時間的，也有短住了兩三個月就毀約走人的。因為之前都是要麼租給打工者要麼租給自己的僱員，所以一直都拆開來租，一次性整個房子租出去的也就有過一兩回，每次都不超過一年，那些家庭就舉家搬走了，連押金都不要。

魚配薑轉過頭來看著我，我朝他點了點頭。我提出先到房子去轉一轉，不過我們倆自己去就好了。大壯倒是沒什麼，不過志浩在聽到現在不用回到那房子去的時候，明顯整個身體鬆弛了下來。我讓老伯帶著兩個學生先回住處休息，順便幫我把溫斯頓給他的舊帳本試著找出來。商量好以後，我們開始分頭行動。

在車上，我對搭檔說：「那些山精鬼怪的事情你是比我要熟，所以待會你有什麼頭緒的話，我看看結合我在房產這邊得到的消息，能不能推斷出我們要對付的是什麼東西。」余沛江心不在焉地點了點頭，坐在副駕上翹著雙手出神地看著前方，他也在心裡從自己的角度在盤算著什麼。

很快，我們就按著老爺子給的地址找到了目標房子。先前在志浩的文章裡看過一些暗門的照片以及房子的外觀，如今親眼看到，只感覺實物比照片中的還要老舊陰森。從外面看房子是硃紅色的，然而歷經天長日久油漆已經斑駁，二樓一個內凹的小陽臺上，扶手護欄彷彿隨手就能推倒。房子前的林蔭道整齊地植滿了樹冠蓬大茂密的細葉植物，導致這一區域的房子採光都很一般，不過在墨州的氣候來講，這樣確實很能為這種介於亞熱帶沙漠和熱帶草原的氣候納涼降溫。

房子使用的是機械密碼鎖，我們按對密碼就推門進去了。一股陳舊的氣息撲面而來，一樓地上顏色昏暗的地毯告訴我們，這是它長年吸收了腳臭，鞋底塵以及各種菸酒咖啡漬的功勞。如果這是我的房子，我保證我第一件要做的事情就是把這噁心的地毯全掀掉。幸好人類的嗅覺比較差而大腦又比較發達，不一會兒我們的腦子已經幫我們封鎖了這種噁心味道——習慣了！

儘管我們是第一次來到這裡，然而在看過志浩的描述和他作為靈魂畫手獻出的平面圖作品，我基本上已經可以心中有數地自由穿行了。我最好奇的是大壯的閣樓房間：「這小子竟然敢在恐怖片出場率第二高的地方安居定所，心也真不是一般的大。」

「那出場率最高的是什麼？」余沛江問。

「虧你還說是靠這一行混飯吃的。當然是廁所啦！尤其是那種帶著廁格又有大鏡子的廁所。」我說。說著，我們走上了樓。

可能因為閣樓的面積比較大，所以它有自己的一條靠牆的窄木樓梯，並不是那種需要用晾衣叉往下拉的拼疊樓梯。房子光線不好我們也沒有開燈，走上這個孱弱不堪的木樓梯上時，那種聽起來像是尖聲侏儒輕輕冷笑的聲音，顯得特別恐怖。房子空間不小，隱隱的回音讓我不禁打了個冷顫。我貼著牆，讓出空間給余沛江：「你走前面吧。」

余沛江低聲用母語笑罵了一句：「牛高馬大，生人唔生膽（虧你長這麼壯，裡面原來沒長膽子）。」然後越過我，走上去開門。

閣樓開了一扇窗，陽光透過樹葉斑斑駁駁地照進來，光線倒也不壞，房間裡的陳設都能看清。因為事先就知道暗門的位置，我循著方向一下子就看見了。我給余沛江指了指各個暗門的位置，包括大壯衣櫃後面那一扇。閣樓裡一共有三扇半人高的暗門，我在腦海裡回憶了一下志浩給畫出的平面圖，三扇暗門對著的方向，如果用輔助線畫出來的話，那麼交叉點就剛好落在大壯的床上！想到這的時候，我發現自己竟然已經不由自主地跳到了大壯的床上。

坐在床中央的我往衣櫃方向看的時候，看到衣櫃是被移開的，我能清楚在衣櫃和牆的縫隙中看到那扇半開的暗門，裡面一片混沌黑暗。這時候，一個醜陋可怖的身影從我的腦海裡蹦了出來，那就是《魔戒》三部曲裡的侏儒怪物「咕嚕姆（Gollum）」，彷彿就在下一秒，那個毛髮稀疏，大眼尖牙的猙獰怪物就會伴隨著一陣腥臭氣息抓著門框探出頭來，對我露出詭祕的笑容。

「范吉，范吉！」我的耳旁傳來了余沛江的大聲叫喊，同時我的身體也被劇烈地搖晃。這時候我才回過神來，看到他抓著我肩膀一邊搖晃一邊叫我。我驚坐而起。咦，我是什麼時候躺下的？

「范吉，你沒事吧？」余沛江的聲音裡不無憂慮，「怎麼我一轉身，你就躺別人床上睡著了？」看他的神情，並不像是在和我開玩笑。

我指著大壯衣櫃的方向正想辨別，可是我驚訝地發現那衣櫃是盡可能抵著牆，把暗門完全遮擋在後面的。難道剛才在這麼短的時間裡，我就睡著做了一個夢？對比起之前跟蛇眼女和凶厲獸真刀真槍地幹仗，如今對付這種虛無縹緲的鬼怪，我的心裡完全沒有底了。

我趕緊下床，暗自狠狠地捏了一把自己的大腿，努力讓自己一定要保持清醒。我突然想起來，剛剛和大壯他們碰面的時候，我竟然漏了一個大重點，那就是他們每個人都經歷過的噩夢！我趕緊掏出手機想撥給房東，發現T-mobile（T移動）這破營運商竟然沒有訊號。我問余沛江他的手機有沒有訊號，他正盯著其中一扇暗門看，沒有應答，我又喊了一聲他的名字，他才極度遲鈍地轉過身來，眼睛快閉上了。他一個踉蹌，差點摔到了地上。

我迎上去扶著他，然後給了他一個耳光。他半瞇著眼慵懶地看著我，說：「范吉……你，你怎麼……打我。」說著，他的眼睛又要閉上了。我又扇了他兩下，他才勉強清醒過來。

我扯著他往樓下走，說：「這個樓裡我們要對付的東西想要把我們催眠，我們到廚房找些咖啡，一定要保持清醒！」說是這麼說，但當我走下第一階樓梯，我像是一腳踩在了棉花上一樣，整個人失去平衡往下摔去。與此同時，我前方的視野變得越來越黑，越來越模糊。

下一秒，我又睜開了眼睛，可是我的記憶在時間和空間上都發生了錯位。此刻的我，又重新躺在了大壯的床上，衣櫃是被移開的狀態，這跟余沛江搖醒我之前是一樣的。我趕緊下床四處尋找，卻找不見余沛江的身影。我一邊喊著他的名字在房子裡四處亂轉亂找，可是他像蒸發消失了一般，既找不見人也沒有聽見他的回應。所以我現在所在的，到底是現實，還是夢境呢？又或者兩邊都是夢境，兩邊都是現實。

站在二樓的客廳裡，我感覺到了志浩描寫過的怪風。我左臂上的每一個毛孔都同時感覺到了一陣帶著寒意的空氣流動，但當我抬手去感覺風的來向時，那怪風又消失了。

沒錯，那陣風是從二樓客廳裡暗門的方向傳來的，可是那扇門明明是被門緊關上的啊。我一個人在這個空間裡，恐懼感和無助感一波一波地襲來。我腦海裡冒出的第一個反應就是先逃離這個鬼地方。可當我真正邁步的時候，身體卻是朝著那扇暗門處走去。我甚至看著自己的手伸向門閂，心裡一萬個不願意，然而卻是無力阻止。我已經失去了對自己身體的控制權了？

暗門被打開了。不過這一次裡面並不是渾濁的漆黑，我能看到前方幾十公分處石灰漆片剝落的木牆，以及一根筆直的木柱，在一堵連貫的木牆中突出一半。緊接著，我的身體貓著腰往裡鑽了進去。手臂和身體輕擦過門框和內側木牆的時候我能明顯感覺到每一個物體的質感，甚至還能在呼吸中聞到暗道裡腐敗的氣息，可我就是不能控制自己身體的每一個動作，包括我的視線。有一個詞蹦了出來：附身。這個念頭又嚇了我一跳，可是我無從證明。

暗門的另一側有足夠的高度，讓我在裡面的狹窄空間裡直腰站立，貼著牆一點點前行。距離暗門越遠，光線越差，腐敗的氣息越發濃重。到最後，我只是在一片漆黑中聞著惡臭前行，我能感覺到的，就是轉了一個彎。這一次，鼻子不再適應了，我叫苦不迭，每一次呼吸都是對胸腔的極度折磨。這時候，我感覺到自己的鞋底踩到了某些固液混合的黏稠的物質，還有硬硬的像筷子一樣的長條。我不會是踩在了一隻腐爛老鼠的屍體上了吧？胃裡的酸味湧上了喉嚨。原來我還是能控制身體的內臟的，然而我對這個發現一點也興奮不起來。

又往前走了幾步，我發現這副身體駕輕就熟地在黑暗中找到了一個梯子，並把它輕輕挪動，在地板上的一個深洞放了下去。然後，我開始順著梯子往下爬去。邁出第一步以後，我在心裡已經開始罵爹罵髒話了。就在剛剛這個「我」才踩上了一些噁心的東西，現在往下爬梯子的話，那鞋底蹭到梯條上的東西不就馬上會被我的手摸到嗎？

當我的手掌摸到那些冰冷黏稠的東西時，我的心裡已幾近絕望了，等一下這身體的真正操控者，不要去舔手掌我就已經阿彌陀佛萬事大吉了。

我順著梯子爬下了一層樓，在同樣狹窄的夾牆上走了一小段。本來沾滿了噁心血汙的手掌這時扶在牆上，我又摸到了某些讓我寒毛倒豎的東西。這次是一些已經在牆上風乾了的固體，而這一片的牆體凹凸不平，像是什麼有著怪力的物體，曾經用指肚把什麼東西狠狠按壓並抹在了牆上。這堵木牆很厚，而那個怪物生生按著拖出了幾道長長的指痕。至於那些發硬甚至有點硌手的固體，隱隱還似乎帶著已經腐敗發酸的血腥味。在那一瞬間，我感覺自己嘴裡喉嚨裡，唾沫全部都變成了腥甜而夾雜著鐵鏽味的血液。

與此同時，我的腦海裡快速閃現了一組連幀播放的照片。在狹窄的樓道裡，一個黑影雙手抓著一個正在啼哭的嬰兒撕開襁褓，張開大口咬破嬰兒的腹腔，開始大快朵頤。帶著鼻音的哭聲戛然而止，剩下的只是汁液被吮吸的聲音以及偶爾帶著陰笑的咀嚼聲。那個黑影從嬰屍的創口中抓出一小塊器官組織，用力按壓在了牆體上。爾後，畫面就消失了。實際上，這一切的發生都不過在一兩個呼吸之間。

「我」的身體繼續往前走，不到兩步路的前方，我發現自己又開始順著另一個梯子往下爬了。我心裡盤算著，這下我是來到了志浩提到過的地下室裡了。奇怪的是，這明明算是個密閉的空間，可是卻不像剛才那樣一片漆黑。原來這地下室在四周打了幾個口，是通風排水兩用的。不管怎樣，我總算能看見東西了，這已經算是我鑽進暗門以後遇到的唯一一件可喜的事情了。

嚴格來說這個半人高，和一樓面積一樣大的空間實際上並不是一個地下室。它有很多圓柱型樹幹的墩柱，最外圍的一圈也有後來加上去的水泥柱，看起來更像是承重結構多些。墨州的土壤質地比較疏鬆乾燥，不少地區已經處於土壤半沙化的邊緣，我猜想這是為了房屋更好承重而墊起來的地基，這也解釋了我們進門前要先上幾級樓梯的緣故。如果真的是這樣的話，眼前最重要的，是這身體別把我往化糞池裡帶。

下來以後我只能貓著身子艱難前行，走了幾步索性就用爬的了。很明顯這個「我」正在這裡尋找什麼東西。突然間，在我前方不到一公尺的距離裡，這地下室的天花板上憑空出現了一個倒吊著的半個身體！它雙手垂下，手部的肌肉已經腐爛了，清晰地看到一條條神經和血管，陰森森的白骨往下努力伸著，似乎想要在地上抓出些什麼東西。他的頭從脖子中斷裂，靠一層隨時會撕裂的皮還有頸骨扯住那個下墜的頭，在空中微微晃盪像是鐘擺一樣。而那頭的下巴，猛地裂開，淌下一些渾濁的液體，然後一隻眼睛從下巴破開的裂縫中睜開了！

緊接著，那具腐屍的身上各處，越來越多滿布血絲的眼球撐破皮肉長了出來。斷裂脖頸空洞的氣管食道處、張開的口腔、已經腐爛得坑坑窪窪的胸腔和腹部。就連剛剛的下巴裂口處，也不斷有新的眼球長出，把裂口撐得越發的大。它們密密麻麻地擠在一起，不斷轉動地看向四周。一些痰質液體從身體各處不斷滴落，我的胃裡彷彿掛起了四級颶風。

我努力讓自己閉上眼睛，可是它們完全不聽我的使喚。更慘的是，我竟然一步步朝著這個眼睛怪物不斷爬近。

我的身體完全無視眼前越來越近的怪物，伸出手朝著怪物雙手抓去的地方開始摸索。毫無疑問，我的手摸在了那些新鮮滴落的噁心體液上。終於，我感覺自己摸到了一條縫隙，慢慢勾勒出一個四四方方板狀的東西。指關節在上面敲了敲，是空心的。

就在我的指甲伸進石塊板的縫隙想把它扣出來的時候。那個斷頭怪物的喉嚨裡發出了模糊不清的低吼，然後這個半身怪物憤怒地整個跳了下來騎在了我的背上，雙手死死握住我的雙腕，然後我只感覺那個斷頭抵在了我的後脖上，下巴那些胡亂轉動的眼珠子在我的後背上溼滑地蹭著。然後，它咬上了我的脖子，疼痛感劇烈襲來。

說時遲那時快，我只感覺突然之間不知從何處刮來了一陣帶著吸力大風，生生把我從這個身體拽出去。我能明顯看到自己的意識被從這個身軀裡抽離了，我能清晰地看到那個人躺倒著和半身怪物扭打在一起。然而我並沒有看見那個身體的面孔，到底是不是我自己的。

我的眼前一黑一亮，彷彿就在眨眼之間的工夫，我就被從二樓的暗門裡摔了出來。我猛一屁股坐在地上，感覺屁股都要開花了。不過總算我能控制自己的身體了。我看看自己的手上身上，並沒有什麼血漬汙垢，脖子上也沒有牙齒印子。

窗外一片混沌，也總算是有光隱隱透進來，只不過無從推敲當下的時間。我嘗試了一下把窗推開，但失敗了。我快步衝到樓下往大門走去，我驚訝地發現，進來時的那扇大門不見了！

我四下尋找能逃生的出口。可是一樓不僅沒有大門，就連窗戶也沒有了。我走著轉著，不知不覺就走到了廚房的位置。廚房轉角處的地毯不知何時被粗暴地撕扯開了，不規則的形狀裡露出了一塊木條拼湊起來的板子，中間有兩根木條被撞裂了，一小截木條躺在幾尺開外的地毯上，木條板上有一個黑漆漆的口子。我反應過來，這是地下室的暗門入口。而我剛剛才到此一遊，在下面遇見了那個恐怖的半身腐屍。

我愣在原地不知所措，這時，志浩提到過的奇異聲音開始在房子裡響起來了。先是我頭頂的天花板上由遠而近地傳來了一些木板的「嘎吱」聲。這並不是有人走路的腳步聲，而是同一塊木板因為被不斷增加重量的物體壓彎的聲音。我的手臂一涼，一小股土黃色的腥臭液體滴在了上面。我再也淡定不下來了，驚叫著連忙後退，大聲喊著余沛江的名字求救。我不敢抬頭，怕再看到什麼可怖的景象。

不過這不代表就完事了，我的耳邊還是慢慢飄來了一些又像千里之遙又似近在咫尺的怪聲。那聲音忽左忽右，彷彿無處不在，而它聽起來，就像是喉嚨透過漏風嘴巴傳出來的低吼掙扎的聲音。

我馬上想到了志浩和亞當斯在洗碗機裡發現的幾顆牙齒。

理智的防線在一點點地崩潰，我瘋了似的在房子裡走上走下努力尋找脫險的出口，使盡九牛二虎之力去撞去磕去砸二樓那幾個透光的視窗，然而一切都是徒然。視窗混沌的光中突然出現了剛才那句腐屍的骷髏頭，張大著口朝我撲近，我往後一退，踩到了自己鬆掉的鞋帶，一屁股坐在了地上。

天吶，我這是遭的什麼罪啊，好好做一個房產經紀人不就得了，我幹嘛腦子抽風要主動摻和這些破事啊。熱血男兒有冒險心和好奇心是好事，但千萬別不自量力，沒想到我 Jimmy 范正值英年，竟然止步於這破房子，在死前連一碗雞米飯都不能吃上！

窗裡那個腐屍骷髏在那一邊看著我，然後竟然從窗子裡穿了過來，不斷向我靠近！它是用枯爪一點點拖著身體爬出窗框的。從窗子裡爬出來以後，它「咚」一聲就掉在了地上。它跟剛才我在地下室看到它時一樣，身子只剩下了上半截。

它的喉嚨極力張開，喉嚨裡發出含糊渾濁的叫聲。它一點點向我靠近，身上密密麻麻的眼睛又不斷擠了出來，它的身上此起彼伏地響起汁液迸裂擠出的聲音，不少蠕動的肥白蛆蟲或從它的身上掉落，或被新長的眼球擠飛。

當我正在六神無主，不知該如何對付面前這怪物的時候，窗框上又出現了一雙手！

我已經不知道還可以逃向哪裡了，於是乎放開喉嚨又叫了一聲：「余沛江！」

沒想到，有一把聲音驚叫了一聲，有人回應我了！馬上，我就看到了窗框上那雙手的主人把頭也探進來了。我萬萬沒有想到，竟然正是余沛江那傢伙的臉！

他把頭探進來以後的第一反應也是愕然，不過他沒有停下動作，手腳麻利地從外面爬了進來。

見到他的我喜出望外，做出了一個大膽的舉措。我一下子跨步跳過了那具長滿眼睛的半截腐屍，趕緊朝余沛江跑去，生怕他會突然消失。本來我是想問他是怎麼找到這裡來的，可衝口而出的卻是：「你終於來了。」

他很有力量地給我點了點頭，然後站在我身旁，雙腿併攏雙手合十，對著地面上的腐屍微微鞠躬拜了一拜。他用手肘碰了碰我，於是我也只好跟著做了相同的動作。

只見那具腐屍艱難地舉起了一隻手，用只剩白骨的指頭朝下指了指，然後整個身子就一點點融進了地板的地毯上。地毯上因為溼黏的汁液而變暗的顏色，以及周圍還在蠕動的蛆蟲還顯示著它剛才出現過。

余沛江在我耳旁輕聲說：「對逝者要表示尊重，而且他們是來幫助我們的。」

「他……他們？」我有點反應不過來。

「那具身軀裡，還存留著不少逝者的意志。剛才我用了個兩界共一術，和他們短暫交流過一段時間。他們都是受害者，只是寄生在最近一個受害者的身軀裡，希望可以和我們交流，既幫助我們，也幫助他們自己解脫。」余沛江說。

緊接著，他就把我昏睡過去以後發生的事情，以及他和那些逝者的意志交流的情況給我說了一下。余沛江和我待在大壯閣樓上的時候，也明顯感覺一浪接一浪把他轟得昏昏沉沉的睡意，幸好我幾巴掌下去總算讓他留住了幾分清醒。然後他就聽見我失去意識滾下樓梯的聲音了。他衝過去看我的時候，我已經在樓梯下昏倒了，而且身上都磕出了好幾處淤傷。

我看了看，自己的身上並沒有什麼傷痕。果然，我和余沛江現在是身處異空間的。

他連忙下樓檢視我的傷勢，並且試圖把我叫醒。但是我非但沒有反應，而且表情裡還出現了絲絲驚懼惶恐。那時候，閣樓裡響起了暗門被打開的聲音，余沛江抽出蝴蝶刀就衝了上去。上樓以後，果然，暗門已經被打開了。余沛江看到了一具半身腐屍。不過，那具腐屍在他眼中是半透明的。

余沛江一開始也以為那具腐屍是敵人，正準備揮刀向前的時候，他發現那具腐屍朝他擺手，並且嘗試著用手勢和喉嚨裡的渾濁發音來跟他溝通。於是，余沛江就如了他的願。果然，從他口中余沛江得知我被困在另一個空間內，於是就跟著他在暗門中穿行，進入了另一個空間。

然而，這房子的空間遠比我們想像中要複雜。在碰上我之前，余沛江已經穿行過了好幾個一模一樣的空間。此時我終於想通，那具腐屍是來幫助我們的了。剛才我像附身一般到地下室的時候，實則是我的精神意識已經被真正想加害我們的怪物吞進體內暫時儲存了起來，準備把我封存在地下室的黑窟暗格內，讓我的防線崩潰，肉身腐爛。腐屍體內的逝者意志曾經就是一個個受害者，他們不願見到再有人步他們的後塵，於是乎就奮起襲擊那個怪物，把我的意識從怪物體內拉扯了出來，然後我就被隨機甩到了這個迷宮空間的隨便一個角落裡。再接著，就是余沛江跟著腐屍找到了我。

「我還是沒有很懂，我們所處在的到底是一個什麼樣得空間，我們正在對付的，是一個什麼樣的怪物呢？」我問余沛江，也努力表示出友好地看了一眼在地上的腐屍，不，逝者意志們。

「我們所對付的東西，對空間有很強大的操控能力，不過放心，我們能夠應付的。」余沛江說，然後，他告訴了我怪物的名字——亞型溫迪戈。

後來在返程回家的路上，余沛江才對我講起這種怪物的來歷。溫迪戈是北美印第安原住民阿爾岡昆部族裡的一種傳說怪物，性格凶殘具有領地意識，同時擁有強大的精神力量。有關它的傳說大多是和冰天雪地、寒冷相關的。後來關於它的傳聞又分出了截然不同的另一類，就是部分溫迪戈被阿爾岡昆神馴服，與印第安部族一起抵禦領地入侵和殖民統治，凶猛的本性被引導向了對付有敵意的外族人。

如果真是這樣的話，那麼很明顯，這所很久以前原先是印第安人的、受著印第安神祇庇護的土地和宅子，在不知何時喚醒了原本和供奉的神祇共居於此地的凶殘的守衛，守衛就出來審判了。之前志浩反映過後院除了在地底放置神像以外，還有一個用鐵絲纏繞的圖形，那猜想就是印第安的薩滿巫術了，這個空間還有我們還沒會面的溫迪戈，多半和那玩意兒能扯上關係。

我對余沛江的能力是信任的，既然現在我們會合了，我就不害怕我們衝不出去了，更何況我們現在還有「幫手」。

「對了，既然他把我們倆都弄進來這個空間裡了，怎麼還不動手把我們弄死，或者說，至少把我們弄成……那樣子呢？」我朝著地上的腐屍努了努嘴。

余沛江說：「現在，它要麼就是慢慢看著我們的精神受到折磨然後崩潰，要麼……它的心思還在外界的房子裡。」

「你是說房子裡除了我們還有其他人？」

「我在爬進暗門之前，撥通手機報了警。」說完，原本一臉嚴肅的余沛江露出了一個調皮的笑容，生生炸出了我全身的雞皮疙瘩。

在地上的腐屍朝著我們艱難地揮了揮手，然後從喉嚨裡發出了一串帶著痰音的低吼。余沛江的臉色收了回來，認真地聽著，然後輕輕點了點頭，合十回了個禮。我也跟著做了。余沛江對我說：「它讓我們往地下室那個暗格走去，它幫我們盯梢。它會暗中幫助我們的。」

余沛江話音剛落，那個腐屍又重新開始沉沒進地板中，變得透明，最後消失不見。

事不宜遲，我們趕緊朝著樓下走去。奇怪的事情——或者說余沛江剛剛經歷的事情又發生了。一秒之前我們明明看著樓梯口下是一樓的景象，可是當我們剛剛走完最後一階樓梯以後，我們竟然重新站回了原地，在二樓的偏廳裡。我們重新開始往下衝，腳步漸漸加快，到最後簡直快要從樓梯上縱身一躍了，可是最後的結果還是一樣的，我甚至往下走到了閣樓上，而余沛江的目的地是狹窄的洗衣房裡。空間開始越發變得錯亂。溫迪戈注意到我們，開始防禦反擊了。幸好，我和余沛江始終在同一個「房子」裡亂奔。

這時，我突然想到了剛才我跟著溫迪戈的意識從二樓在房子的夾牆中間走到地下室的路線，於是我對余沛江提議說不如我們試著從暗門往下穿過去。余沛江略一思考以後就同意了。

進去之前，我把散落在沙發上的幾本雜誌撕了幾頁下來，準備等下爬梯子的時候墊手。做好充分的心理準備迎接惡臭和被碾爛的死老鼠以後，我深呼吸一口，然後搶先鑽進了暗門裡。

我的心裡默唸著時間，隨時準備踩上那隻死老鼠。在終於踩上的時候，不知為何我竟然有點終於放下了心頭大石的感覺。這至少能說明我們正在前進的路是對的，而且我們也在對的空間裡。我能捕捉到魚配薑極力忍住的噁心勁兒，他用氣聲暗自咒罵了一句。我一邊把幾頁雜誌遞給他，一邊偷著樂，這下總算有人和我「同舟共濟」了。

我的雙手分別抓著一兩頁紙，開始往下爬梯子。這一次，我們真的到達一樓了！因為先前對這一遭經歷過一次，心裡有點熟悉的感覺。我能摸到牆上的一些凹凸的不平的地方，和剛才在樓上的感覺是不一樣的。在我剛剛下樓，準備邁步的時候，我看到了黑暗的虛空中有著兩個懸浮的紅點。我還隱約聽到了細微而急促的氣流聲。我的面前站著一隻什麼東西！

我本能地驚叫出聲，連連後退，絆到了梯子的腿往後摔在地上。那雙紅眼睛輕輕瞇了一下，然後怒目圓睜，嘶吼了一聲就朝我撲上來。這一下，我和余沛江巧合地上演了一回神配合。爬梯子爬到一半的余沛江聽到我的叫喊，也捕捉到了進攻者的動作，用鞋跟對著自己判斷的位置猛力給了一下，沒想到正中了怪物的後腦勺。怪物被突如其來的一下擊中，有點失平衡，朝我撲來的時候踉蹌了兩下，正好被我不抱希望往上蹬的一腳又踢中了小腹。這時候余沛江已經準備好了，整個人撲下來把怪物壓倒在地上，對我喊了一聲：「走！」

我捂著疼得快要開花的屁股盡可能快地站起來，對著怪物的腦袋踢了一下，余沛江抓著我的手腕站起來，在我的指示下拉著我往下樓的方向開始走。

我身後的怪物連聲發出了咆哮，聲音越來越近，它朝著我們追上來了。幸好，余沛江和我順利地摸到了下一個梯子的所在地。我和他這一回都不用爬的了，直接抓著梯子兩邊順勢滑了下去。

比我先滑下去的余沛江，卻在下面發出了一聲被擊中以後的痛叫聲。就著光線我看到了兩團黑影扭打在了一塊兒，而且我就是這樣在下滑時匆匆一瞥，恍然間我有了種掉進虎穴裡的毛骨悚然感。因為我看到，除了和余沛江扭打在一起的一隻體型小很多白毛溫迪戈以外，幾乎整個地下室裡，都被那些猩紅色的眼睛和模糊黑影填滿了。

原來我們對付的並不是一隻溫迪戈，而是一窩的溫迪戈怪物！此時，剛才已經被我們惹毛的溫迪戈也從上面直接縱身跳了下來。

我一腳踢去幫余沛江解了圍，但是因為地下室只有半人高，我們如果彎腰站立或者跪著的話動作反而剛不俐落，我們索性躺倒在地上來抵禦這些攻擊。我下意識伸手去摸余沛江給我的彈簧刀，然而口袋裡空空如也。

余沛江在掙脫纏身的怪物時匆忙對我說了一句：「這下面的溫迪戈體型都比剛才那一隻小很多。」我這才發現，果然，朝著我們撲來的怪物群在這地下室裡都能直立活動。不過我並沒有時間會回應余沛江，因為上面那隻大溫迪戈已經伸著利爪朝我抓來了。

如今我才逐漸看清這些怪物的模樣。他們的身體結構和人類大體相似，不過寬大的手掌腳掌幾乎是一樣的，靈活性猜想也差不多。它們身披長長的白毛或者灰毛，但是手掌和臉那些裸露的部分是黑色的。眼睛發出淡淡的紅光，沒有眼白，耳朵尖長向上豎起，口裡的牙參差不齊，但全都尖長，胡亂長了好幾排，不少牙齒從嘴巴裡爆出來，非常瘆人。

余沛江和我奮力抵抗著不斷撲咬上來的溫迪戈，完全只有招架之功毫無還手之力。我能清晰記得前方那個水泥板暗格的位置，然而靠近它看起來卻像是遙遙無期。我身旁的大溫迪戈跟我們一樣活動受限，而它卻不會靈活變通，一個勁用蠻力，很快就被東躲西閃的我瞅準時機，一下子抓著它後腦勺的毛，用死力往梯條上一磕，昏死了過去。

我用力把它的身體摔倒在我和余沛江腳下，我們一邊踢著沉沉滾動的溫迪戈的身體，一邊向著暗窟挪動過去。不過雙拳難敵四手，我們往前挪一點都得費好大的力氣，我平時也很少做這樣的活動量，而且還是躺在地上像隻翻殼烏龜一樣，我的腰漸漸失去把我的身體繃起來的力氣了，我胡亂揮打蹬踢的手腳也慢慢變得像是灌了鉛一樣重，揮不動，也失去力度了。

在我和余沛江絕望地對看一眼，覺得可能今天就要栽在這裡的時候，地下室的另一側忽然有一陣光射進來，隨後又暗了下去，我看到有兩個拉長的黑影被光投射在地下室的天頂上，其中有一個還能明顯辨別出是一個戴著鴨舌帽、鬍子拉碴的男人。緊接著，我聽到了兩把聲音幾乎同時地咒罵了一句，用的是熟悉的英語！「Son of a bitch!」「Mother fucker!」這些帶髒字的用語被一身正氣地說出來，讓我們倆頓時有了幾分安全感。

我們倆抖擻了一下精神，拳頭的力氣又回來了。我扯開嗓子喊了一聲，算是跟對面打了招呼。那邊聽到叫喊，也回應了一聲，而且說了一句特別溫暖的話：「Hang in there, cops are coming.（堅持一下，警察來了。）」

余沛江忽然撲哧笑了：「我靠，還真來了，而且居然跑到這裡來了。」我依稀看到他灰頭土臉地笑著，樣子十分滑稽。不過很明顯，我們的求生意志和對勝利的渴望又回來了。

人在絕望邊緣看到希望的時候，是會喚醒強大意志去追逐的，所以其實我們永遠不應該放棄希望。

這群小溫迪戈見到有新的入侵者以後似乎有點亂了，而且它們的注意力被分散去不少，我們這邊的壓力自然輕了很多，我和余沛江豁出去了，死命朝著那個暗格的位置衝去。奇怪的是，還有幾隻小溫迪戈對我們你的反抗並不猛烈，血紅色的眉宇之間彷彿還帶著一絲絲的不情願。

不過還是有不少凶猛撲來的小溫迪戈，我和余沛江身上的傷痕和咬痕都數不勝數了。

那些逝者意志也趕過來幫忙了，只見暗窟上方，那具腐屍慢慢出現，從透明又重歸實體，儘管看起來還是那麼噁心，不過總歸形象正面了不少。它身上以極快的速度長出了密密麻麻的眼珠，那些眼珠一雙雙地往下掉到地上，在脫離腐屍的瞬間，他們化成了一道道像是各色極光一樣的靈體，對著凶殘的小怪物直射而去，纏繞在一起。

有的強的靈體，像強力膠水一樣把小溫迪戈黏連得絲毫動彈不得，或者直接操控著小怪物的四肢自相殘殺；但是也有些弱的被小溫迪戈生生用尖牙和雙手撕開了幾瓣，然後吞噬乾淨。那些靈體被撕開的時候，發出一種像是玻璃與玻璃，泡沫與泡沫相互摩擦的聲音，聽了讓人心裡難受得很。

我和余沛江趕緊連滾帶爬撥開小溫迪戈獸衝了過去，合二人之力把水泥板掀了起來。這回湧上來的是一股酸臭腐敗的氣味，有點像是含著嘔吐物的胃酸被貯存了起來一樣。

突然之間，那隻大溫迪戈獸醒過來了，再次紅著眼撲上來。我和余沛江剛剛把水泥板搬開一半放下，還沒來得及反應和準備，那隻復仇的溫迪戈對準我就想要一把將我的頭夾在它的咯吱窩擰斷。我勉強躲閃，避開了致命一擊，但還是被它壓住了。衝勁太大，眼看著我失去平衡就要往後和它一起抱著掉進暗窟裡，就連腐屍都發出了一聲低沉的嘶叫聲。

余沛江還是比較眼明手快的，他的雙手伸過溫迪戈的胯下抓住我腳踝和小腿的地方，把我的身體往後拽。我的半身懸在空中，能明顯感受到後腦的方向不斷湧來那種酸臭的味道。我甚至隱隱聽到了暗窟伸出傳來了一些渾濁的人叫聲，以及嬰孩的「呀呀」聲。現在的我就像是帶著額外幾百磅壓在身上的重量做仰臥起坐，全身的力量必須集中在腰上。

兩位警察叔叔也在逝者意志的靈體幫助下突出了重圍，朝我們衝了過來。此時發狂的溫迪戈已經重重一口咬在我的肩膀上了，一陣火辣辣的疼。他們一邊呼喊著對我說不要害怕，一邊衝上來。戴鴨舌帽鬍子拉碴的警察大叔使著棒球投手的姿勢朝著溫迪戈的腦殼砸出了個重錘；另一個黑人紋身大漢沉身下盤，雙手抓著溫迪戈背上的毛要把他扯起。鬍子警察連連打了好幾拳，終於打得怪物鬆了口。他每一拳，我都感覺自己的肉都連帶著被撕扯。那些靈體也來幫忙，把溫迪戈箍緊我的雙手掰開，整隻往一旁摔了過去。警察大叔們接著過去收拾它去了。

我死裡逃生，坐在暗窟邊上連喘了幾口大氣。要是剛才栽進去了，我可是親手給自己抬起的棺材板啊。

圍繞在我們身邊的發光靈體給我們照亮了暗窟下面的東西。原來那竟是幾乎一滿池子的濁綠色黏稠狀液體，有點像是鼻涕一般，噁心死了。在這些液體中間，居然還有東西。我和余沛江小心翼翼地湊近一點，定睛一看，我驚訝地發現有好幾隻從手掌大小到滿月嬰孩大小的溫迪戈幼崽！

除此之外，那裡還有一具眼睛半睜，身材矮小如侏儒，骨瘦如柴的人類身體，而那個面孔，分明就是我在志浩手機照片裡見到過的，如今正在醫院昏迷的亞當斯！

如今的他已經沒有人形了，儘管一看就能分辨是個人類，但他的身材完全不成比例，而且身體開始慢慢變黑並且長出灰毛，耳朵尖長，他在慢慢變成溫迪戈的一員！

我和余沛江都待在原地，不知道下一步應該怎麼做。不過那些靈體彷彿統一得到了指令似得，默契地朝著那池噁心液體扎了進去。他們在空中拖出了一道道光，而且都統一變成了紅色，空氣裡的溫度開始上升，緊接著那池像是液體的東西竟然燃燒了起來。那些逝者意志的靈體是在自燃！

我驚叫一聲，探身想從逐漸下降的水位裡把枯萎的亞當斯撈回來。余沛江和兩位警察在我掉下去之前攔住了我。余沛江嘆了口氣：「他這樣，即使你把他撈回來，也是救不回來的了。」

彷彿是在肯定余沛江的答案，像枯瘦老頭一樣的侏儒亞當斯在被火光包圍之前朝我們輕輕點頭，喉嚨裡發出和腐屍一樣的嘶啞聲，不過這一次我能辨別出，他是在說：「Guys, thanks for trying.（夥計們，謝謝你們嘗試著救我。）」焦灼的空氣燻著我的臉，我的雙眼和臉都火辣辣地疼。我發現我流淚了，不知道是被火焰燻得，還是因為傷心落的淚，或者兩者皆而有之。

亞當斯連同其他幾個溫迪戈幼崽迅速被火燒成了灰燼。此時，在我們不經意間，那個承載了很多逝者們的意志的腐屍，也爬到了暗窟邊，他用全身僅剩下的三兩雙眼睛看了我們一眼，喉嚨裡嘶啞地叫了一小會兒，然後就用只剩骷髏的雙手一撐，半截身子飛進了火焰中，一陣藍紫色的火焰一下子升騰而起，然後煙霧燎燎，腐屍消失了。火焰漸漸小了，我和余沛江還有兩位警察叔叔都看到，在那些液體的下面，竟然是有著小山一樣的森森白骨，堆在一起，已經是沒有了形狀。

那些由靈體匯成的火焰，一點點把白骨堆包裹起來，自己給自己火葬。我聽著余沛江雙手合十，唸了一大段經文。我和警察們不懂，也對逝者表示尊敬，跪著拜了幾下。

在煙霧升騰起來的上方，一些炭黑色的字母一個個出現在天花板上，歪歪扭扭密密麻麻，我發現是很多不同的筆跡，寫著同樣一個片語：Thank You（謝謝你們）。

緊接著，我只感覺身旁天旋地轉，眼前的景象變得越發昏暗模糊。

不知過了過久，我重新恢復了意識，悠悠地醒來。醒來以後我只覺得自己渾身腰痠背痛，腦袋也像是被榔頭砸過一樣昏昏沉沉的。總算，在我努力回想之下，再結合余沛江剛才跟我說的，我很快就搞清自己身處何處了，我正躺在大壯住的閣樓樓梯底下。我嘗試著活動了一下手腳，果然是渾身都是傷痛啊。

樓梯上，門被打開了，一個和我同樣迷糊的腦袋探了出來，是魚配薑！我們終於成功熬過來了！我驚喜地想坐起來，然而被身上傳來的痛楚生生攔住了。相比之下，魚配薑這傢伙倒是幸福得多了，一副茫然懵逼剛睡醒的樣子，而且據他所說他醒來的時候就是在大壯的床上。

怎麼也好，我們算是大難不死了。我忍著痛，一瘸一拐地跟著健步如飛的魚配薑下樓，見到兩個警察叔叔雙雙躺在廚房暗門的邊上，我們過去搖了幾搖，對鬍子大叔魚配薑更是澆了半杯水，他們終於慢慢醒來。見到我們以後，他倆顯得非常驚訝，仔細打量我們一番，確認我們是剛才在地下室遇到的人，以及我們生命安全以後，兩人意味深長地對視一眼。然後，我們幾個人陷入了一陣短暫而尷尬的沉默嗎，大家都不知道應該如何開話題。

終於，紋身黑叔叔警察開口了，他努力鎮靜但又不免帶點怯生生的語氣問我們：「剛才發生的一切……」

余沛江肯定地回答他：「是做夢，不過同時也是真的。」然後，警察們沒有繼續再問下去了。在他們知道自己已經在地上躺了一整宿，而且那些所謂的夢境是如此真實，以至於身上都有不同程度的傷痛時，簡直連筆錄之類的手續都不做了，鬍子大叔和我們分別不自在地握了握手，然後低聲說：「Let's keep that between us.（那事就當作是我們之間的小祕密吧。）」我和余沛江又有什麼不同意的呢？

警察一邊通知總部說昨夜警車的訊號接收儀失靈，一邊跟我們告辭。我們通知完房東，大壯和志浩以後，就開始往醫院趕去。果然，亞當斯已經白布蓋過頭了。趁著醫院通知和家屬朋友辦手續的時候，我偷偷掀開白布看了一眼。亞當斯走得很安詳，至少他的嘴角是微微上翹的。我既送了一口氣，也暗自自責我和余沛江沒能趕得及把亞當斯早點救回來，那樣子說不定他能醒過來。

余沛江輕輕拍了拍我的後背，把我領出了病房。他對我說了一句很多救死扶傷鋤強拯弱行業，比如警察、醫生、消防員前輩會對後生說的話：「你不能救下每一個人，盡力了就行了。」道理雖是如此，然而那種眼睜睜看著卻無力迴天的感覺真的不好受，尤其是我們自認為自己能做些什麼，能改變什麼的時候。

「我們已經幫到了很多受害人，幫助他們解放和往生，我們也幫到了志浩大壯他們，以後有個安心的居住環境，老爺子也可以安寢。是不是？」余沛江說。

他知道我不願待在這裡等到探病時間開放，亞當斯家人聞訊來到以後的情景，於是和志浩、大壯他們匆匆告別然後離去，房東追出來把報酬給我們，余沛江再三推脫以後還是收下了。

回程是余沛江開車的。這傢伙非但不轉移我的注意力，還跟我討論起志浩他們之前的噩夢來。他認為，我們現在做的這一行一定要有相對應的抗壓能力和心理承受能力，以後比這更壞的事情都有可能會出現，一定要做好鍛鍊和準備。

我待在亞當斯病房的時候，余沛江在外面對房東和亞當斯的舍友們進行了安撫，也好奇地問了問他們的噩夢。結果他們都非常清晰地回憶出了他們的噩夢。

一開始志浩和大壯都是和我的經歷是一樣的，都是在和房子一模一樣的空間裡困住出不去，然後身不由己往地下室走去。不過在暗道裡的一路上，他們都經歷很多恐怖萬分的幻象。那樣的夢大壯做了一兩晚就不再做了，神經大條的他根本就沒有勾起一點恐懼的情緒。而志浩則被不同的噩夢幻象纏住了好幾天，每天起床都像是大病了一場一般，不過他總算也被放過了。

因為對這件事耿耿於懷，後來我又斷斷續續做了一些研究調查，發現曾經在那一帶附近消失遇害或者像亞當斯一樣無故病亡的人裡，不少都是種族偏見或者種族歧視者。一些住過裡面，迄今還活在人世，但精神和心靈有點不正常的住客，也曾多少表現出種族主義的觀點和行為。至於亞當斯過去做過些什麼，後來我決定還是不查，讓它留白算了。那是後話。

第四章　流產的亡嬰

晚上，我躺在床上漫無目的地刷著手機，心還停留在亞當斯的死訊上。不自覺地，我的聯繫人列表停在了帶有我前女友的一頁上。我點開和她的聊天框，胡亂輸了點東西，然後一一刪掉。接著，我正襟危坐想寫點什麼語句發過去，腦子裡確是空蕩蕩的一個詞句也撈不上來。隔了不知多久，我才鼓起勇氣發過去了最沒有營養的一句話：「在嗎？」

沒多久，那邊就回信了：「你怎麼了，沒事吧？」

看到這句話，倒是我愣在原地不知道應該怎麼接下去了。然後，我順手點開了她的狀態，我差點跳了起來。一直以為她身在國內的我，竟然看到她發的狀態定位是在美國境內。一種不知道是悔恨還是興奮的心情湧上心頭。

在我還沒想好應該如何回信的時候，她又發來了一條：「你應該是發現我在哪裡了吧。」

「是……」

「最近房地產做得怎麼樣？還行嗎？」她回道。

我愕然，我明明已經對她封鎖了，也隻字未提我現在從事的行業。「還行，過得去。」我說。

隨後我又匆匆再發過去了一條叫她早點休息，時候不早不打擾了的話。她嗯了一聲，然後就互道晚安了。

看著天花板的我百感交集。我自是沒有想到，這件小事之後，我和她的生命因此又重新有了交集，而且後來她還被牽涉在一個我和余沛江處理的大案子了。

本以為自己今晚是睡不著的了，沒想到胡思亂想了一番以後，就在不知不覺間睡到了天光大白。我起來刷完牙，然後到客廳去烤麵包。睡沙發的余沛江已經比我先起來，早餐已經做好放在吧檯上用保鮮膜封住了，食物冒出的熱氣使得保鮮膜蒙上了一層薄薄的水霧。昨天回到家他見我情緒不是很好，就提出留下來陪陪我，自顧自地我把我的宜家沙發床放倒，然後把他車裡以防萬一用的隨行睡袋拿出來往上一扔，被子和枕頭的問題就被他解決了。

余沛江正在用吧勺一邊往牛奶杯裡加阿華田粉一邊攪拌，他把飲料推到我的餐盤邊，有點壞笑地看著我。不知怎地，我突然覺得這樣的氣氛十分詭異，以至於我差點下意識地用衣服把自己的身體裹得更緊。這樣做更加不妥，所以我忍住了。

余沛江說：「盈盈？你這小子原來有女朋友啊。」

「啊？」我差點被阿華田嗆死在自己家裡。這是怎麼了，昨天盈盈知道我做房地產，今天又輪到這個疤痕健身男發現盈盈，難道我額頭寫字了不成？

余沛江喝著自己的飲料，指了指我的房間說：「剛才鬧鈴吵你不醒，來電也吵你不醒，反而把我吵醒了。我進去把你的手機鈴聲按掉，發現來電的是盈盈，而且這稱呼後面竟然還跟著顏文字！」

有什麼好大驚小怪的嗎，大男人的手機裡就不可以有顏文字嗎？我心裡罵道，更何況，那又不是我儲存的。我從口袋裡掏出手機來看，果然剛才她給我打了兩次電話。她既然也知道了我美國的號碼，猜想也是透過某個管道看到了我的地產經紀廣告了。原來那些豆腐塊大小的付費廣告還真的是有人看的，這一點是重新整理我認知了。

一時間，我並不知道回電過去如果她說沒什麼事純粹想聊聊的話，我可以說些什麼。彷彿一下子之間，我回到了我和她在大學剛相識那時候的狀態，那時候和她講電話之前，我都得先找張草稿紙羅列好我們可能會聊到的話題，我應該如何回答；在冷場的時候，我應該說些什麼來救場，而且又不會顯得尷尬。

忽然間我看到還有一條來自她的未讀訊息，打開一看，上面寫的是：「剛才打你電話你沒有接，有點小事想問一下你的意見。不過上午我有田野調查會議和博士論文的訪談預約，中午吃飯的時候如果你有時間就找我吧。盈」

余沛江看見我今天精神好了不少，就拍拍我的肩膀，讓我先處理一下自己的事，他也要回家跟進一個他自己能應付的小案子和幾份手頭上的保單，晚上他還有他的固定節目——去健身房找他的黑哥哥夥伴。臨走之前，余沛江自覺地把碗給洗了。

反正我也有一個定期回訪的客人需要溝通以及一些沒有處理完的檔案，那今天就好好工作吧，順便上稅收辦公室和 MLS 找找可以和余沛江一起做的房源。臨近中午的時候，客人自己給我打電話過來了，這個高爾夫球俱樂部的土財主又是買又是賣又是租的，我應付了他半天，他才滿心歡喜地掛了電話。餓得肚子咕咕叫的我點了外賣，繼續把工作搞完，竟然一下子就忘記了給盈盈回覆過去。一直到兩天後睡醒，起床泡阿華田的時候，看著杯子才突然想起來。

就是因為我這一耽誤，惹出了關乎人命的事情來。

原來，盈盈找我的事情是關於她那個意外懷孕了的舍友的，她想問我一些關於房地產租賃法律的事情，也找我參考一下解決的方法。她一起合租公寓的舍友艾世麗年輕衝動不小心留下了種，有點六神無主，既有點想自家的墮胎合法州華盛頓州去打掉，也有點想把自己的骨肉生下來。艾世麗和盈盈商量跟業主銷毀租約的事情，然後剛好我去找了她，她想問問我的意見。我沒有回覆以後，她剛好有個華人朋友過來玩耍，知道情況以後就給出了意見。

華人朋友給艾世麗的建議無非也是曉之以情動之以理，分析了一下利弊，像以後的撫養問題啊，影響自己本來的人生軌跡和規劃啊之類的事情云云。如果孩子的父親有表態情況可能會好一些，問題是艾世麗在被問到這層面的時候，只是輕描淡寫地吐吐舌頭，尷尬地說了句不知道孩子父親是誰。在盈盈發過的語音裡，我也明顯地感覺到她的震驚與不解。就連我這種偶爾也被吐槽不解女性的直男也覺得這太不可靠太不自愛了，那個（或者說「那些」）男人也真是渣到了一定程度，這個女孩本身也是有問題。後來我和余沛江說起的時候，也倒是想看看這塊「男性磁鐵」的魅力是得有多大。

本來艾世麗就拿不定主意，她也不敢和她家人說，她媽媽信基督教而爸爸信佛教，要是知道了以後那種震怒是可想而知的，而且到時候她就沒有選擇了，必須把孩子生下來，獨自撫養。在盈盈的華人朋友勸說下，她終於下定決心瞞著所有人去跟孩子說拜拜。

墮胎法案（Abortion Act，簡稱 AA）在美國一直是個全國性的敏感而極具爭議性的話題。美國的憲法和它的《獨立宣言》都是把人權作為立國的重要準則，像 Americans with Disabilities Act（簡稱 ADA）殘障人士法案、Fair Housing Act（簡稱 FHA）公平住房法案、Fair Credit Reporting Act（簡稱 FCRA）信用平等彙報法案以及這一次的墮胎法案都是它的具體展現。

曾經美國美邦的墮胎管制和處罰非常嚴厲，在大部分州都是不合法的，只有少數州能在特定情況下稍微寬鬆，比如說在被強姦、胎兒鑑定某種先天畸形、母親患有特定疾病等情況下可以申請墮胎，而且對孕期也有嚴格規定。後來在大法官的改革下，漸漸放寬了一點，但是各州在其他層面又開始束縛，比如說在批准墮胎個案之前必須要經過考察和評估，或者所要通知孕婦的單親或者雙親，等等。

艾世麗本來也是少女心性，沒有想到這些後果。因為在發現懷孕的時候已經孕期已經快要到達聯邦明令禁止墮胎的時間點了，而且墮胎一定要立案上報，到時候事情怕是會更大，於是艾世麗就在盈盈朋友的建議下託人去尋找一些類似黑診所以及偏方一類的東西。萬一這路走通了，就萬事大吉；萬一走不通，還有時間回家用正常管道去處理。在很多華人的觀點看來，即使被家裡人罵也好，也總比之後影響自己一生要來得值。因為之前我和盈盈發生過的一首小插曲，讓盈盈非常認同她朋友的觀點，也在一旁勸說艾世麗。

沒想到她們幾個還真是有效率，居然很快就找到了一個所謂的印加古巫醫。那個巫醫還大模廝樣地在郊區一個商店中心裡租了店，還是一個註冊公司，上面寫著「PSYCHIC READER（通靈者）」。其實那傢伙的合法經營範圍也只是幫顧客占卜問卦祈神以及賣賣一些古靈精怪的小物品，是絕對不能給顧客餵食一些什麼藥物的，更不要說打胎了。然而，幾個小女生卻聽從了這神棍的安排，胡亂跳了場大神，喝了他那裡的一點藥湯和「祕製」膠囊。

等我回電的時候，已經太晚了。我在心裡一邊罵他們蠢一邊又替他們著急。他們一群受過高等教育的人，怎麼會這麼糊塗呢，「病急亂投醫」這句話還真是有它道理的。她們不願聲張，現在一定忙亂成一團糟了。和余沛江一起篩選房源搜尋新生意的我，跟他提起我想去南達科他州看看情況怎麼樣。

不明就裡的余沛江一臉壞笑地說：「過去舊情復燃？」

「少在這裡貧嘴，老子是過去辦正事的。」我罵道。於是我和他大致講了下盈盈那邊的事情。

魚配薑本來趴在桌上看檔案，還沒聽到一邊就已經從「餐桌」上跳起來，變回一條活魚了。他說：「哎呀哎呀，這要壞事了。懷孕6到10週的嬰兒除了生命體徵以外，魂和魄也開始慢慢生長凝聚起來了。如果真為那個艾世麗好也為你前任好的話，一開始就不應該這麼做的。走吧，我們馬上趕去那邊看看。」

我之前在國內聽過很多大學校園嬰靈作祟報復的傳聞，也看過許多關於小孩子的鬼片，經余沛江一說我頓時毛骨悚然起來，立刻就相信了他的話。我個人還比較喜歡小孩子，如果盈盈的舍友真的流掉了，我們倆過去就是超度一下也算功德一件。

現在漸漸從秋入冬，南北達科他又即將迎來鬼城一樣的季節。本來中部州的人煙稀少而且經濟相對沿海地區較欠發達，很多居民都會選擇在冬季離開家鄉，前往東西部或者南部的佛羅里達過冬。也因為這個原因，班機的密度降了下來，我和余沛江搜了像Expedia、StudentUniverse和Spirit（前兩者相當於國內的線上旅行預訂門戶，後者相當於東南亞某廉價航空）這些航空門戶，終於在價格合理的範圍內訂下了三天後出發南達科他州布魯金斯市的機票。

我在電話裡告訴盈盈，三天後帶著朋友去找她們。她在電話那頭很錯愕，說這事她就想問下主意而已，她們自己能搞得定。我說沒事，過來看看有什麼能幫上的，幫不上的話權當是看看她或者當作和朋友旅行也好。她就沒說什麼了。我說：「那艾世麗現在感覺怎麼樣？那個巫醫聽起來不太可靠耶。」

「你可別說，那個巫醫我們倒是感覺挺可靠的。那天晚上艾世麗就做夢夢到未出生的小天使和媽媽告別了。第二天起來艾世麗肚子痛，進廁所出來以後，感覺一身輕鬆，從那之後妊娠反應都沒有了。她為了安心去醫院又做了檢查，顯示胎兒已經沒有了，不見了！醫生說很快新形成的胎盤會慢慢被排出體外，不礙事。連醫生也有點莫名其妙，不著調地安慰了艾世麗一番。」盈盈說。

我和余沛江聽到這消息，也不知道是應該擔憂還是應該開心。不管如何，三天以後我們如期出發前往布魯金斯。機場離盈盈家不到二十分鐘的距離，我們租了輛日租15美元的兩門雅力士往她家開去。我掏出手機把飛航模式換回來開始定位的時候，發現有二十幾個未接來電，全是盈盈打來的。

連忙回撥過去，卻又是沒有人接。於是我在14號公路上一腳把油門踩到底，而余沛江則往那個手機不斷打過去。我心裡有點虛，總感覺有什麼不好的事情要發生了。

在我們差兩個街角就要到的時候，電話終於接通了，余沛江說：「我們馬上到了，等我們到吧。」

「啊，那就好，你，你們快點來！」盈盈在那頭說。余沛江開著揚聲器，我聽見電話那頭熟悉的聲音裡，是帶著哭腔的。

在最後一個轉角的地方迎面而來一個 STOP「停」的標誌，我用一秒思考的時間決定了急煞車停下。十字交叉小路的另一頭剛好有一輛警車駛了出來，好險，差點就要吃罰單了。

終於來到了盈盈和艾世麗租住的房子門前。這是一棟單層民宅，車庫門是白色的，房頂是仙粉黛的紅酒色，屋體是深海藍。這種顏色搭配看起來有點彆扭，不過這附近街區的房子顏色各異，乍一看也不覺得很突兀。

盈盈知道我們快到了，猜想就在窗邊守著，我們剛解開安全帶，還沒下車，就看到她穿著短衣從房子裡跑出來了。因為溫差的原因，她的身體明顯抖了一下，一手抱住自己的身體，一手朝著我們打招呼。我們連忙下車跟她走回開著中央空調暖氣的屋裡。

她的神色非常不安，一見面就帶著我們往客廳深處趕，焦慮地說：「你們快來看看她，她好像快不行了！可是她偏不讓我報警！」

她把我們帶到了一個虛掩著門的房間前。我透過門縫不經意地看到裡面是個帶著木框半身鏡的盥洗臺，這裡面應該是個浴室了。盈盈焦急萬分地用英語朝裡面喊：「艾世麗，艾世麗，你還好嗎？」

裡面沒有應答。盈盈馬上推門進去了，一秒之後，裡面傳來了盈盈的尖叫。我和余沛江也跟著進去看看。浴室面積不小，是狹長型的，能容下我們四個人有餘。裡面除了盥洗臺，浴缸和馬桶，還有一扇門，裡面是個三角形的轉角小衣帽櫥。浴缸邊的牆上有一個蓮蓬頭，浴簾呈半拉上的狀態。出於職業本能的我在匆匆掃過這浴室的時候，看到在浴簾後面的昏暗處，有一隻泛著魅藍色螢光的小手正緊緊抓著浴簾。我細看的時候，它已經消失了。我直感覺到背後一股直冒的寒意。

隨後我看到在門背後，一個穿著銀灰色絲綢吊帶睡裙的棕髮女孩癱坐在地上，她雙手扶著馬桶邊，頭對著馬桶中央在微微喘息著，猜想是剛剛經歷過一場劇烈的嘔吐。恐怖的是，在她無力挪動的雙腿中，流出了一個深紅色的血泊，她的大腿上，混雜著血淌過的和用手抓撓過的血汙痕跡。那一灘在頭頂燈光下微微顫動地反射著光的血液，在淺黃木紋地板下顯得特別刺眼。

幾個人開始手忙腳亂地想幫上些什麼，盈盈小心翼翼地避開踩到她的腿和血泊，上前給她輕輕撫背。余沛江則把抹布和紙巾往地上的血蓋去。這房間一亂起來就顯得小，不知該做什麼的我被他們擠了出來，無奈之下的我只好到廚房，使出直男的絕招，燒上了熱水。

這時候，廁所裡的艾世麗在盈盈和余沛江的攙扶下慢慢走了出來，不，是被拖了出來。他們進了艾世麗的房間，緊接著魚配薑就被攆了出來。

我看到他的臉色十分不好看。「人家女孩子要換衣服……」我說。

余沛江轉眼看著我，臉上烏雲密布。他說：「她的孩子……」

「啊?難道她的孩子還沒有打掉?」我驚訝道，說到一半我意識到自己的聲音太大了，連忙把嘴捂住，幫音量降下來。

「不是，我的意思是，孩子是沒了，但同時孩子又還在。而且我幾乎可以肯定，現在就是孩子在搞她。」他壓低了聲說，「你剛才是沒看到她的臉色是有多蒼白，完全就像是白紙一樣的顏色。那種氣色，是只有死人……或者將死的人才會有的。」

於是，我趕緊把我剛才在浴簾那看到東西這件事告訴了余沛江。余沛江喃喃道:「進來這房子裡我就感覺有點不舒服，現在既然你說你看見嬰靈了，那就八九不離十了。」

我試探著問道:「這……嬰靈，很難搞嗎?你在鳳凰城的時候就已經十分緊張嚴肅了。」

余沛江點了點頭，正欲開口，盈盈就扶著艾世麗從房間裡走出來了。她換了一身米黃色的連衣裙。臉上也多少匆匆補了點妝，現在看上去還不算很差，不過明顯的，她比我們任何人都虛弱得多。那感覺就是，彷彿她遠遠不止只流了剛才的血量，也不止只嘔吐了剛吃的午飯。

我拉出椅子讓艾世麗坐上了吧檯，倒出一杯熱水推到了她面前。我問她:「需不需要我們把你送到醫院去?」

聽到這句話以後，她的神經立刻緊繃了起來，連忙擺手說不去。我看了看盈盈和余沛江，有點尷尬。看到被長髮遮住半面臉，頹唐坐在椅子上虛弱地喘氣的艾世麗;還有站在舍友身後，一臉擔憂而無措，雙手交叉抱著自己的腰的盈盈，一股大男子的保護欲就慢慢燃上了心頭。我知道，那是一種缺乏安全感，自我防禦自我保護的一種姿勢。

然而我該如何去保護她……她們呢？眼下我認為對的，是不跟她們提起任何關於超自然力量的事情，不徒增她們的憂慮。我想先藉故把盈盈和艾世麗支開，我和余沛江商量一下應該怎麼做，最好是在他們不知情的情況下就把事情辦妥。可是我們並沒有理由讓她們倆離開這屋子啊。

這時候余沛江朝我打了打眼色，說：「我和雞米飯去超市買點菜，等下給你們做晚餐。盈盈你好好守著她。」然後就招手叫我往外走。

我跟他走到外面以後說：「我們就這樣出來啊？要是嬰靈真要搞她們怎麼辦？」

「可是就我們倆在裡面，也不能怎麼樣。嬰靈的精神力念力是可以很強大的，再多幾個人也沒用。它們有的只是抓摸不到的虛體，有的甚至可以做到虛實互換。我需要打電話問問我爹怎麼辦。我們還是先去買點東西回來吧。等下有什麼事盈盈會給我們打電話的。現在還沒天黑，陰氣還沒很盛，我們抓緊點。」

倒車的時候，我看到壁爐的煙囪上好像有個小孩的腦袋探出來朝我們張望，跟剛才一樣，是魅藍色的。那個小孩是短頭髮的，看上去應該是個男孩。然而他哪是什麼嬰兒的模樣，這應該都有三四歲了吧。他的眼睛是空空的兩個兩個黑洞，或者說他的眼珠子裡全是黑色的，沒有一絲眼白。他咧開嘴對著我笑了，露出幾顆長得不甚整齊的乳齒。跟上次一樣，就在眨眼之間，小孩兒就消失得無影無蹤了。

在車裡我問余沛江嬰靈到底是什麼樣的存在：「真有那麼恐怖嗎？」

「我先舉個例子，」余沛江一本正經地說道，「剛出生的嬰兒就是一張嶄新的白紙，他／她的意識是還沒受到他人和外界的影響的。如果嬰兒在被餵養母乳的時候，如果你把食物拿走，嬰兒會啼哭會抗議，會用四肢亂踢亂打，那是最原始的憤怒。母體在懷孕的時候，也是這個道理，嬰兒正在吮吸養分成長，期待著脫離子宮見到外面的世界，可是我們沒有問過它的意願，就把它的權利、渴望甚至生命都一下子剝奪了，你說嬰孩會不會記怨？」

他接著說：「而且，在孕育的過程中，嬰兒其實和母親還沒有完全建立起心靈的那種第六感的連繫，還停留在臍帶和子宮這種生理的連繫。男女的結合孕育了新的生命，但其實很多新生命的靈魂並不是新的，而是輪迴的。

「這其中又有部分靈魂，或者是已經等了好幾世才被賦予了輪迴的資格；或者靈魂的前世本就是個壞人；或者是前幾世的善沒有修來一個好的結果從而一念之差變成了惡。這些都有可能是嬰靈產生的原因。靈魂在孕育初期並不是純淨的，孕育的過程，其實是一種培養和淨化的過程，後者是最重要最關鍵的。很多原本生性惡的靈魂，在孕育的過程中被淨化，直到經過產道見光明的一刻，才是完完全新的開始。」

我這下總算明白：「所以，那些重生和輪迴的靈魂在一開始就被我們毫不尊重地親手扼殺了，一旦我們遇到你剛才說的那集中本來就有怨氣的，仇恨的心理就更加嚴重，一下子爆發了。這樣一想，我感覺比剛剛不知道之前還更加毛骨悚然。」車裡開足了暖氣，可是我還是感覺寒意一股股地從體內散發出來。這一次我們面對的東西，比起上幾次的那些實實在在的怪物還更加駭人。真是祈求上天保佑啊！

到超市以後，余沛江在外面和他爹通電話請教，讓我進去趕緊買點日用品和食物。我隨便拿了點蔬菜雞牛肉和啤酒飲料，又端了個18吋的冷凍即食披薩，趕緊買單出去。

魚配薑還在停車場裡，電話已經講完了，不過他來回踱著步，嘴上叼著一根菸。我能看出來，他的心裡也沒個底兒。我也沒問他，讓他自己思考，我直接把東西裝在了車尾箱，然後和他往回開。

車裡沉默了半晌，然後他幽幽說了一句話：「不好對付啊……」也不知道是說給自己聽的，還是說給我聽的。

「很棘手是吧？叔叔有解決的辦法嗎？」我問。

「我爸說他也沒有遇到的這種情況。你剛剛說的那個嬰靈是魅藍色的，那說明，他的怨氣不是一般的重。我爸說嬰靈的顏色和仇恨、怨氣的程度是有關的，這個跟彩虹是一樣的，紅橙黃綠青藍紫，顏色越深……」

「越不好對付。」我幫他把沒說完的話接下了。他很渾濁地「嗯」了一聲。

快到的時候，余沛江說：「我們需要從她們那掌握更多的資料，反正關於她們和孩子他爹的，無論什麼方面越詳細越好。然後我們要讓嬰靈現身，慢慢對峙引導。如果說要把它困住或者捕獲然後殺死，我現在沒有一點把握，只能見一步走一步。」我應了一聲。

進門前我又特地看了看煙囪，沒有看到那個恐怖的嬰孩腦袋。盈盈一直沒有給我們打電話，希望沒有發生什麼事情吧。

大門沒有上鎖，我們提了東西就推門進去了。我們進客廳的時候，盈盈剛從房間裡出來，順手帶上了門。她小聲說：「她睡著了。」

我們剛才已經商量好，我讓盈盈過來跟我放好菜也準備好今晚做飯的食材，然後余沛江趕緊從行李箱裡拿出東西做封鎖靈體的臨時結界。我東一搭西一搭地和盈盈閒聊了起來，無非也就問問她現在論文準備得怎麼樣，在美國過得習不習慣之類。其實對於她的事情我還是很有興趣知道的，只是現在的情況不適合談這個，而我也已經沒有資格再問起。

余沛江從沙發背後鑽了出來，對我打了個「OK」的手勢。結界已經布置好了。我開始把話題引回到艾世麗身上：「這幾天艾世麗或者這房子有沒有什麼不對勁的地方啊？」

本來我就覺得盈盈有點心不在焉，在我問了這個問題以後，她撕四季豆的手明顯顫慄了一下。不管她會不會對我說實情，我都知道了，一定有異樣的事情發生過。如果有，作為性格細膩的盈盈來說，多半都能注意到。

我和余沛江安慰了她幾句，說沒事的，然後繼續追問了一下。盈盈在冰箱裡拿出我們剛買回的啤酒，打開一罐深悶了一口，然後四周看了看，才開始慢慢把話匣子打開。她確實見到過一些解釋不清的現象發生在這個房子裡，尤其是在艾世麗那晚做過的夢以後。

這房子面積不小，有兩百多平方公尺，但只有兩個房間，分隔在客廳兩側，一個是套房，另一個是洗手間和房門面對面的客間。搬進來的時候，喜歡買衣服的艾世麗選了衣櫥大一點的客間；喜歡泡澡的盈盈樂得住進主臥，反正大家的租金都是平攤。廚房是開放式的，洗手池上有個長條形的大理石吧檯。客廳本就很大，擺了電視沙發還能練操做瑜伽。女孩們特地一小塊地，放了小跳跳床、瑜伽墊，小啞鈴和呼啦圈，橡皮收腹球一小堆。

之前兩個女生曾經窩在一個房間裡看劇買包包，盈盈就曾經留意到艾世麗的床上，簡直就是一個娃娃博物館，上面放滿了形形色色的娃娃公仔。其中有一個，艾世麗說是已經陪了她差不多20年的娃娃，她從小就把它當作最好的朋友，現在長大到外州來讀書了也還是把它帶在身邊。可是在盈盈看來，那個比成人手臂還長的長腿娃娃看起來有點恐怖，尤其是那個僵硬的笑容上面，有雙目光彷彿一直跟隨著你的大眼睛。

前幾天從巫醫那裡回來，艾世麗做了那個夢以後，還是有點害怕，就跑過來和盈盈一起睡。盈盈的房間裡有兩張床，一張是房東留下來給她們的，可是她買了自己的床，於是艾世麗就抱了幾個娃娃過來盈盈這邊睡。盈盈說不知道是不是自己多心，她這幾天醒來都看見那個長腿娃娃好像勒在艾世麗的脖子上一樣。下一秒，那個娃娃好像稍稍抬起頭，朝她詭異地笑了。

她失聲叫了出來，艾世麗被她弄醒了，問她怎麼回事。她指著那個娃娃有點顫抖地問：「我，起床看到你這樣，我怕你睡著了不知道，等下娃娃把你弄窒息了。」

艾世麗揉揉眼睛，哈哈笑著坐了起來。她說沒事，就是娃娃而已，她習慣了。有時候抱著娃娃睡，第二天醒來就這樣了。艾世麗媽媽說小時候就偶然會這樣，偶爾還硬嚷著把這娃娃當圍巾裹著到街上去。

經她這麼一說，盈盈的心才稍稍定了一點，或許是自己看花眼了，那個娃娃應該是被枕頭擠得做出了那個「抬頭」的動作。不過當天她們倆出去逛商場，直到晚上次來準備睡覺的時候，艾世麗在盈盈的房間怎麼也找不見那個長腿娃娃。盈盈問她是不是早上次房間換衣服的時候把娃娃帶回去過，艾世麗撓撓頭，不是很確定。兩人走到艾世麗房間的時候，果然看見長腿娃娃安安靜靜地坐在床中央凌亂的被褥上，一臉僵硬地笑著。不過，當時的床上除了那張被褥，什麼都沒有。枕頭是被艾世麗帶到盈盈的房間去了，可是其餘的娃娃呢？倆女生驚訝地發現所有的娃娃都掉到床下去了。這一點，艾世麗和盈盈怎麼都解釋不清楚。從那天起，盈盈再也不敢也不願去直視艾世麗的那個娃娃了。

盈盈說：「大前天你回電的時候特別冷，不知道為什麼窗戶被打開了，直到下半夜我們被冷醒了才發現。冷風不斷地灌進來，幸好的屋裡暖氣是全天候24小時開著，要不然我和艾世麗可真要凍死在床上了。這簡直就讓我想起了我們在……讓我想起了之前冬天在浙江旅行那時候，南方那種能在被窩裡感受到的刺骨寒冷啊。」說到這裡，我和她都有點尷尬。

也總算余沛江是個識時務的人，他看出了當中微妙的端倪，開始把方向引回去，他問了一些窗戶是不是沒反鎖被風撞開之類的問題。盈盈回答沒有，然後回到正題上去了。她說內窗臺貼著中間的防風密封窗桿放了一瓶海鹽瓶畫，是她開學前到波多黎各旅遊的時候買的，裡面灌滿了染色的海鹽，海鹽被街頭藝術家巧妙地透過順序和用量，在瓶中畫出了一個陽光沙灘，以及在天空中飄著的七色雲彩。

當晚窗子被打開後，那個瓶子就裂開了，海鹽散落在窗臺上。盈盈說：「瓶子不是被窗子撞開的，因為窗子是往外開的。這是第一個奇怪的地方。如果瓶子是被風吹進室內打破的，碎片應該都集中在那一片，而且瓶子裡的海鹽也應該在那附近，可問題是我們根本就沒有找到那個瓶子在哪裡，更不要說是它的碎片了。那些灑落在窗臺的海鹽也是非常奇怪的。它們頑固地黏在地窗臺上，被風吹進屋子裡的幾乎沒有，而且那些七彩的海鹽全都變成了黑色。這個是有點奇怪，不過也有可能是發生了什麼化學反應也說不定……」

「還有別的嗎？」我問。

「還有一件事……」盈盈怯生生地朝自己的房間看了一眼，又下意識地看了看如今空空如也的窗臺，才回過神來對我們說，「我都不知道自己敢不敢說出來。算了算了，我還是不要說了……我怕，我怕它還會回來找我，我，我，我不確定是不是夢……」說完，盈盈「咕嚕咕嚕」地把易開罐裡剩下的啤酒一口喝完了，手還不禁用力把鋁罐捏變形了。在我的印象裡，以前的她沒有這樣的習慣。她又打開冰箱，開了一罐新的啤酒，問我和余沛江要不要。我本來想喝的，不過看到余沛江擺擺手，我也回拒了。

我們耐心地等著盈盈說話，終於，她又給自己灌了大半聽啤酒以後，才慢慢子在酒意下鼓起勇氣和我們說。

艾世麗是校話劇團的成員，在她發現自己懷孕的前幾天終於拿到選角，要參加排練改編的著名魔幻怪誕舞臺劇《怪胎（The Weird）》，準備在本州南邊的蘇瀑市（Sioux Falls City）大劇院演出，如果反響好，學校承諾還會贊助到馬里蘭州、佛羅里達州和這個劇的出產家鄉喬治亞州巡演，一切收益歸劇團。（這個舞臺劇是 2005 年「爸爸的車庫」戲劇影視公司的榮譽產品，首演於喬治亞州的亞特

蘭大市，盛名一時而且斬獲很多獎項）

艾世麗為自己拿到選角的事情特別興奮，這也是為什麼盈盈和朋友能這麼快說服艾世麗把孩子打掉的重要原因。從醫院拿著超音波結果回來以後，歡天喜地的艾世麗扯著盈盈陪她去挑選戲服。她們走了好幾家，恰好讓她們碰上一家搬遷拋售的道具服裝店。一進裡面，她們彷彿打開了新世界的大門，說是拋售的舊貨，但比起之前去的幾家來說完全就是走在時間的前端，就連陪同來的盈盈都想買上一套了。店家說是之前有兩家相熟的電視臺服裝間把換下來的送到他們家來了。艾世麗一眼就看上了一條青草綠色的碎花洋裙。它不僅和導演給出的所有參考範圍完全吻合，甚至簡直和參考照片組一條裙子幾乎長得一模一樣。艾世麗歡喜得不得了，馬上就拿上裙子進試衣間換衣服去了。盈盈四處看了看，等艾世麗出來的時候，盈盈看到艾世麗背著她，正在面對落地鏡擺造型。艾世麗在穿上裙子以後，本來有點過於圓潤的臀部彷彿一下子被收窄變得更加緊緻，那個背影殺，簡直連她一個女生也快抵擋不住那股魅力了。

店家也驚呼一聲迎上前來，說艾世麗簡直像電影明星一樣光芒四射，盈盈說她當時完全沒有覺得那是店家的職業性恭維。然而，當艾世麗頭頂的射燈下光芒萬丈地轉過身來，笑嘻嘻地問盈盈好不好看時，盈盈整個人當場瞪著眼睛愣在原地。只見那條漂亮的碎花洋裙，正面的腰部以下是一大灘烏黑的血跡，一直延伸到腳踝的地方，都是斑斑駁駁，而且伴著大小不同指紋掌紋的血汙。當時盈盈頓時感覺到了一陣心慌和壓抑，她跌跌撞撞地後退了幾步，直到被身後的衣架撞到。艾世麗和店家的樣子除了對盈盈的關切以外，完全沒有為裙子的異樣感到不安或者驚訝。盈盈當時心裡想，難道是只有她能看見裙子上的血跡血汙嗎？

她強自鎮定，擺擺手說沒事，可能就是血糖有點低。為了逼真起見，還真從包包裡摸出一顆奶糖開始吃。艾世麗笑著問她說：「這裙子好不好看呀？」說著，就又站到了落地鏡前。盈盈透過那面落地鏡再看那條裙子，不知為何那又變成了一條漂亮迷人的碎花長裙，上面沒有一點瑕疵。當艾世麗又轉回來的時候，那攤讓視線移不開的恐怖血跡，重新出現在裙子上。

盈盈嘗試著讓艾世麗不要買那條裙子，可是她找不到理由。她只好委婉地建議舍友再去挑挑別的，看有沒有更喜歡的。艾世麗卻彷彿認定了它是的，根本不用考慮，就想去付款，直接穿著回家。

最後盈盈還是跟她說這些別人穿過的衣服最好洗洗再穿，先換下來，艾世麗才不情不願地重新跑進了試衣間。在她把換下的裙子搭在門上時，盈盈俐落地拿了下來，趁著店家沒有注意，在裙子的後背用原子筆凌亂地劃了幾道。不知道是不是錯覺，盈盈甚至感覺到把裙子拿在手上的時候，一股濃烈的血腥氣撲鼻而來。

等艾世麗出來以後，盈盈湊上前跟她說自己發現了裙子後面有被筆劃過的痕跡，叫艾世麗別買了。艾世麗豁達地一笑：「哎呀，穿在後面，在遠處不會看出來的，沒事的啦。回去洗一洗說不定就洗掉了。」這下盈盈詞窮了，只好眼睜睜看著舍友把裙子買了回家。

買完裙子的當天晚上，盈盈就遭受了一回鬼壓床，而且做了一個讓她渾身汗溼的噩夢。在夢裡，她伸出一個兩層的郊區別墅，落地窗從二樓一直到一樓，視野非常廣闊，遠遠還能眺望到市區的高樓。房子的洗手間傳來嘩嘩的水聲，是艾世麗在洗澡，艾世麗在裡面含糊地說讓她看管好孩子。她在莫名其妙的屋子正四處轉時，一個約莫三四歲的小男孩尖叫狂笑著朝她跑來，而且每跑近一步，面目就變得猙獰一分。儘管那明明是小男孩的髮型、動作和模樣，可是他發出的卻是小女孩的聲音，而且身上穿著的，是一件綠色的碎花小洋裙，上面的大灘血跡，和盈盈看到艾世麗買回來的裙子的位置絲毫不差，就是它的微縮版而已。

隨後盈盈衝到最近的一個房間裡，並且迅速把門用力關上。那個陰陽怪氣的小孩一點沒有減速地朝她直衝而來，門恰在這時候夾住了小孩，正正把小孩的頭給夾爆了！盈盈雙腿一軟坐在地上，連擠到臉上的腦漿血液都忘記擦了。然而她的四周卻是立體環繞地響起來了稚幼聲線發出的奸笑聲。盈盈跨過小孩的屍體在屋子裡瘋了似地奔跑，無論怎麼也跑不出那棟房子。她衝回去想要打開浴室的門，然而浴室門被上鎖了。她拚命捶打門板叫著艾世麗的名字，可是裡面毫無響應。隔了一會兒，浴室裡面的「艾世麗」終於說話了，而且更加令人毛骨悚然地是，她重複了跟剛才一樣的話。客廳裡，那個剛剛被夾爆頭的小孩又出現了，還是一邊獰笑一邊朝她跑來。

「大概就是這些了。哎，可能是我那些天因為她的事情有點神經衰弱了。這世界哪有這麼多鬼怪的事情。不過那天醒來，我渾身乏力，好像真的受驚奔跑了一宿似的」盈盈用手把頭髮往上剷起，揉了揉額頭。過了幾秒，她抬頭看著我和余沛江說：「既然我們巫醫都找了，還是幫那小孩做場法事超度一下好些吧？」

盈盈的話音還沒落，突然之間，有一隻魅藍色的孩童小手從她後腦的發叢中探了出來，緊接著，剛才那個熟悉的小腦袋又鑽了出來。只見赤身裸體的他是整個人趴在盈盈肩膀上的！

這一次，我和余沛江都同時見到了。不僅我們，就連盈盈也轉頭看見了。她本能地喊出了她最高分貝的尖叫，然後伸手想把那嬰靈從她身上撥走。不過她的手完全穿過了嬰靈藍色透明的身體，嬰兒還是嬉笑著趴在她肩膀上，懸空的小手小腿在亂晃擺動，他發出那種純真的笑聲，我們所有人都能清晰聽見。然而在此情此景之下，我只能用寒毛倒豎來形容我們的感覺。

忽然間，我放在吧檯上的手機螢幕亮了起來開始震動，螢幕上面那赫然是我自己的電話號碼！此時，我聽到余沛江和盈盈口袋裡的手機也相繼震動了起來。嬰靈笑著一下子蹦到了沙發上，一蹦一跳地似在玩耍。他被某樣東西吸引過去了，跳下沙發去一看，然後馬上咿咿呀呀地怪叫。等他重新跳上沙發的時候，他的臉色就變了。他收起了笑容，那雙看起來很像兩個黑色空洞的眼睛死死地盯著我們，眼睛一點點地瞇了起來並且往外凸，表情變得非常猙獰。那種氣質非常邪異，完全不像是小孩子生氣做鬼臉的樣子，再加上深藍色陰暗的面孔，更加有一種說不出的，懾人的詭異。

「你們這些醜惡的入侵者，居然敢背著我和媽媽說悄悄話！」是小男孩的聲音。可是我在聽到這些話的時候，並沒有見到他除了對著我們齜牙咧嘴之外有動過嘴唇。他是直接傳音道我腦海裡的。我相信，余沛江和盈盈都聽到的。更令我驚訝的是，嬰靈對我們說的是中文！

我還在等余沛江採取下一步行動，可是那嬰靈的速度實在是太快了，一眨眼之間他已經先後來到了我和余沛江面前，用小手抓著我和余沛江的小腿輕輕鬆鬆把我們倆摔了出去。我的側腰撞到了帶把手的冰箱門上，硌死我了，再裝一下我怕是路都走不了了。余沛江更慘，飛到了外凸的牆角上，一腦袋磕了上去，馬上就有一道鮮血流了出來。他摔趴在地上，努力地想站起來，好幾次都失敗了，一用力就失去平衡摔回到地上。

「咕……」的一聲在客廳裡傳來，嬰靈突然之間一扁嘴，跺著腳開始哇哇地哭了起來「我餓了！我餓了！媽媽我餓了！」一開始就像是一個嬰孩一樣的，可是在喊第二遍的時候，聲音就變得非常淒哀悲愴，再到第三聲的時候，已經到了夾帶著凌厲怨恨的尖叫怒吼。

我做好了迎接暴風雨的準備，可是在那只有就沒有消息了。嬰靈消失了！可就在一兩秒以後，房間裡傳來了一兩下重重的咳嗽聲。是艾世麗！大事不妙了，我一手扶著自己的老腰，然後拚命往房間裡趕。

客廳裡，盈盈不知道什麼時候也癱倒在地上了，臉色蒼白，而余沛江才終於能扶著牆坐起來了。暫時顧不上他們了，我打開房門往裡趕去。只見得那個嬰靈，正騎坐在艾世麗的脖子上，和她面對面。

以前我就聽說過一些關於嬰靈的傳聞，現在回想起來，我只感覺到眼前一黑。有的人說，被打掉的胎兒的靈魂，有些是被超度往生了，有些直接魂飛湮滅了，然而還有一些卻留在了我們的世界沒有進行下一次投胎，反倒像普通的小孩子一樣長大。對於最後一類嬰靈，就看怨氣重不重了，怨氣輕的會以母親為吸食對象，怨氣重的可能會對所有陽間的生物下手，但最鍾愛的還是年輕的女性。它們都有一個共同點也可以算是它們的弱點，那就是它們都被束縛在一個空間或者一個物件裡，比如說一棟房子，一隻戒指或者一本日記本，等等。

這個嬰靈既然已經有了三四歲的小孩的模樣，即使按他比人類小孩快一倍的成長速度，也已經在這裡「存活」了至少一兩年了。這根本不可能是艾世麗打掉的孩子。我們對付的，是這房子裡另一個嬰靈！

當然，在這麼想的時候，我已經衝上去救艾世麗了。縱然我不能攻擊到那個嬰靈，但是我能把艾世麗抱起來，盡力遠離那個小傢伙。我把艾世麗橫抱起來，衝出了房間。我這下也注意到了，艾世麗的脖子上，的確纏繞著一個長腿娃娃。唉，好好的一個花季女孩，怎麼就這麼倒楣，牽扯上這麼多神神鬼鬼的事呢。

因為我搶上抱走了艾世麗，魅藍色的嬰靈小孩失去平衡被我甩到地上，掉在了盈盈的床腳邊。他看著我，雙眼的怨憤越發地加深，表情越發地扭曲了。他朝著我就要撲上來。然而就在他要躍起來的一刻，卻像被什麼力量拉扯住了一般，跳起來還不夠幾公分，就被拽回了原地。

我也管不了那麼多，先把艾世麗帶出去要緊。余沛江終於掙扎地站起來走到門邊來接應我了，我把艾世麗放到地上讓她自己站著，和余沛江一起扶著出去。那個嬰靈還在亂衝亂撞，想掙脫那無形的束縛。我開始以為是余沛江的功勞，可就在我無意中餘光再次瞥向嬰靈時，卻看到地上有一個手錶表盤大小的繡花小包。咦，那不是盈盈以前脖子上的護身符嗎？

我和余沛江把艾世麗扶到客廳上的坐下，然後余沛江二話不說衝到我們的小行李箱旁，掏出兩個像陀螺一樣的奇怪玩意兒來，一個揣進口袋裡，一個放在茶几上。拿東西下半是細長的錐形，上半是一個多邊形的木片，外側是八角形的，內側有一個獨立的小木圓盤，有一點類似於《全面啟動》結局裡那個陀螺的感覺，但不是一樣的東西。只見余沛江一扭手腕，那個東西就在茶几上自己旋轉了起來，上面那塊木塊中間的圓形跟著陀螺順時針轉動了起來，而外面那半的八邊形，是逆著時針轉動的。余沛江掏出剛在超市買的打火機，在陀螺的頂端點火。原來那上面是有引線的，那個陀螺馬上就燃起了如豆火苗。

頓時，我感覺到以那個陀螺為中心，泛起了陣陣宛若和煦春風一樣的暖波，從裡往外如漣漪一般擴散。

余沛江跟我說讓我守在這裡保護女孩們，裡面那玩意兒困不住嬰靈多久，等下要是他衝出來了，這個還能頂一陣子，他現在要在艾世麗的房間裡找到她剛買的裙子燒掉，這樣有可能能消滅嬰靈。說完他就衝進了艾世麗的房間裡。

我把盈盈也從地上扶到沙發上，讓她們倆盡可能地靠近那個燃燒的法器陀螺。她們倆儘管虛弱不堪，但至少還算是神志清醒，這讓我稍稍放下心來。艾世麗的那個長腿娃娃始終像圍巾一樣掛在她的脖子上，可別說，看著真的很詭異。

我想起了高中那時候曾經有一首恐怖童謠在某個論壇裡流傳，名字叫做《妹妹背著洋娃娃》。童謠是說一個女孩背著一個洋娃娃去看櫻花，娃娃流淚了，妹妹問娃娃有什麼心事，娃娃說她曾經也有個家，但如惡魔般的酒鬼父親砍下了妻子的頭，又把自己女兒的皮剝開，做成了現在的她——人皮娃娃。

反正當時關於娃娃的恐怖傳聞特別多，還有的說人形娃娃會長年累月地吸收主人的精華，主人變得憔悴虛弱而娃娃變得強壯，慢慢地娃娃就會變成主人的模樣，把主人完全替代掉。自從聽了那些，雖說我沒有被嚇到，但從此我就會對娃娃敬而遠之，本來在娃娃機上有一點造詣的我也從此金盆洗手了。

不管這些所謂的傳說有沒有一丁點的可靠性，任由那個娃娃這樣子纏著艾世麗的脖子我也看不下去，於是我一把用力抓起那個娃娃的腿想扔出去。可是就去在我把娃娃拿起的瞬間，我整隻手臂就像是被雷劈了一下似得，又痛又麻。就這麼一定神，艾世麗就從我手上把娃娃接過去，抱在自己的懷裡。虛弱的艾世麗對我說了聲：「謝謝。」

我尷尬地收回了自己的手，又痛又麻的感覺持續了好一下子。我再看向那個娃娃的時候，只見他盯著我，眉宇之間有點怒氣，不過嘴巴還是露著那個僵硬的笑容。

突然間，盈盈和艾世麗異口同聲地驚叫了一聲，而且都盯著我的背後。我急忙轉身，只見嬰靈已經來到了我身後。此時的他已經不是我們最初見到他時的模樣。現在他彷彿一下子長大了，而且魅藍色的透明身體，如今已經隱隱泛著紫光。之前他還算是有點稚童的樣子，趴在盈盈肩上笑的時候還是沒有牙齒的。如今他不僅高了不小，就連像殭屍一樣的牙齒也長出來了。

他的樣子非常生氣，可是說話又帶著哭腔：「我的舊媽媽不要我了，現在你們兩個新媽媽也不要我了。都是你們倆，都是你們兩個害的！今天，我一定要你們死在這裡！」

幸好，余沛江點的那個陀螺給我們形成了一個防護罩，嬰靈像靠近我們的時候，就彷彿踏進了一個風暴猛烈的流沙沙漠，身體一點點在下沉，眼睛也被吹得幾乎睜不開。

三番兩次地受挫，嬰靈氣得嘴都歪了。他憤怒地吼了一聲，然後發起狠勁一次一次地朝我們衝來。被他這麼一吼，除了我們以陀螺為中心的幾平方公尺面積以外，一些輕如鍋碗花瓶的東西直接被掀了起來劈里啪啦碎在地上，所有的窗戶都被震開了。我看到陀螺頂端那點火苗在劇烈地跳動，而且越來越微弱。

終於，在嬰靈又一次朝我們衝來，而且不斷用頭撞擊。旋轉中的陀螺猛地一歪，爾後火苗熄滅了。這下，我們完全暴露在他面前了。余沛江啊，你可要快點啊。

剛剛陀螺爭取回來的時間幸好也總算夠余沛江去找那件碎花洋裙了。他從艾世麗的臥室裡，一手舉著那件長裙一手拿著打火機說：「你放開她們幾個，不然我就把長裙燒掉。你現在回頭，我和我搭檔給你誦經超度再次投胎輪迴，不然的話，就只有灰飛煙滅。」

從房間裡出來的余沛江，宛如披著大衣咬著巧克力進場的賭神高進一般神威凜凜，嬰靈也被這威勢暫時唬住了，定在原地。可是過了幾秒以後，他就笑了，笑容非常地玩味。他現在也不急著對付我們了，翹起雙手挨在沙發邊上，靜靜地等余沛江燒裙子。

余沛江並沒有讓這場對峙持續下去，他也笑了，然後悠悠地從口袋裡套掏出了一張已經稍微泛黃的照片：「機會已經給過你了。」他不給嬰靈更多的反應時間，按著打火機，火舌馬上就舔到了照片的邊緣。光面的照片先是被灼燒得起了一點點捲邊，而後燃起藍綠色的火焰，一點點把照片吞噬。

嬰靈在看到照片的瞬間已經有點慌張了，他尖叫了一聲：「不要！」想搶上前奪回照片，不過他的身體像是被抽空了所有力氣一樣，一下子癱倒在地上，身體越發顯得透明，而且從頭到腳開始像燃燒的照片一樣冒起了一縷縷煙。

我也終於鬆了口氣。要是剛才真被他攻進來，皮肉之痛是受定了，說不定這一回連小命都會丟了。

說時遲那時快，正在灰飛煙滅的嬰靈並不甘心就此消失，他怎麼也想在我們當中找個人來陪葬。只見他用盡全身的力氣，不是向余沛江撲去，而是向著另外一個方向——躺著兩個女生的沙發上直奔而去。我和余沛江都是一愣，隨即知道大事不妙，都在反應過以後第一時間追上前去。

然而我們已經晚了一步，速度已經漸漸變弱的嬰靈還是拚勁一躍，騎到了艾世麗的脖子上。就在這個時候，不可思議的事情發生了。艾世麗的全身一下子被一股乳黃色的光芒罩住了。

偷襲的嬰靈沒有得逞，反倒被那道柔和的光震開了。嬰靈被彈到了地上，不過他還沒放棄，又想像如今離他最近的余沛江下走，似乎怎麼也要不遺餘力地禍害一下別人那樣。我實在看不過眼，一手搶過因為塑漆面燃燒得非常緩慢的照片扔在了廚房的灶臺上，擰開電磁爐。很快，發紅的電磁爐馬上就把照片燒成了灰燼。

嬰靈消失了。他就在我和余沛江面前，徹底地灼燒蒸發成了虛無。

再看艾世麗的時候，她閉上眼睛像是睡著了，身上那道神祕的乳黃光芒已經褪去。直到兩天之後，艾世麗才幽幽地醒了過來，而且對這一切發生的事都只剩下非常模糊的記憶，有些地方的偏差還非常大。懂一點心理學的盈盈說這是艾世麗的心理防禦機制啟動了，她的潛意識選擇性地遺忘掉一些東西，修復她的記憶，讓她以後的生活少一分心理壓力。而余沛江則是覺得艾世麗的保護神在庇護她。不過總算她還記得我和余沛江。

艾世麗昏迷的時間裡，盈盈告訴了我們另一個故事：艾世麗的爸爸因為信佛，曾經試過為艾世麗請泰國的佛牌保佑女兒，然而當時泰國和尚在占卦和見過艾世麗以後，對她父親說佛牌請不了，但是請他放心，因為艾世麗已經有東西守護著她了。

醒來以後，艾世麗第一時間就是要找她的長腿娃娃，當她發現它還是像以往一樣纏著自己脖子以後，才安心下來。她向我們提起了一個朦朦朧朧的夢境，她記得夢裡面有人叫她「媽媽」，但是聲音的來向光芒萬丈，她直視不了，不知道光的那一邊是誰在叫她。

後來在談論到這件事情的時候，都說是那個庇護著她的存在幫她擋下了靈嬰的那一劫。盈盈後來和我通電話的時候，說起過又一件關於艾世麗的不可思議的事情：某一天艾世麗從小橫巷轉角走向大路的時候，發現被人用力扯了一下衣服，她停下頭回頭看的時候發現四周竟然空無一人，此時在她身前不到一尺地方，一輛跑車從她面前急速駛過，從車窗往裡看到那個開車的少年好像已經半醉不醒的模樣。要是沒有發生那樣的事，猜想艾世麗已經被肇事車撞飛了。不過至於守護艾世麗的是她那個還未謀面的孩子，還是那個看起來稍顯詭異的長腿娃娃，那就不得而知了。余沛江說：「說不定艾世麗那個沒出生的孩子，還真是個天使呢。」

隨後我又告訴盈盈，說剛才在和嬰靈追逐的時候，我在她的床腳邊發現了她的護身符，它還幫我們爭取了不少時間，救了我們所有人一命。盈盈下意識地摸了摸脖子，然後笑著說前兩週某一天起來以後就突然不見了，怎麼找也找不見來著。看來，每個人都在冥冥中被守護著的吧。

反正，在艾世麗醒來以後，我和余沛江就告辭兩位女孩，然後啟程返回亞利桑那州了。去機場的時候盈盈硬要跟著我們一起來，在告別的時候，她主動用力地擁抱了我。不過最終，我們還是揮著手說再見。不知道是不是我的錯覺，我感覺她的眼眶裡，泛起了一些淚花。

在飛機上，余沛江搖身一變，成了一個好奇寶寶，不斷地追問起我和盈盈的往事，還說覺得在我們中間似乎還有一些火花在擦碰著。經不起他的軟磨硬泡，我實在是沒有辦法，只好一邊回憶一邊跟他講起了我和盈盈曾經在大學城裡的故事。

在我轉學來美國完成學業並且定居下來工作之前，我在國內的大學也讀了三個學期，我和盈盈就是在那個時候認識的。

當時我是外語大學的經濟生，她是師範大學的音教生，不過我們都生活在同一個巨大的大學島上。大一軍訓的時候我就斗膽翹掉了一次夜課，跑到隔壁的一所工科大學參加了俞敏洪老師的講座。因為去得晚，只能站在體育館的出入口通道裡仰頭觀看。無意之間我感覺自己的腳尖踢到了什麼東西，低頭看見了一個掉落在地上的手機。我撿起來一看，手機背面的透明保護殼裡夾著張女生的自拍照。我嘗試著拍了拍站在自己身前正踮著腳尖的女生，她回頭，果然和保護殼上的照片是同一個人，甚至更加漂亮。我笑笑沒說話，把手機遞還給她。那是我們的初次見面。

後來在島上生活了兩三個月以後，我開始活躍地出席參加一些社團和聯誼活動。有一次，大學島上的十校聯盟組織了一次「男左女右跑內環」的聯誼活動，我和盈盈又在內環巧遇，這才互通了姓名。自從兩人相識以後，世界彷彿就變得更小了，漸漸地，我們的生活意外地有了越來越多的交集。外大旁邊有很多特色的小咖啡廳，有一家是我曾經打過工的名叫白日夢的小店，有一天上班的時候經理對我說晚上會新來一位很有天賦又長得漂亮的鋼琴伴奏，沒想到晚上來上班的竟然是盈盈。那天晚上她彈了一首恰恰是我當時單曲循環的歌，電影《海角七號》裡面的插曲——《1945》。我覺得我被她迷上了，也開始有點相信了緣分。

後來又有一個週末，在大學島旁邊有一橋之隔的藝術村沙洲嶼，我和其他幹事剛給社團拍完宣傳影片，在回去的路上我又在一家民居改造的琴行裡聽到了那首《1945》。我好奇地往窗裡一看，又見到了盈盈，她正在為一些高中的藝考生補習。那天晚上，我在大學第一次約了一個女生到市區吃飯，也「順便」看了一場當時剛上映的電影《私人訂製》。在兩張椅子共享的一個扶手裡，兩隻手就神差鬼使地碰在了一起。她沒有縮回去。儘管後來回去以後舍友都笑話我帶女生去看電影竟然不看愛情片，但還是被我以「那又怎樣，我現在有女朋友了，你們呢？」狠狠地將了一軍。

時光飛逝，我和盈盈一起快一年了。她知道我吃牛排不要醬，我知道她對蛋黃過敏。她的家人一直想她到國外進修，已經給她找好仲介去申請美國的學校，拿到錄取通知之後猜想很快就要出國。而她家早就已經制定好了移民計劃和投資專案。本來之前的我沒想過出國。當然，那時的我更不會想到，如今我會留在美國從事房地產行業。不過突然之間我就有了出國的打算。恰好在學期末，外大教務處公布了一批交流生／交流學者，以及雙學位、本碩連讀的專案，裡面有我的經濟專業。頭腦發熱的我去報了名，而後從考核審查、辦手續、申簽證和做體檢，一系列的手續走下來就像做夢一樣。

那時候，成績很不錯的盈盈材料差不多都準備好了，就差一份語言成績單就馬上能遞交申請了。可是高中作為藝考生的她因為之前的英語基本功不扎實，兩次刷下來的語言成績仲介和她自己都覺得不理想。申請錯過了日期，只能再等一個學期了。這就變成了我要先行到美國探路了。

然而事情並非如想像中地進展。當年很多出口企業扛不住壓力倒閉了，這裡面很不幸有盈盈家的公司。投資移民計劃擱淺，連她的出國計畫也要無限期地延後了，她們家因為債務，只能抵押了房子，舉家搬到了鄰省的親戚家暫住。滿懷欣喜的我在美國等待重聚，可是等來的，是她在視訊通話裡，用家裡那臺已經不再屬於她的鋼琴，為我再彈了一次那首《1945》，然後帶著淚痕跟我說了分手。

當時的我看著帶著淚痕的鏡頭前的她，不知道該說些什麼。那時候，我並不知道事情的真實情況，也愚蠢的沒有想過去查證。我只知道，她對我已經沒有了感覺，和別的男生在一起了；我只知道，社交軟體裡的她，打開了好友驗證；我只知道，她的手機號碼再也不能撥通了。當時那種感覺，是一種真真切切帶著疼痛的難受。

我依舊不忍把她從我的通訊錄裡刪除，心底裡還存留著一絲希望有一天她會把我加回來。同時我也害怕萬一果真如此，會看到她和另外的男生甜蜜嬉笑。我終於艱難地把她的備註改去，也封鎖了她。在之後的幾個月裡，我也還是會偶然點開她的相簿封面，看那張唯一可見的照片，以及那條孤獨的橫線。有一段時間，她的簽名是：但願人沒變，願似星長久。我冷笑。

慢慢地我走出來了，漸漸地我也習慣了美國的生活，匆匆談過幾次戀愛，有的無疾而終，有的只是君子之交淡如水，沒有任何火花。那段時間裡，就連生理需求也變得不正常，我寧願對著播放愛情動作片的螢幕，也不願去碰別人的身體。

後來知道盈盈家的真實情況已經是四五年後，偶然在一張朋友的碩士畢業照裡見到了她，輾轉地在幾個以前的共同朋友那裡零星聽到。那時候不過是感慨了一下，如此便了了。

「我沒有料見之後自己會跟你接觸起這些我從來不相信的超自然事物，也沒有料見自己會發神經傳訊息給她，恰好她又在美國而且也回信給我。」我轉過頭對余沛江說，也算是給這個故事一個不是結尾的結尾。

余沛江本來也是嬉笑著想聽點八卦，不過在我娓娓道來的時候收起了笑容，一言不發地靜靜聽我講完。飛機落地了，我們在打車回家的途中他突然跟我說：「我覺得你們倆可能還會有戲。」他是嚴肅說的。

我沒有回應。

第五章　亞裔的復仇

我和盈盈在這樣的狀況下重遇，的確有點難以言表的尷尬。不過怎麼也好，如今的我們也只是偶然重新做回了普通朋友而已。

生活還是要回到正軌去，比如說我的房地產，魚配薑的保險，以及我們倆的「生意」。我在電信營運商的家庭套餐上特地加了一個電話號碼，用作之後專門處理我們這種凶宅或者其他靈異現象用的，之前去南達科他找艾世麗和盈盈她們，出門前把它忘在家裡了。回來以後我一檢視，發現無論是留言信箱、未接來電列表和簡訊收信箱都被狂轟濫炸了一輪。傳播真的像是種魔法啊，也不知道這些人是怎麼打聽到我們的。不過話說回來，我們可總算找對生意門路了，這種供不應求也太不平衡了，金山銀山就等著我們倆去挖啊……好吧，是等著余沛江去挖，我是跟著沾光的。

我和余沛江分別回撥了一些，有不少的人工智慧的電話推銷，也有是愚蠢的電話騙局。就這樣的智商還想來騙人，這不是找虐是什麼？然而我們沒有空去玩人家，畢竟真的有需要我們幫助的人手拿鈔票在等著我們。後來我們就專門找那些同一個號碼多次來電的那些。不久之後，我們就找到了下一個案子，而且這個案子還是跟我們的同胞相關的。

電話是從同時擁有「罪惡之城」和「天使之城」兩個稱號的城市——加州洛杉磯打來的。在我們去了南達科他州的這段時間裡，同一個號碼響起了不下三十次，留言信箱裡也有幾條語音留言是這個女機主留下的。聽完留言以後，我和余沛江總算獲得了一些碎片訊息。

這個機主說別人都叫她貝蒂，華人都叫她群姨，因為聽到我和余沛江會抓妖除魔，讓我們一定要過去幫幫他們家，酬金的話萬事好商量。在留言裡她講的大概情況就是他有個關係很好的堂弟大超，一輩子守著兩個物業勤勤懇懇、安安分分過活。他在洛杉磯市區有一小棟三層的公寓樓，建築物除了天臺以外一共就三個單間再加個放雜貨的樓梯間，二樓三樓租給客人，一樓和樓梯間是大超用來自住和放東西的。另外她堂弟在緊挨著公寓樓旁邊的小商店街裡有家成衣批發的小店。

可是在過去十幾年間，竟然至少有五六個人死在他的公寓樓裡或者是小店的附近。在最近的一個月裡，就有兩個人的死亡讓群姨的堂弟有了謀殺的嫌疑，大超因此多次被警察弄進局子裡調查。儘管暫時警察沒找到確實的證據控告大超，他還是自由身，但三天兩頭就有警察上門查問，而且大超也害怕了。就在五天前，大超店裡的儲存間，以及後門的瀝青路面上竟然有很多散落的頭髮和斑斑血跡，這一回大超被警察帶回局子直接拘留了起來，現在群姨僱傭的律師正在嘗試著幫弟弟保釋。

剛開始的時候我和余沛江都覺得這沒有什麼可疑的地方，如果這是在一個並不太平的街區，這樣的事情還是有可能發生的，畢竟之前發生的案子，除了一個懸案以外凶手都歸案了。我們作為管得稍微寬一點的經紀，總不至於連警察的份內事也管上。還是繼續看看有沒有真正需要我們幫助，又能提供油水的工作機會吧。

後來我們還是決定前往加州。不過慚愧的是我們不是主要因為群姨和大超的事情去的，而是因為一家日本餐廳和家庭酒坊去的。我和余沛江偶然在《紐約時報》中看到了一家日裔的商業糾紛案，報導顯示還有人命被搭了進去。因為恰好這個小企業也是在洛杉磯，我不免多看了幾眼。不過漸漸地我發現這案子和大超他們家的情況有一個看起來比較牽強的共同處，那就是這兩個案子，都是有人死在亞裔的物業裡，而且死者都是非亞裔。

這乍一聽好像有點風馬牛不相及，不過當我在報紙看到日本餐廳餐廳後面的釀酒坊都在南洛杉磯街時，我的腦海閃出了一些什麼東西。我又打電話回去追問群姨關於大超的物業地址，竟然也是在同一條街上！

我一拍大腿，大叫道：「難道是因為這個原因？」正在房子裡舉著啞鈴走來走去的余沛江也被我嚇了一跳。他問我想到了什麼。我沒有馬上次答他，而是在維基百科找了一個詞條出來給他看——1871 洛杉磯華人大屠殺。

曾經我大學畢業的最後一門課有一個課題研究報告，我定的選題是華裔對美國經濟建設的影響。我知道美國一直都有排華情緒，反正以前自以為高人一等的白人對其他所有人種民族都是蔑視心態的，沒想到在做資料收集的時候偶然發現了這樣的一個事件。

在 1871 年10月24日，超過五百名白人男性寶圖有組織地衝進唐人街襲擊、搶劫並殺害華人居民。當天有超過十八名華人遇害，傳聞還有一名日本人因為被誤認為是華人也被殺害。然而，當時的警察並沒有如預期般作為。

曾經，美國的南部以排斥黑人聞名，而西部則是排亞。諷刺的是，當時1871洛杉磯華人大屠殺的事發地，街名叫Calle de Los Negros（西班牙語，直譯是黑鬼巷，一般譯作尼格羅人巷），後來反歧視運動以後併入了洛杉磯街成為它的一部分。

在19世紀，像這樣的屠華事件其實不止一次，光是記載在案，程度同樣嚴重的還有另一個美國西部州，懷俄明州的石泉城華人屠殺事件。事件發生在1885年，是排華法案通過發表後的第三年，當時華人移民主要還是從事採礦業工作。由於勞資爭議以及當時的歧視問題，直接導致了矛盾激發，當時的白人礦工對華人礦工發起了屠殺事件，至少造成了28名華人死亡以及15名華人受傷，暴徒還燒毀了至少75處華人住宅。當時美國還有一個排華法案，不允許華人狀告白人，但白人可以欺辱華人。

我把這些事件都集中到一起之後，總是隱隱覺得這裡面有些什麼關聯。美國的仇日情緒，尤其是在二戰日本偷襲珍珠港以後也是挺嚴重的，日本成為戰敗國簽署投降書以後，美國人一度把日本人集中關閉在一些集中營裡，日裔美國人開的店也遭到了打砸搶燒。當然，同樣作為東亞裔的韓國人也偶爾試過躺著也中槍。我對余沛江說：「反正我總是隱隱覺得，這是一場亞裔的復仇。」余沛江驚訝地看著我，對我思維的跳躍和荒誕表示不能理解。不過我還是以別的理由說服他跟我一起去加州。

反正我和余沛江奉行的原則是做既能幫助別人也能賺錢盈利的買賣。雖然我不能作為經紀去經手交易加州的房產，但是我能和余沛江作為業主自己去買啊。我從Yelp（美國版的大眾點評）上看了那家叫 Katana Authentic Japanese Cuisine（武士正統日料）的小餐廳以後，我就非常喜歡，如果能自己買下來就好了。我在加州的一些房產評估網那裡查到了這個物業的參考，得到了大概的地價和房產估值，最終價格還要看他們的帳目作估算。最近做了幾宗正常的交易，從新墨州老伯那裡賺了點錢，幫客人出租管理物業也有點盈餘，我和余沛江商量著如果把店盤下來猜想貸款20％就夠了，這店的收益還不錯，而且我們幫他們平復凶靈，還有壓價的空間。

去加州的機票隨買隨有，我們馬上就啟程了。路程並不遠，飛一個多小時就到了。飛機上我對余沛江說：「之前你問過我的故事，公平交易，趕緊把你之前的傳奇經歷講出來。」

余沛江被我逗樂了：「我哪有什麼傳奇經歷，生長在美國東岸，母親就在州級公路邊開一家雜貨店，父親從一個香港老鄉那裡接手了一家小餐廳，之前我除了上學之外，不少時間都是在幫我父母打理店鋪和外送。」

「不是，我是說你是怎麼接觸上這些超自然現象的？要知道，我們現在經歷的這一切，在絕大多數人來看都是不可思議的。」

「那是跟著我爸聽回來，也有自己去學的。我爸是八十年代那時候從香港偷渡過來的。他年輕的時候在香港北角跟過幾個有名的陰陽師學過『南無』，在粵語裡那就是專門處理一些陰陽界，神神鬼鬼的事情的人。反正從堪輿到跳大神，從闢邪到超度都學過。我呢，也從小就對這些很感興趣，時常纏著我爸要他給我講他在北角時候的事情。他跟著他的師父做過一些法師，也鬥過一些凶鬼惡靈。只是後來認識了我媽，我媽要舉家移民了，他本身是個孤兒，就橫下心跟著蛇頭偷渡過來了。他給我說起做南無時候的故事，我聽多少遍都不厭，還一遍遍地問。哈哈，後來倒是老頭子自己覺得厭了，不願給我講了。而且他來了美國以後也打算不再幹這行了，於是開起了餐廳。我小的時候就偷偷在他衣櫃裡摸出他的一個小皮箱，看他裡面的照片和筆記，還有幾本當時他師傅叮囑他一定要帶過來的書，關於破地獄的，堪輿的，等等。後來長大了，我就自己在網上和圖書館裡找資料看，也愛挖一些世界各地的午夜傳說來讀。大學畢業以後我做了房地產經紀，然後就在不久之前遇上了你。在遇見你之前，我自己應付過一兩個怪物，不過我之前也沒想過自己如今會把它當作職業。」嗯，這是一個愛健身的另類學霸，鑑定完畢。

接著，余沛江開始反問我：「你為什麼覺得大超叔的案子和這個北條家的日本人案子跟之前的華人屠殺事件有關啊？即使這些事都發生在洛杉磯街上，可畢竟也已經相隔了一百多年。」

「以前小時候清明去拜祭祖先，家人都跟我講陰陽二界的生靈是能夠相互感應的。這些曾經因為歧視而被殺害的往生者是帶著怨恨憤怒離世的，拒絕或者無法輪迴的應該不在少數，如果你最近有留意新聞的話，美國最近的排亞情緒，尤其是排華情緒已經讓很多地區的華人群體很不安。非裔歌手組合YG在網上釋出歌曲和影片《Meet The Flockers（遇見盜匪）》鼓動偷盜華人住宅，引起了很多華裔的抗議和上書；

「然後最近紐約那個福克斯新聞《The O' Reilly Factor（奧萊利實情）》」節目上，又有一個排華的白人記者傑西．沃特斯以採訪華人對總統大選看法對的名義，向多名華人提各種具有種族歧視意味的問題，還對一些華裔女生以及不會英語的華裔老太太在節目播送時配上一些電影鏡頭進行調侃。

這些舉動不僅惹怒了華人，可能也把往生者惹怒了。」

余沛江聽了點點頭，覺得也有道理。很快飛機就降落了，我們叫了輛優步，馬上往洛杉磯街上去，但是因為當地的華人人口比較多，為了保護群姨和北條他們的隱私，門牌號並不方便透露。在車裡我打電話聯繫上了群姨，說我和搭檔已經到洛杉磯了，正在去拜訪她的路上。她以為我們是專門跑過來的，在電話那頭就已經開始激動地千恩萬謝，搞得我和余沛江非常不好意思。

群姨家是開小公司的，經營華人快遞和會計報稅，從她一身的香奈兒來看，經營得還不錯。我們見面的地方是在大超公寓樓旁邊的店裡，這幾天群姨有過來幫弟弟打理打理。

成衣店裡燈光是白色的，貨架上散亂著許多衣服，店裡後半段還散落著許多裝滿衣服的紙箱。店裡沒有多餘的椅子，滿身名牌珠光寶氣的群姨像個尋常家大姐一般親切地把唯一的椅子讓給我們，又推出一個紙箱擦了擦頂部讓我們坐下，自己站著。

客套了一下以後，我們很快就進入了正題。群姨也在我們的引導下，把之前的現在的情況都詳細地講了出來。現在大超所擁有的這小棟公寓樓是他們一家剛偷渡來到美國的時候就租住在此的，距離現在也已經有個四十多年了。當時的公寓樓主人是個老華僑，人非常好，當時群姨一家四口和大超一家三口加起來七個人蝸居在一套兩室的公寓裡，房東也沒說什麼。他們兩家人就在中國城裡打工賺錢，反正只要肯做，一開始無論再窮也不會餓死，總會慢慢致富的。

後來群姨他們家搬出去了，慢慢開始做起了生意。不過大超的母親最終和他父親分開，改嫁到紐約去了。當時交通並不發達，沒多久母子倆就失去了連繫。大超的父親自那以後拼了老命地工作，終於攢了點錢，然而也因為勞累加上抽菸抽得凶，患上了癆病。沒多久，大超的父親因病去世了。老房東沒多久也壽終正寢了，遺留下了這棟房子。房東的兒子已經在西雅圖成家了，看在當時只有十幾歲的孤兒大超這麼可憐的份上，房東兒子和大超商量著，用大超父親生前攢下的一點錢便宜買下房東的公寓樓，這樣既讓大超有個依靠和生計，也讓大超不至於手裡拿著點小錢學壞。

幸好大超也懂事，生活也慢慢重新步入了正軌。群姨有一個妹妹，後來也嫁到東岸費城那邊去了，妹夫家裡條件比較好，群姨的妹妹把爸爸媽媽都接過去那邊住了。西岸就剩下群姨和堂弟相互照應。大超攢著錢把自家旁的店買下來，做起了成衣店，就這樣幾十年如一日到現在。不過已經五十出頭的大超到現在還是獨身一人。

我和余沛江開始問起群姨之前在電話裡提到過的，公寓樓鬧鬼的問題。群姨點點頭，然後自顧自地嘆了口氣，對我們開始慢慢講起了這樓裡她知道的幾個「鬧鬼」的案子。

「當時我們剛來美國住這裡的時候，我也只是個黃毛小丫頭，其實從那個時候開始這房子就已經開始鬧鬼了，只是當時我小不懂事也不記事，現在都記不起來了，很多事情都是我媽媽後來告訴我的。當時這附近治安不是特別好，我們在天臺搭了個遮雨小棚養狗，用來看房子。我媽說我有一段時間特別喜歡跑到天臺上吃晚餐，她以為我是逗狗玩，也沒怎麼管我。不過我每次上去都會待很長時間才下來，而且下來的時候都特別開心，像剛剛從遊樂場回來了一樣。

「我媽還對我說，我不時都會跟她說做夢夢到紮著辮子的叔叔，叔叔給我吃烤過的花生糖，還給我錢去買零嘴。當時我媽見我沒有害怕也沒有哭，覺得只是童言無忌，就沒往心裡去。小時候我爸特別羨慕哥哥家生了大超這麼個兒子，而他卻生了倆女兒，都不怎麼給我和妹妹買東西吃買禮物。有時候大超他反而會從父母的錢罐了偷一點小錢，給我們倆買雞腿和棒棒糖。但是有一次晚上，我在樓梯裡聽到大超在屋裡抽泣，哭著說以後不敢了。我以為大超被爸媽發現偷錢，捱打捱罵了，我當時就推門進去想跟我叔解釋清楚，可是我卻看到大超對著一張空蕩蕩的椅子在認錯。而那時候，剛好我叔叔嬸嬸下班回來，我能聽到樓下他們熟悉的吵架的聲音。後來還有一次，我媽帶我到朋友家玩，其實說白了就是瞞著我爸去打麻將了，我的作用就是幫她打掩護的。可是我在她耳邊講了幾句，竟然幫她胡了一把大牌。我媽很驚訝地問我是在哪裡學會打麻將的，我說是看幾個叔叔嬸嬸打牌學會的。我媽又追問我在哪裡看到的叔叔嬸嬸，我說『就我們家天臺啊，他們時不時都會開臺的呢』，可是我說出來以後我媽卻嚇了個半死。恰好那時我妹妹不知道為什麼，在夜裡一看到我們家朝西的一個窗戶就會嚎啕大哭，怎麼勸也收不住，可是一把她抱到客廳以後，就馬上止住了。從此我媽就認為這樓裡有那些不乾淨的東西，和我爸堅決搬走了。可能還是因為嫉妒我叔家生了兒子吧，後來我叔去世，大超要買下那樓的時候，我爸媽一句話沒有跟我叔提起過這件事。」說著，群姨起身到後面，給我們一人拿了一瓶水。

後來群姨有偷偷跟大超提起過這件事，可大超好像沒當回事似的。至於大超接管房子以後發生的幾個命案，群姨本身也是道聽塗說自己對案情也不是非常了解，無非也就形容了一下最近死的這個死狀非常恐怖，整個屍體被亞得深陷在彈簧床裡，一根根彈簧貫穿屍體的皮肉直插而出，完全是被一股巨大的力一下子押進裡面去的，甚至連彈簧都沒來得及變形。

「一定是那些東西幹的，不然哪能解釋？根本沒有人可以做到好吧。」群姨強調，從她的神色可以看出來，她對我們說的是真心話，她真的很關心自己的堂弟。

我們從群姨這裡了解得也差不多了，剩下一些房子裡的具體案情以及房子歷史這些訊息，我們還是得靠自己去搜尋。我提出到隔壁大超的公寓樓裡轉轉，群姨說沒問題，不過她不是很情願進裡面去，提出把鑰匙給我們進去轉轉，她在店裡等我們就好。我們也沒有勉強，要了大門的鑰匙就進去了。

這真的只是一棟小樓。大門開進去以後面前就是樓梯口，右邊是大超住所的門，中間夾著一扇鐵門，是進去存放東西的樓梯間的。上樓之後每層一個兩房一廳的物件，一共三層。這樣看上去沒什麼異樣，我和余沛江暫時也沒感受到其他的存在。還是等我們蒐集好資料，了解得更詳細再回來細探吧。

我們告辭了群姨，想著找個地方吃飯。

「想不想吃日料？」我眨眨眼對余沛江說。

他看著我，笑了：「你還看著我幹嘛，走呀。」他和我想到一塊兒去了。我們決定步行十幾分鐘過去。儘管名義上我們是去工作以及買物業，但說實話在 Yelp 上看到的這家餐廳的料理還真的挺誘人的。

按著地圖的指引不難找到這家店。這家被擠在兩個大店中間的日料真是名副其實的小店，除了一個迴轉臺以外基本連走路都要側著身子，面積猜想總共也有五六十平方公尺。只見店裡店外站滿了人，都是候座的。我們足足等了半個小時有多，才被安排坐下。在迴轉臺裡做壽司的小哥是個戴著頭巾，長得很像切·格拉瓦，負責店面的是一對滿臉愁容但依舊努力堆笑的日本夫婦。如果我沒有猜錯，這猜想就是報導上的女房東 Sayuki Hojo（北條紗雪）了吧。我們被領著在迴轉臺一隅坐下來。

這裡的迴轉臺有點像古時候的那種曲水流觴，是一條窄窄長長的小河，下面灌了流水，上面放了木質的壽司船，船上有放著新鮮做的壽司碟子。船隨水流，把壽司帶到客人面前。很多美國人吃得不亦樂乎，事實上這裡的壽司還算不錯，挺新鮮的，價格也實惠，一碟從 1.75 起賣，3.50 封頂，一般人均也有 20 多的樣子。他們家的招牌自然是我之前提到過的自釀清酒了。我把北條大叔叫過來，點了一個軟殼蟹天婦羅，然後又問他是不是有賣自釀的清酒，他說是，之前是有賣的，不過最近發生了點事，現在不賣了。我心中了了，這多半是和他們家最近的案子有關了。我說沒關係，隨便來壺熱清酒，他答應著就走開了，很快就把食物和酒送上來了。

這店的營業時間非常高傲，只從下午六點開到晚上十點半，但人們還是願意絡繹不絕地來。我和余沛江兩人也吃不了多久，但還是慢慢騰騰地磨到了店打烊的時間。我相信，排在我們後面等位的肯定有不下十個人暗地裡已經對我們倆罵爹罵髒話了。

北條夫婦猜想很不解，跑過來問我們還有什麼可以幫到我們。余沛江微微一笑，說：「說不定，是我們能幫到你們呢？北條先生，北條夫人。」

在我這邊聽來，魚配薑這傢伙就是想製造一下喜劇效果，最後的稱呼算是表達一下敬意，說明並無冒犯。然而在兩位店主看來就不是這樣了。只見他們兩個一聽，臉色都變了，他們的眼神裡浮現出了幾分警惕。

我連忙打圓場，然後說明了來意，總算讓北條夫妻放鬆下來。我開門見山地問起了他們小酒坊裡的案子：「我和我搭檔餘先生都覺得除了報紙上寫的『意外』，應該還別有內情吧？」余沛江跟著或多或少地透露我們或許可以幫忙解決一些警察解決不了的問題。

北條夫人到裡面拿熱茶去了，北條先生拉開椅子坐在了我們旁邊。他嘆了口氣，說他們也覺察到了，那不是一場意外。事情是這樣子的：

他們北條家原本是在四國島開釀酒小作坊的，後來祖輩移民來美國以後，在本地申請了拍照開始成立小公司釀酒，幾十年前因為美國禁酒令的緣故釀酒作業曾經中斷了好長一段時間，他們家於是開起了這個小餐廳，直到最近，很多上了年紀老顧客一再提起他們家的酒，於是乎他們重新打點著把小作坊開了起來。餐廳生意非常好，兩夫妻也喜歡做餐飲，所以釀酒的事情打算找回來一個合夥人，除了祕方以外的事情都由他來打理。

這個合夥人的名字叫做皮斯特，是一個墨西哥的二代移民。剛開始進來工作的時候還算比較勤懇，可是慢慢到後來自以為掌握了一些技術之後，開始偷偷在家裡學著釀，也開始慢慢地跟北條夫婦商量要求擴大自己的股份，還要做出去找代理商之類的。本來北條家夫婦也只想著安安逸逸過日子，沒想過這些，因此跟皮斯特的意見相左，雙方之間的合作漸漸開始出現裂痕。後來皮斯特越來越不像話，不僅在自己的南美圈子裡興風作浪，不斷開始騷擾北條夫婦的生意工作態度也越來越不好，整天說著自己才是作坊裡功勞最大的那個。變本加厲的他開始在上班時間爛醉如泥，一喝醉了就對北條家的酒一頓數落，甚至說出了一些帶有歧視色彩的話。

當晚北條先生和皮斯特在作坊裡對峙。不堪羞辱，又喝了兩杯的北條先生當面砸了一個酒缸，拿著酒勺就想上前幹架，不過被北條夫人攔下了。然而就在北條夫婦憤然離去的第二天，竟然發現皮斯特已經離奇死亡了。

幸好，北條夫婦在鏡頭的影片證據下被免除了謀殺的嫌疑，餐廳也沒有被封查，不過酒坊就只能臨時關閉了。

北條先生說：「但是我和紗雪都覺得皮斯特的死亡非常奇怪，也怪嚇人的。你們讀的那篇報導我們也看到的，不過報紙猜想怕別人會不安，沒有把真實的情況報出來。」他頓了頓，看了看把茶放下來以後坐在他旁邊的妻子，「我想我還是先把你們領到後面，我們家的小作坊裡看看吧。」

接著，北條先生讓妻子現在前面收拾關店，然後帶著我們穿過窄窄的後廚和洗碗池，走到了後巷。他指了指巷子另一側的一個兩層小平房對我們說：「這裡就是我們的北條氏釀酒坊了，歡迎。」

酒坊不大，除了一臺稍微大點的釀酒裝置以外，就是滿地的蓋著木蓋的大陶酒埕，其餘就是很多大小不一的木盆木桶，以及各種工具，有捲，有擀，等等。整個房子連洗手間都沒有，連一個小辦公室都是半開放式的，就用一個屏風遮擋了一下，不過現在屏風明顯已經壞了。不知道是不是我心理作用的緣故，我總感覺這個房子裡陰森森的，而且溫度忽冷忽熱。我聽說過，有靈體經過生人附近時……氣溫會驟降。我趕緊把這些想法先摒除出去。

北條說當晚他和皮斯特本來就是在辦公室這個區域開始吵起來的，然後北條用擀米的杖把一個陶埕砸碎了，爾後憤然離去。然而當他們第二天被驚慌失措的清潔工通知而匆匆趕來時，發現了皮斯特的屍體。

「我們的閉路電視只設定照在門口以及辦公室，酒坊其他地方是沒有安裝的。當晚我和紗雪回家以後，皮斯特沒多久之後就離創辦公室到作坊裡去了。他做了些什麼我們不知道，第二天我看到的，是他……他的人頭被砍了下來，就放在進門最近一個酒埕的木蓋上方，而他的身體，他的身體……」北條先生忽然停頓下來，手捂了一下自己的嘴巴。

我和余沛江耐心地等他平靜下來。慢慢地，他也終於緩過來了：「不好意思，因為那個畫面實在是……而且我也是親眼見到的，所以……」我和余沛江都表示理解。剛剛看到他們在餐廳時對著客人的敬業笑容，在這一點上，日本民族還是有它獨到的地方。只見北條先生繼續說道：「在他的小腹上，有一道五六寸長的傷口，而他整個人的筋肉、骨頭和內臟居然被全從那個創口裡挖了出來……我看到那邊有一個木盆裡……對不起……」

北條先生是個兢兢業業的小商人，猜想從沒見過這麼血腥恐怖的場面，中途好幾次停下，才把當時的場面描述完整。當時的皮斯特，內臟被扔進搗米的木盆裡，被木搗碾成了稀巴爛的雜碎，而他的骨骼連帶著筋肉被分別倒進了好幾缸正在釀製清酒的酒埕裡。至於皮斯特的身體，就像是一個癟下來的人皮氣球一樣，被刻意整齊地擺放在釀酒坊過道的正中央，手腳還被捲了起來，就像是平時人們出去旅行時捲衣物一樣。第二天，釀酒坊裡的所有酒缸，都泛起了一股摻雜著鮮血的粉紅色，血腥味把酒香完全蓋住了，他們用了好多桶清潔劑和消毒水從頭到尾打掃了一邊，也還是沒有完全清除。

我和余沛江相視了一眼。這樣的犯案手法如果是人為的，不是不可能，但那也太變態了。北條先生說他們報警的時候，警察也對他們說請他們盡量保密，他們一定盡快緝捕這個變態殺人犯，不過他們對媒體會說是意外死亡。北條夫婦本來是信奉日本神道的，也覺得是這屋子裡出現了某些超自然的存在，才導致這慘案的發生，才會對我們和盤托出。

我和余沛江跟他們商量說我們準備好之後會過來的，然後就告辭了。回到旅館以後，我揉著額頭癱倒在沙發上，對余沛江說：「看來群姨那邊和北條家的，不是一樣的東西啊，這下有我們倆忙的了。不過我還是覺得，這是一場亞裔的復仇。」

余沛江現在越來越同意我的觀點，他一邊提著我們在超市買回來的兩桶一加侖的水像啞鈴一樣舉著，一邊說：「我想，我知道釀酒廠裡的是什麼了。是酒靈，我爸來美國以後，曾經在密蘇里的啤酒廠降服過一個。不過我同意你說的，這很可能是亞裔的復仇。剛才等位你跟客戶通電話的時候我大致在網上搜了一下大超他們家以前發生的案子，也搜了一下房子的歷史。

「那個房子已經有將近一百年的歷史了，在那之前這塊地是一個脫衣舞夜總會，出入的幾乎都是西班牙人和黑人，店老闆是個毒梟，店是之前在他那有少量債務的華人手上強搶過來的。而那個被搶了店的華人，祖上恰恰死於 1871 年那場洛杉磯華人屠殺事件。而至於後來大超接管以後的幾個命案，最初六十年代那個已經查不到了，但是七十年代以來的三宗命案都能查到。全都是看起來非常簡單明瞭的謀殺案，但是受害者生前都有過侵犯或者騷擾華人的記錄，其中一個以前就是當地一個看不起華人的英語報社的記者。因為大超之前還沒買下成衣店，在外打工的時候有僱傭給經紀公司幫忙租賃，我想這就是為什麼有辱華者會住在華人的物業裡吧。」後來，我們還發現那個死者，在死亡前一天在大門和大超相遇，曾經輕言嘲笑過大超。

所以這兩個案子背後作祟的凶手都不難推斷，因為他們被惹怒了，所以就出面，奪走了這些人的生命。在大超家的，我和余沛江商量應該就是群姨所說的，她小時候看到那些紮著辮子的叔叔，以及那桌子麻將客，猜想就是十九世紀移居至此的清朝臣民吧。我之前去美國東岸喬治亞州的薩凡納度假時，就曾經在一個古老住宅改造的餐廳的二樓，見到過一些畫著清朝人全家福的掛畫。

傳說死者要是滯留在我們所處的這個世界，很容易被天地間的戾氣、仇恨以及很多負面的能量影響，從而日益變得凶厲。那些本來就帶著怨憤離世的人，也會趨向於把善良的靈體影響成怨念。我和余沛江把他們超度輪迴，就搞定了。

說回北條家酒靈的問題。我追問余沛江這酒靈是個什麼樣的東西，需要怎麼鎮壓或者怎麼消滅。余沛江說，酒靈是一種依酒而生的靈體，跟釀主有著一種特殊的紐帶關係，一般是釀主對家鄉，乃至對酒有著深深的眷戀，才會孕育出酒靈。初生的酒靈會受到釀主的情感影響，會傾向於保護釀主。但是隨著這種保護欲的增長，會延伸出一種別人不可侵犯的激進保護心理。這裡很明顯就是酒靈感知到，釀主北條夫婦和搭檔皮斯特開始產生矛盾和敵意了，開始用自己的方式去保護釀主。酒靈在很多情況下都是肉眼不可見的，必須要在至少半醉的情況下才能看見。

「這隻酒靈的存在怕是已經有一段時間了，已經受到他們不少的影響，再加上最近亞裔被排斥的現象引起的一些負面能量，它仇恨的爆發就不奇怪了。」余沛江說。對付酒靈的方法其實並不難，每個酒靈都有一定的地域性和民族性，比如德國的啤酒酒靈直接用啤酒罐熔鑄的鋁彈，用基督新教的聖詩唱吟和聖水浸泡過以後，發射出去就能消滅酒靈；對於俄羅斯的伏特加酒靈，在東正教教堂的長明燭蠟淚滴在任何鐵器上，就能除去。我們目前對付的是日本的清酒酒靈，要用日語念讀經文祝禱一把金屬開鋒武士刀，武士刀要整把置於流水中，祝禱的必須是日本神道教五部典中的經文才行。完成之後，就可以用這把刀斬殺酒靈了。

因為酒靈這裡比大超家的情況更加不可控，畢竟它竟然作出了這種程度的殘殺。我和余沛江決定先把酒坊這邊擺平。我是個比較急性子的人，事情想到了就想盡快辦好。儘管已經午夜，我和余沛江還是撥通了北條家的電話。北條先生已經睡了，睡眼惺忪地接起電話，我聽到那一頭他在努力地清嗓子。他有禮貌地用日語說了一句：「莫西莫西。」又用英語問了聲好。

我和余沛江表明身分以後，說我們找到了凶手的來源，趁著現在夜晚還可以抓緊時間把它給辦了。北條先生一聽就來了精神，說現在馬上就過來店裡給我們開門。我們所需要的東西幾乎都不需要怎麼準備，因為 Katana 武士餐廳的牆上就掛著幾把武士刀，還是北條先生從日本的家中帶過來的。而在店裡的裝飾壁櫃上，放著的幾本書裡恰好有一本是《御銀座次第記》。現在所有需要用到的物品都已經到位了，就差把我們自己灌醉了。

北條先生連忙給我們把一大瓶好幾升裝的清酒拿出來了。余沛江覺得自己還不是很習慣清酒，問他有沒有別的。北條先生笑著撓撓頭，然後從收銀臺下拿出了一瓶黃色蓋子透明玻璃瓶的酒來。我一看，差點從椅子上摔了下去。他拿出來的竟然是一瓶陝西西鳳酒，還是綿柔型的！魚配薑連忙謝謝，拿過來就斟了一杯。

很快，我們倆就感覺頭有點重，太陽穴兩側一下一下地跳動著，心跳也加速了，就連膽子也跟著肥了幾分。行了，我知道現在已經夠了，再喝下去路都走不穩了，更別說降魔伏妖了。我和余沛江拿起武士刀，讓北條先生把我們倆鎖在酒坊裡，給我們半小時時間，再進來確認我們的安全。他點著頭，就出去了。

我雙手握著刀柄，和余沛江成四十五度角地慢慢往前走。四下寂靜無人，我覺得自己的雙手有點微微顫抖。就我這樣醉醺醺的狀態，還真能鬥得過這個殘忍的凶靈？

然而我和余沛江互相在小作坊裡找了好幾遍，它都完全沒有現行。忽然之間，我只聽得和我隔開幾個陶埕距離的余沛江朝我這邊驚叫一聲：「Jimmy，後面！」當下我也來不及多想了，雙手運勁整個人轉向後面橫劈一刀。只見一個披頭散髮的白衣女性身影從我身後的陶埕裡蹲了下去。我眼睛在看到她時，我用力過猛已經來不及轉向了，刀在離她頭頂還有好幾寸的地方揮了過去。「咚」的一聲，剛才被她舉起的木蓋現在掉下來，打在我的手上，我手一鬆，刀竟然掉進酒埕裡了。我心想著她會不會還躲在裡面，抓著木蓋的把手正猶豫要不要拿開，突然間就聽見了余沛江那邊的呻吟聲，我迅速轉過頭去，只見那個披頭散髮的酒靈已經把余沛江的大腿和小腹附近的衣服都抓破了，余沛江的小腹被抓傷了。我馬上抓起手邊的木蓋重心一沉，甩身把木蓋往酒靈的身上打去。我對著余沛江提醒了一聲，然後馬上從陶埕取出我的武士刀，衝過去幫同伴解圍。

那個酒靈又縮排酒埕裡消失了，木蓋沒有打中她，倒是把一旁擀米仗和掃掃得劈里啪啦到處倒。余沛江閃開了我扔過去的木蓋，雙手舞著刀四處亂砍。我有點奇怪，走到他身邊跟他聯防。我低聲問他：「你看不見她嗎？」

「怎麼，你能看見啊？」他說。好吧，我現在知道答案了。可這又是為什麼呢？這時候，我看到余沛江憋了一臉紅，忽然間，他就蹲下來，嘔了一灘東西。這傢伙喝醉了……那個酒靈也是看準了時間，驀然地最近的一個陶埕出來朝著余沛江撲了上去。

我趕緊迎上前迎刀揮劈。因為余沛江也在我可能砍到的範圍內，於是我還是遷就著力在攻擊酒靈。那個酒靈的雙手已經抓在了余沛江的雙肩上，她的雙腳就踩在余沛江的背上，整個身體成蹲下狀。她回過頭來朝我看了一眼。我終於看清散亂頭髮下的她的面孔了。她的臉比較圓，膚色天然地像是米糊一樣的白，然而那種不能算白皙，而是屬於蒼白了。她有著和人類一樣的五官，不過從額頭中央到鼻尖有一種深紅色的紋路，像是一個印記之類的。她的瞳仁和頭髮都是漆黑的，五官的比例跟大多數東亞女性很像，只不過她的眼窩比較深陷，眼睛上面沒有眉毛，整個眼窩都是一圈黑色的，她的嘴裡吐出一條長長的舌頭，然而沒有一顆牙齒。

她見我的刀即將劈下，她的身體往旁邊一滾，就閃開而且直接消失不見了。我把余沛江拉起來，只見他一臉狼狽，剛才吐出來的東西都黏在衣服身上了，十分尷尬。不過我們也沒有時間再顧這麼多，眼下最重要的還是先把這個要人命的主子除去為好。

我們重新握著刀進入戒備狀態，這時右邊有個陶埕微微動了一下。我和余沛江二話不說，默契地衝上前，我一手撥開木蓋，余沛江反手握刀看也不看，朝著陶埕的窟窿一刺而下。精鋼日本刀碰到了陶埕，發出了空蕩蕩的回聲。然後，又有一個陶埕有動靜了，我和余沛江就像是玩著真人打地鼠一樣，在陶埕裡插酒靈。

我突然想到，剛才我喝的是日本清酒，而魚配薑這傢伙喝的卻是西鳳，這會不會就是他看不到酒靈的緣故呢？

我正想把它告訴余沛江，讓她多加小心，忽然之間我的背後有一些聲響，第六感告訴我背後有危險在靠近。我連忙轉身想招架，可是我轉身的時候知道已經太遲了。

我把刀斜著橫在頭和上身想擋住酒靈的攻勢，然而她彷佛早就料到了我的動作，這次朝我攻來完全就集中在我的下半身。我只能沉身盡可能穩住下盤的重心，但已經來不及做進一步的動作了。她抓住我的小腿用力一拉，那力道遠遠超出了我想像，我一下子失去重心，身體往後倒去。那酒靈的動作非常迅速，把我的小腿往她那邊一扯以後，就順勢躍起，踩在了我的肚子上，痛得我撕心裂肺。她打在我的手腕上，我的刀脫手了。她另一隻手扯著我的頭髮，使勁晃了幾下，然後重重砸在了地上。我只覺得整個世界天旋地轉，包括酒靈在垂在我面前的枯槁但帶著濃烈酒氣的黑髮。我整個世界都變成了黑色，意識都開始變得模糊。只聽得余沛江大喊著我的名字。

不行，要是我昏過去了，余沛江看不見酒靈的方位，他又喝得半醉，會很危險的。我死死地抓住了那把聲音，硬生生要把自己的意識拉回來。我的腦袋「嗡嗡」地疼，還有一陣噁心，不過總算是沒有昏過去。余沛江胡亂揮舞著刀把我保護住，酒靈才沒有對我致命一擊。酒靈纏上了他。我躺在地上，艱難地撐著坐起來，扶著頭四下尋找我的刀。沒想到剛才脫手，刀居然已經滑到了一米多開外，但是我還站不起來去撿刀。

幸好余沛江平時勤加鍛鍊又有武功底子，雖然相當於盲打，但也還能護住要害和手中的刀。盡然如此，他也受了好幾處傷，鮮血有點滲出來了。眼看著酒靈閃身到他身後，五指併攏要用尖甲插向余沛江的後腦勺了，我連忙喊出聲：「後腦勺！」

余沛江聽到連忙往前一步，然後轉身單手一個反八字削。可惜，就差幾分就削中，還是讓她躲過去了。

「八點鐘方向！……左側大腿……不對，跑右邊去了，腰！」我坐在地上，成了魚配薑的眼睛，不，應該說魚配薑被我遙控了。終於，魚配薑的右臂往後一甩，刀在空中畫了一道弧線，朝著右側削去！這回動作乾脆迅速，酒靈的左肩終於中了一刀！只見她的傷口處冒出一道帶著馥郁酒香的白煙，升騰彌漫在小作坊裡，我視線裡的她變得朦朧起來。她開始變得萎靡，為了不讓她跑掉，我趕緊吩咐余沛江朝著兩點鐘方向刺過去，我一邊盯著戰況一邊踉踉蹌蹌摸向掉在地上的刀，準備追上去。

余沛江成功了！酒靈因為受傷行動遲緩下來，余沛江的刀直直送進了酒靈的體內，貫穿了她的胸膛。只見她發出一聲刺耳的尖叫，而後就消散在酒坊裡。整個房子都迷漫著清酒霧，聞了一口都讓人昏昏沉沉。

我記得的就只有那麼多。我再恢復記憶以後，頭痛欲裂，眼睛周圍是一片模糊而陌生的環境。我一驚，使勁揉揉眼睛然後坐了起來。這樣一用力，頭更加痛了，這完完全全就是一夜狂歡，混了幾十種酒喝斷片以後宿醉的感覺。

我發現自己躺在地上，不，嚴格來說是躺在榻榻米上。我的身下是一床被褥，而我的搭檔魚配薑同志也睡在同一個房間裡，和我中間隔著個圓木矮茶几。我看了一下窗戶外面，日光灼灼，沒到中午猜想也快了。我還輕輕打著呼的余沛江叫醒，問他知不知道昨晚發生了什麼事。

他搖搖頭，就說他刺完一刀以後，感覺刀懸在了半空，然後垂直又掉在了地上。他忽然之間覺得很暈很想吐，就知道倒下了。

猜想是聽到我們說話的聲音，外面有人敲門，然後進來了一個佝僂著腰，慈眉善目的老奶奶，除了臉上的皺紋比較明顯以外，完全和新海誠《你的名字》裡女主角宮水三葉的奶奶如出一轍的感覺。只不過，這個榻榻米房間的門不是橫拉門，而是尋常公寓有門把的推拉門。

老奶奶的英語講得很蹩腳，不過我從她的動作裡知道她給我們泡了熱茶。她把茶壺和茶杯放在茶几上，又對我們做了出去吃飯的手勢。我怯怯地回了一句：「おはよう，ありがとうございます！（早安，謝謝您！）」這已經幾乎是除了我愛你以外我會說的所有日語了。

余沛江也用英語說了句謝謝，老奶奶就出去了。回過頭來余沛江對我說：「這猜想就是北條先生他們家了。不過話說回來，難道日本人早上是不刷牙的？」我被他問得愣在原地，眼睜睜看著他把茶吹涼以後在嘴裡用力漱了幾下，然後一喉嚨喝下去。果然在美國長大的 ABC 還是不能領略品茶啊。

我們出去以後，我在洗手間勉強用手指「刷」了刷牙，接著和余沛江非常滿足地飽餐了一頓。不愧是開餐廳的，住家菜實在是太好吃了，老奶奶還給我們做了日本咖哩。她給北條先生打電話，猜想是說我們醒了。沒多久，北條先生就出現在家裡了，額頭上還掛著汗珠。一進門打完招呼，他就給我們來了一個九十度的鞠躬，嚇得我和余沛江連忙放下筷子站了起來。余沛江也回禮說也感謝北條先生昨夜把我們倆醉酒漢扛回來。

我好奇地問北條先生昨晚是什麼時候發現我們，為什麼沒有被酒霧燻暈。北條先生讓我們坐下，他在一邊相陪，笑著說：「我不是還要打點前面的餐廳嘛，有時候怕自己滿臉酒氣在顧客面前不太好，所以就買了個過濾面具，沒想到還真派上了用場。」後來我們看到一則新聞說有一種新型的快速醉酒的方式，那就是「吸酒」，把酒精飲料霧化以後吸進肺部，可以快速醉酒而且會有快感，卻不會有醉酒的嘔吐感和飽脹感，但是因為代謝方式的改變，對身體危害猜想更大，有吸菸習慣的尤甚。我和余沛江一陣後怕，這樣的經歷，一次就夠了。

本來我和余沛江還打算把他的產業買下來，可是在接觸了他們家以後，又改變了念頭。於是，我和余沛江向北條先生提出了合資，我們做股東跟他一起分紅。「事先說明哈，我們不會釀酒業不會包壽司，只能是投點小錢賺分紅哦。」北條先生笑逐顏開，說無限歡迎，他們剛買了個高層公寓，本來也想著再攢點錢擴大一下店面的，如果我們願意投資，他絕對信得過我們，願意讓出30%的股份給我們倆。本來估價是需要15萬美元左右，但是他只要我們出12萬，他把6%股份送給我們，當作是我們幫忙降服酒靈的報酬。我和余沛江事後偷著樂，這單買賣太合算了，而且之後每個季度，北條先生都把報表和我們應得部分的支票寄給我們，再後來他們更是在聖塔莫尼卡和舊金山都開了分店，生意做得十分好。

當晚我和余沛江都受了點傷，但主要的還是宿醉，頭疼了將近兩天，其餘的皮外傷跟之前幾個案子比起來真是小意思。休頓了兩天，我們也對大超家的那些案子以及那些古人多做了一點資料收集。

發生在大超公寓樓裡的三宗命案，除了最近那宗，屍體被壓進彈簧床的那個辱華記者以外，剩下兩宗的死者都沒有那麼慘烈。八四年一月有一個哥倫比亞來的小艇（毒品行業裡幫大艇，即貨主分拆散賣貨物的小頭目），被強行灌下一碗有老鼠藥的洋蔥湯死於公寓的客廳椅子上，脖子上有明顯被勒過的痕跡，但不是致命傷；另外一個是香港回歸之前沒多久，一個後來被查出和3K組織有關的銀行職員，被開水生生把食道灼熟，再被剪舌致死。對於這兩宗案子，我怎麼隱隱看出了天朝宮鬥劇的感覺來。

至於那些古人，我翻閱了一下十九世紀清政府外派留美的人員裡，官員都二三十個，有的是洋務派送過來「師夷長技以制夷」的，另外自己移民或者偷渡出來，甚至簽賣身契（當時在廣州香港比較普遍，俗稱「賣豬仔」）過來的也不少。屠華事件發生的那一年，洛杉磯官方資料是說本地居留華人有一百多人。從群姨形容的那些辮子叔叔和阿姨做的活動，猜想也算是讀書人或者外派官員。余沛江費了不少勁，才找到了一份模糊的記錄，上面顯示當時有一家姓羅的總兵的家屬，在金黃逐日龍旗下宣誓在異域保護天朝臣民。說不定，大超他們家「居住」著的，正是當年那家姓羅的先人或者是那家的血脈？

第二天晚上，我和余沛江吃過飯以後，跟群姨打招呼說我們想過去試試和他們家的「東西」溝通溝通。群姨在電話那頭滿嘴感謝，還說大超現在已經保釋出來了，不過這兩天她打算讓堂弟到自己家暫住，騰出地方給我們辦事：「之前大超被鎖走以後，我就拿主意把樓上的租客都送走了。畢竟我還是覺得不要去禍害別人，對吧？」

算了，反正這些事情，等我們辦妥之後再跟他們說就是了。幸好洛杉磯的中國城裡所有東西都一應俱全，包括元寶蠟燭之類的東西。我和余沛江逛了一圈，買夠東西以後，就到大超公寓樓去了。

我和余沛江買了幾個給先人祭祀用的杯碗和筷子，也買了祭祀一定要有的光雞和扣肉，扣肉是給后土的，雞是給往生者的。我和余沛江對著西方，也就是隔著太平洋的家鄉的方向，焚香拜祭，我和他從一樓到三樓，每層樓都拜了拜，朝西拜三拜，剩下三個正方位各一拜。然後余沛江和我在二樓的圓飯桌擺好了「陰陽宴席」，我們坐末位，用生人碗筷，其餘的席位都留給了他們。

我和余沛江先自斟自飲了一杯，並不動筷，然後我們一人一邊分別起身，從主席開始依次把給先人的杯子都倒滿酒，然後又依次淋灑在地上，一邊淋一邊畫出一條條盡可能直的線。余沛江口中用粵語唸唸有詞地說這些什麼。然後他和我回到我們自己的席位後，余沛江朝個席位作揖，然後深深地鞠了個躬。他扯了扯我的衣尾，我醒悟過來，連忙學著他剛才的動作做了一遍。余沛江伸出手作了個請的手勢，然後和我坐下來了。

在擺宴之前，我和余沛江已經事先用作過法的帽子蓋住了我們頭頂的陽火，讓自己的陰氣更盛，能更容易看到往生者，也能顯出我們的誠意。現在美西時間的子時，也就是夜晚十一點到凌晨一點已經到了，他們應該可以出來了。之前就連傍晚，幼年的群姨都能看到他們，我們現在的機會是更大的。

果然，黃天不負有心人，他們終於出現了。他們的身上果然都穿著一看就不是近現代服飾的裝束，兩個女性已經坐在了主席的兩側，然後有兩個年輕人坐在了我們身邊。他們有的是本來已經坐在席位上了，慢慢現身的，有的是從牆的那一面，或者房間裡走出來的。終於，一個穿著黑色繡圖官服，年約四十多歲的中年男人從沙發上慢慢現身。他幽幽地把手中的報紙放下，然後站起來朝我們倆點點頭，坐在了首席上。

我還在盤算著是不是應該寒暄兩句，要用文縐縐的古漢語還是大白話的時候，對面穿官服的人就很隨意地把我們前來的目的道出來了：「你們過來這裡找我們，是想問起過去的這些命案是吧？」

畢竟我是第一次跟往生的人，尤其是前朝人同桌飲宴說話，始終有點戰戰兢兢的。余沛江猜想也是如此。只不過因為聽了群姨的闡述，覺得他們不壞，這才安定很多。我對著那個官員點點頭。

「沒錯，這房子裡，自有我們的那天起，所有的命案都是我們做下的。我知道我羅某人是朝廷命官，但我絕不容忍我泱泱華夏的臣民，在異域受到蠻夷的欺淩，尤其是在我和我家人的眼皮底下。」他非常有涵養，說話語氣平靜波瀾不驚，但是在他話中，我能感受到他的義憤填膺，平湖秋月下的暗湧滔天。

無論如何，他說出自己的身分了，果然就是我們費盡心思找到的文獻裡提到的羅明邦總兵。我不知道他在去世以後有沒有得知大清已亡的訊息，如果他不知情，我覺得也還是保持現狀，不要惹怒他為好。

余沛江用現代人那種「我乾杯，你隨意」的方式敬了他一杯，抬頭一飲而盡。這種豪氣讓羅明邦讓微笑了起來，他也舉杯以示禮貌。和往生者同桌有點詭異也不無尷尬，除了羅明邦稍微像個有生命力的「人」以外，其餘的家人都有點僵直，而且他們直勾勾看著我和余沛江的眼神，讓我的心裡有點發毛。不過總算，在敬了兩杯以後氣氛也開始暖起來，那些僵直的家人也開始面露笑容，慢慢和我們開始交流了起來，余沛江也是為了暖場，先是天南地北扯了一通，不過他只是跟著父親學過如何請先人的儀式，然而對於真正的中華文化，他作為一個美國出生的華裔自然知之甚少，都是在他開始穿幫丟人的時候我給兜住的。

我原本以為他們只會吃檀香，不會動桌上的雞和扣肉之類的。然而神奇的事情發生了，只見他們相互談笑著，完全沒有動筷子，可是桌上的雞和肉卻在一點一點地減少。不過反正是拿過來給他們吃的，我可沒有想過真動筷子。

寒暄一下以後，我們終於又繞回最初提到的案子。羅明邦開始說：「其實，二位今天來，就是想問責羅某人曾經犯下的案子是吧？」

「沒有，我們……」余沛江擺手說，然後就編不下去了。

還是我救了場：「我們也清楚羅大人是看不慣這些欺我族裔的人。但是，如果像我們中華沒有公堂，每個人都濫用私形，國會大亂。而且，我知道羅大人所做之事都是警惡懲奸，誅滅渣滓，但是外界不知道啊。這棟房子的主人是我們同胞，然而他卻會因此遭受牽連。」

說完以後，我也不知道他們會不會覺得褻瀆冒犯了他們。不過我說完之後，桌子上的人都陷入了沉默，羅明邦長長地嘆了口氣。等到他再說話的時候，聲音有點哽咽：「生前滯於異鄉遙望故土，朝廷喪權辱國，內外無人，民眾被煙毒禍害，我身為武將不能出力，已經非常難受。我唯一能做的，就是在這邊我力所能及的範圍裡，盡量保衛我們中華的尊嚴，保護我們的同胞。」

余沛江不是很懂歷史，但他也挺受觸動的，更不要說我是從小在中國長大，從小接受這種薰陶的。我已經不知道應該要說些什麼好了。

羅明邦站了起來，手上拿著酒杯。他用衣袖側過頭去偷偷抹了眼淚，然後正色道：「不過終歸怎麼說也好，我已經在這裡守了一百年。這外面早已不是我們的時代，我們的世界了。我是懂的。之前我是協跟我的家人用了私刑，現在你們二位少年點醒了我。而且，這百十年來我們在這房子裡也已經享夠天倫了，也應當要走了。最近我也感覺自己的怨恨越來越重，我也怕有一天我和我的家人會失控，到時候反而作出傷害無辜，甚至傷害我原本想要保護的同胞的事情來。」說完，他拱了拱手。

家人們起身，對我們拱手行李。其中一個婦人進屋裡，很快就拿了一個純金打造，上面浮雕著孔雀求晴圖的一枚戒指。她把戒指放到我手上。羅明邦說：「這是我渡陽之前，聖上御賜的信物。我生前一直貼身攜帶，相當於是他維繫著我一家在陽間的『存在』。之前有幾位死者，是我和家人親手殺害的。不過最近對的一個，因為他身上有其他教派的信物保護，我們不能近身，於是我們就把這信物從陽臺抛下，扔在後巷裡。後來有一個非裔把信物撿起，我們得以影響他的精神情緒，引出他心底最深的仇恨，我們就利用著這份仇恨，讓他幫我們把那個人裁決了。不過，我們不知道，人的仇恨竟然可以這麼嚴重，他的手段竟然可以這麼殘忍。事後我們看到那個死狀，也就有感到後悔和愧疚。」羅明邦交待的，就是事情的全部了。

我和余沛江和他們一一作別，然後余沛江念著往生咒，把戒指放在烤盤裡，然後推進了已經預熱好的烤爐中。剛開始的時候，他們臉上露出了些許痛苦的神色，本來實體化的身體重新漸漸變得透明，身體冒出熱浪，房間裡的溫度也跟著升溫了好幾度。隨後，他們消失在了虛無當中。桌上的碗筷猶在，不過此刻只剩下了我和余沛江。

我們把烤盤用手套拿出來，拿出還是維持剛才原樣的戒指

「走吧。」余沛江輕輕拍了拍我的後背，對我說。我點點頭，然後隨他下樓。

我們回到酒店，一人喝了瓶啤酒，就上床入睡了。那一夜，我睡得出奇地平穩深沉。我夢到了我的家，我的國，位於大洋彼岸的神州大地。

第二天醒來以後，我和余沛江去拜訪了群姨和大超。大超就像平時在唐人街裡見到的中年大叔一樣，偏瘦的身材，稀疏的頭髮，臉上掛著憨厚可掬的笑容。明明已過半百，卻是給人一種小男孩般靦腆的感覺。他激動地握著我們的手給我們道謝。我和余沛江也沒有跟他們說，那些前朝人，還曾經參與陪伴過他們的童年時光。

群姨殷勤地用行動來表達她的感激之情。她邀請我們倆參加了她們的家宴，幫我們脫下外套掛在門背上，親自下廚煮了一大桌子的家常菜，都是她在美國世粵同鄉會學回來的手藝：東莞碌鵝，

紅蔥油淋雞，客家煎釀豆腐，豉油王大腸，南乳通菜等等一大桌子。完全沒有拍馬屁的成分，這真的是我來美國這麼多年，吃過最好吃的一頓唐餐，沒有之一。

隨後我們出門跟他們家人作別的時候，我無意中放進口袋裡的手摸到了一沓東西。拿出來一看，是一沓足有百張的簇新百元美鈔。我連忙拿出來要還給群姨，這一次我和余沛江完全就是和先人聊天，基本上什麼也沒有做，而且受了羅明邦一家強烈民族情感的觸動，我都不好意思收錢了。群姨死活要我們收下，經過了一輪中國式鈔票推搡，我和余沛江才終於拗不過，收了一半還了一半。

我和余沛江馬上就定回城的機票了。我們多留了一天半來遊玩。余沛江說想去環球影城主題樂園，也想去聖塔莫尼卡轉轉明星城。不過我被洛杉磯旅遊網裡的一個美國亞裔房產經紀協會舉辦的宴會吸引住了，我對余沛江說環球影城我留著等去奧蘭多的時候再去，我先拋棄他去參加一下這個宴會。余沛江一副生無可戀的樣子，只好答應。

這個房產經紀機構的英文名字叫 Asian Real Estate Association of America（簡稱 AREAA），宴會的主題是介紹太古集團的一個新專案，位於佛羅里達邁阿密市區的布里克爾城市中心，也有社交和委員會換屆媒體招待會，入場費35美元。這個機構宣傳的理念是聯合所有亞裔房產經紀，把美國市場做得更成熟，也和亞洲的資本和房產專案建立連繫，實現亞洲和北美洲市場共同繁榮。

在入場處，他們正在播放一個影片，是由三位現任的主席的採訪和機構成立的初衷。現在的三位主席團成員剛好是華裔王先生 Wong、韓裔樸先生 Park 和日裔岡本先生 Okamoto 組成，他們講述著過去先輩的艱辛創業，如今的美好理念。王主席講著當年美國排華法案不許華裔女性過來，導致他和母親在大洋兩岸分隔了十八年之久，岡本主席本人年幼時，就曾因羅斯福總統簽署的 9066 檔案被關進日本人集中營。他們志在團結亞裔力量。

影片和宴會上主席的親身演講很有煽動力，喝了兩杯紅酒的我也有點想報名參加的衝動了。不過最後我還是沒有參加，倒是對他們接下來的宴會有點興趣。他們準備在一週後，與邁阿密市區舉辦布里克爾城市中心房地產的盛大開幕典。

我自嘲地想，我終於有藉口去邁阿密了。那個海灘城市，曾是我和盈盈約定一起去的城市。現在我們都在美國了，卻沒有任何一個生活在邁阿密。

宴會之後，我點開朋友圈，先是余沛江的自拍，他啃著足有橄欖球這麼大的火雞腿對著鏡頭齜牙咧嘴。再往下拉，卻是看到了盈盈和艾世麗拿著兩張預定訊息的合照。除了幾個表情和顏文字以外，正文內容大致是她們準備放寒假了，今年會到南方去避寒過冬，而目的地，正是距離邁阿密半小時車程左右的勞德代爾堡。

我驚訝於這種難以言表的巧合，不是該說它是孽，還是緣。

第六章　骨科診所

那天晚上我小酌的兩杯梅洛，似乎又勾起了那天晚上在北條家被酒靈燻暈的後遺，腦袋有點昏沉，回到酒店就馬上睡下了。第二天醒來得特別地早，天才矇矇亮。隔壁床的余沛江趴在床上睡得呼呼作響，鞋子沒脫，褲子脫了一半，猜想因為脫到鞋子那裡卡住了，就索性放棄了。也不知道他昨晚是幾點回來的。這傢伙渾身散發著酒氣，洛杉磯當地一份報紙今天專門為最近一個全國範圍內的小丑襲擊事件做了個專題報導。原來從八月到十一月，北美大陸包括在美國和加拿大在內，竟然發生了不下十起的恐怖小丑襲擊案件，分布在天南地北各個角落：8.21南卡州的格林威爾郡，有小用問也知道昨晚在夜店尋歡作樂去了，有沒有邂逅某個美女做出不可描述的事情就不得而知了。

我到樓下蹓躂蹓躂，在24小時營業賣早餐的IHOP吃了頓正經八百的煎餅培根早餐，把報紙翻閱了一遍。小丑試圖引誘孩子進入叢林；9.14在喬治亞州；9.15在阿拉巴馬州的伊斯坎比亞郡，佛羅瑪頓高中在臉書上受到恐怖小丑主頁的威脅恐嚇；9.27，亞利桑那州鳳凰城有一個餐廳被恐怖小丑著裝的匪徒打劫；9.30很多恐怖小丑同時在全國各地多個學校透過各種媒體釋出威脅，等等。最彪悍的當屬賓夕法尼亞州了，10.4當晚有人聲稱目睹了小丑，結果全校千人拿著椅子、棒球棍等武器朝著目標區域衝了過去，活生生組成了一支軍隊。

剛好這幾天有在看鐘宇的《心理大師》系列，原來罪犯也會膜拜罪犯，有時是想要致敬，有時是想要模仿，有時是想要「追星」。

回到酒店的時候余沛江還沒有醒過來，我用皮帶抽了他一下，把他趕起來梳洗收拾。這傢伙昨夜肯定幾乎一宿沒睡，從酒店去機場一路呵欠連連。我跟他我想去南佛羅里達看看房產專案，順便度假散散心，說不定一高興把古巴也去了。

余沛江忽然想起了什麼似的，精神一震，對我說：「你去想去坦帕灣看那宗命案？」

「不是，我是去佛州東部，坦帕在西邊。那裡又發生什麼事情啦？」

「前兩天我重新整理新聞刷到一則是關於坦帕灣的……等等，我找出來看看……」他翻了下手機截圖，「找到了，這裡說有個33歲的漁夫傑里·馬特森釣魚，釣到了一條36公斤重的黃鰭鮪，剖開魚身，裡面傳來一陣惡臭……魚肚裡發現了消化了小半的成年男性生殖器官。」唸完以後，他看著我。

「哎呀，我是去看房地產，不會去看魚肚裡有沒有誰的命根子的。這就是一起謀殺，我們不是警察。說不定這魚是從墨西哥或者美國其他州經過墨西哥灣游過去的呢。」我一臉無奈看著他。余沛江聳了聳肩，然後對著空氣揮了幾拳。哎，真是沒救了，小兒多動症加健身狂魔。

到了鳳凰城以後，我馬上到網路上搜尋到邁阿密或者勞德代爾堡的飛機。真不愧是美洲的門戶，年均繁忙程度全美第二的機場，即使是鳳凰城附近的一些小城市的機場，每天都有飛往邁阿密的班機。因為秋冬的佛州是它的旺季，機票在日曆表上一天一個價，每天都在往上漲。

儘管現在我和余沛江已經短期賺了不少，但還是不願花冤枉錢，於是我就趕緊訂了比盈盈早到兩天的機票。我問魚配薑要不要跟我一起去，余沛江擺擺手說他媽媽過幾天生日，想過去看看父母再說。如果我要從佛羅里達去古巴的話，叫上他。

接下來幾天，我又跟進了之前跟過但中斷了的兩個大客戶，因為當時他們都有意願投資佛羅里達，因為地域問題沒有接下。一個客戶是猶太人，想在邁阿密買下一塊地來自己建三層的連體公寓樓，也想買一個醫用辦公室；另一個客戶是只會講粵語、西班牙語和一點點英語的委內瑞拉華裔，他先前已經在邁阿密西北一個小鎮自己建了一個藍色屋頂的粵式早茶酒家，現在嘗到甜頭已經想找更多的投資機會。

我答應到邁阿密以後給他們物色好的公司和專案。要是能做成的話，在佛州經紀那裡拿的介紹費也夠我在佛州和古巴吃喝玩樂了。做這行就是這樣，如果有單，可以過得挺瀟灑快活生活品質也不會差，如果沒有單，基本等於白做，因為是沒有底薪只靠 Commission（提成）的。在我剛入行那時候，有快大半年都完全沒有一個單，或者說有的客人只看不買，那時候是最艱難的時候，畢竟除了上課考證費用，還有查詢房子的 MLS 或者其他網站的平台費。不過只要有信念，總會有第一單，緊接著第二第三直到數不清的業務。

只要不放棄理想信念，只要繼續前行，就總能熬出來的。

在亞利桑那州，我來回跑了和加州相鄰的尤馬縣和拉巴斯縣看了看房源，考察了一下專案。兩個都是荒漠景觀很明顯的郡，經濟狀況和生態的話尤馬縣要好一些，而曾經是礦區的拉巴斯縣要欠發達一點。一個從紐約回來的開發商想要振興家鄉，在這兩個郡買了不少的地，想要建成一些經濟實用型的別墅區，改善社群面貌和家鄉的生活水準，現在正緊鑼密鼓地興建。看上去還不錯，三四百平方公尺實用面積，帶庭院車庫的別墅成交均價都在十二萬美元左右，如果是在河道旁邊的，價格還要貴上四成。一個客戶馬上簽約交15%押金，準備交接產權證和轉讓契據，兩星期內轉完尾數完成交易；還有一個客戶回去準備押金，到時候回去申請Federal Housing Administration（聯邦住房管理局，簡稱FHA）貸款保險，再向私人借貸者或者銀行出示保險，完全評估和貸款手續以後，開始拿到房子和還貸。

辦完這兩個客人的事情，就等他們把剩下的後續做好了。我從佛州回來，剛好給差不多時間跟買賣雙方結案交割。沒想到，這兩個客戶的房子，後來也發生了一些問題，讓我和余沛江躺了好幾天醫院，那是後話。

回到家以後，我大睡了半天，然後起床把夏天的衣服都拿出來，收拾好了去佛州的行裝。在辦理登機證的時候，盈盈幾年前的身影閃現在我的腦海裡，我的心中不覺浮現起一種難以言表的感覺。

在南達科他再見到她的時候，我承認我的內心還是有悸動的。畢竟，人對於回憶，尤其是對被歲月加了濾鏡的回憶是有執念的。我們不斷地往前走，向著各自的方向，同時我們卻又在頻頻回首。

韓寒在《零下一度》的文章裡寫過：好馬不吃回頭草，但其實我們都不是好馬，因為我們都在回憶。

人們會因為回憶而錯過一些東西，尤其是眼下的東西，比如說我就是這樣。我想著當時和盈盈在大學島工大旁邊被學生戲稱為第五飯堂的小販街，一邊逛一邊吃喝的時光，不小心就被一隻手攔下了。我回過神來，只見在登機口檢票的機組人員讓我把雙肩背包放到行李尺寸架上。我好塞歹塞還是不能把旅行包塞進免費的 Personal Item（私人物品）尺寸架裡，只好悻悻地掏出四十美元，買了一個隨機行李箱的箱位。傳說中一定要讓人打起精神的 Spirit Airlines（精神航空，美國的廉價航空），總算是體驗過了。

這個航空公司因為只賣裸座，票價低而受到青年人的青睞，一般從紐約飛拉斯維加斯飛行時間五個多小時的票價平價還不到90美元，有時候特價39美元就可以搶到。一般它的票價裡包含了一件12*14*16 英寸的私人物品，可以放在椅子下的；至於登機箱和託執行李，就要另外買了，而且是線上提早值機一個價，去到櫃檯加行李一個價，到登機口被攔下補票時又是另一個價。上飛機後，什麼零食飲料熱狗，想吃就掏錢買吧。

將近五個半小時的班機裡，我坐在過道旁的座位上，枕著椅背望著虛無，腦海裡亂七八糟的不知道什麼東西。飛機著陸以後，在等待下飛機時，人們都在忙著脫衣服。美國版的海南島，我來了。

距離 AREAA 那個布里克爾城市中心開幕典還有三天，距離盈盈和艾世麗們飛來還有兩天。住的地方已經定好了，是在邁阿密海灘市（Miami Beach）的一個民宅，是在 Airbnb 應用上找到的。我決定先租輛車到處去轉轉玩玩，順便也給兩位投資者客戶物色一下有沒有好的投資專案，可以讓他們下手。

隨便在 Alamo 租了輛省油的卡羅拉，在邁阿密的交通問題算是解決了。邁阿密有大大小小三十多個藝術館博物館和畫廊，像佩雷斯藝術博物館，自由塔博物館，性博物館，溫尼伍德藝術區等等。大學時代的我很愛往這些地方跑，果然還是社會改變了我，現在我對這些的興趣已經不大了，反而更想跟很多美國人一樣，待在海灘邊晒太陽，跟海岸線平行著用力游泳。

等我滿足地用沙灘邊帶著疲意走回馬路邊上時，我突然發現，或者這一次我是不應該來邁阿密的。老子的車竟然被拖走了！我抬頭一看，發現自己剛才停的地方，居然是個貨車卸貨車位。我就說，在人山人海的南海灘，我怎麼如此幸運地一下子就找到車位。找了一下，終於找到拖車公司的訊息了，一摸口袋，完美了，我穿著的是一條泳褲，剛才怕被偷東西，連著錢包手機都放在車裡了，而且因為最新款的運動型卡羅拉有車門密碼鎖，我連車鑰匙都沒帶。

剛才還是一個自帶憂鬱氣質的文藝青年，沒想到現在我竟然要穿著泳褲披著浴巾在邁阿密街頭落魄地流浪。

幸好自從做了房地產行業以後，薄臉皮的屬性已經從我消失了。我抖擻了精神，裝作一名貴賓房客一樣隨意走進了一家海灘邊的酒店，從櫃檯那裡假裝問推薦餐廳，要了一份地圖。我瞄了一眼櫃檯後面的時鐘，拖車公司還剩下15分鐘就關門了！

我強自鎮定地一邊看著地圖一邊出了酒店大門。然後，路人詫異地看著了一個一手抓地圖一手抓浴巾，在大街上穿著泳褲拖鞋快步狂奔的白痴。那個該死的拖車公司離我被拖車的街區足足有將近十個路口，近兩公里的路程。我死趕活趕地在結束營業前衝進了拖車公司，要求領回我的車。

坐在櫃檯裡的黑媽媽頭也不抬，就用眼角掃了我一眼，問我是什麼車，然後讓我出示行車證（或者租車合約）、駕駛證和車匙。我跟她解釋了我的情形，她完全不通情理，跟我說沒有證件的話她是不能隨便讓人把車開走。

「你只要把車打開，我知道在哪找到我的證件，你可以用駕駛證上的照片和我核對，我連錢包都在車上，我只是去了下游泳……」

我還沒說完，她就前一句「公司規定」後一句「保障車主財產安全」甩過來，讓我明天請早，可能還需要警察來作公證。她閉著眼睛搖頭時臉頰連帶著脖子上的贅皮贅肉一起甩動，看了就讓人有一種想甩耳光的衝動。

我急得真的差點把身上唯一的「長物」——遮羞的浴巾摔在地上。幸好，這時候一個猜想是經理角色的西班牙叔叔走過來問我什麼事，我強忍適才的怒氣，又重新說明了一下情況。所以說能升職做上經理是有它的道理的，經理叔叔就是要通情達理一些。他提出讓我先用紙簽個名，然後用密碼把車門打開，他在車上拿出證件來對照我的照片和簽名，然後把車交還給我。我心裡一萬個不願意，交了一百多的拖車費和超出兩小時驅車的延時費。這坑爹的公司還不接受信用卡，連簽帳金融卡都不行，必須現金。我身上沒有那麼多現金，又一千萬個不情願地用了他們家手續費高昂的ATM。

終於把車開出來了。不能等到明天，勉強算是不幸中的大幸吧，要不然，真的停一晚車比我整個旅程的租車費用還要高了。從廣袤荒漠平原鄉下來的人，在血的教訓下知道在大城市要看清楚再停車了。晚上在南海灘的酒吧街上吃了個飯，喝了杯足有一升量的大雞尾酒，又在海邊吹風散步，確定醒酒了才敢開回家。

第二天要開始辦正事了，我開車經過了好幾個著名的奢華房地產，心想這程度好不遜於紐約西雅圖洛杉磯，不過這售價實在是太低了。勞德代爾堡的W酒店用白菜價同時擁有灣景、城景和海景；陽光島正在興建的保時捷跑車電梯公寓更是炫酷到不行；翡色島的太陽宮公寓坐擁著私人島嶼的資源和邁阿密城區的便利。唉，要是有足夠錢我自己都搞一套了。

我沿著I-95公路一直往北開到了有猶太城之稱的Boca Raton（博卡拉頓），只比美國新總統的豪華府邸稍微南邊一點點。今天，我約見了一個原籍亞歐交界一個小國家的富豪，談談幫我的猶太客戶買投資專案的事情。

老富豪的身家非常豐厚，博卡說是猶太城還不如說是他的城，許多高階的餐廳，辦公室，住宅區或者商場，幾乎都是他名下的。當然，這些不是老頭自己說的，而是我做的功課。果然，和老頭子的會面感覺這個人是隻十足的老狐狸，不過只要他賣他的產業，我有買家願意出錢，交易能做下去就成了。

老頭本身是個經紀人，所以不用額外找經紀人，也不會跟佛州房產法有衝突。終於談下來了，讓老頭書面答應賣出物業給3％的提成，簽了保密協定以及提成分成協定，然後我跟他的助手拿了一些篩選過的辦公室，開車去兜風。

助手愛德華很自豪地跟我介紹這個公寓樓是他們的，那個龍蝦餐廳，這個商業中心，那個聯排別墅小區都是他們。我在心裡暗暗吃驚，倒吸了一口涼氣。真的是旱的旱死，澇的澇死。而且據說這些還不是他產業的全部，他年輕時從波士頓哈佛大學法學院畢業的時候，就透過槓桿投資贏了點錢，然後又貸款炒物業，從 1974 年身上的 500 美元，用十年時間身家過三千萬美元。至今他也還有約十億美元的資產在麻省。

一個下午下來，愛德華給我介紹了好幾個重點的辦公室專案，也帶了我看了一個在西棕櫚灘商城後面的一個有30個一房到兩房戶型的公寓小區，一共三棟連體的雙層建築，小區旁邊有塊一英畝的空地可以做開發，加起來一共售價六百五十萬美元，單塊地賣一百萬美元。這小區是當時用 100 美元，從一個負債的開發商那裡接手過來的，老頭實際還債的數目肯定遠低於市場價格，所以這個只要給他盈利空間，讓他賣應該不難。這個小區推薦給委內瑞拉華裔是一流的，因為怎麼按這周邊同等標準的租金來估算，回報會很不錯，就可惜離他開的餐廳有點遠，猜想打理有點不便。

我倒是先看上了一棟五層的辦公室，打算先重點考察一下那個樓。我問愛德華要了這些項目的報價和基本訊息，還有幾個重點專案的一些財務報表，打算再繼續研究學習。

趁著還有時間，我回到了那棟剛才相中的辦公室。我大概翻閱了一下報表，租金，租約訊息和出租率什麼的看起來都很健康，空置率不到8%，正常平均年收益的話可以去到3%左右。投資的金額越大，收益率是會走低的，這個是符合常識的。一個橡皮買回來一元可以倒賣出去一元拿百分百的收益，但一個一百萬的東西倒賣成兩百萬，就不是那麼容易了。

這個辦公室四樓和五樓有大型的專科診所，也有一個藥物實驗室，這些都是價值比較高的租客。下面三層有財務公司，有律師個體戶，等等的一些小租戶。這辦公室的天臺居然也是可以賺錢的，它租給了美國的一個電信營運商安裝訊號發射塔，還裝了一些太陽能發電和加熱裝置。

看起來真的很不錯的一個投資專案，不過不知道為什麼，當我快要走進自動大門的時候，我會有一種異樣的感覺。不過這感覺具體是什麼，我說不上來。我有點狐疑地轉頭往門外看，卻發現我剛剛停在門口前的車，竟然一下子消失不見了！剛剛才有被拖車陰影的我大驚，連忙衝出去，可是，車明明就在那裡，安安靜靜地停著啊！

難不成是我眼花？再往樓裡面走的時候，我又往回看了一眼，不過這回什麼也沒發生。可能真的是我被拖車拖出來的陰影吧。我在裡面瞎轉悠了一下，大致看了看租戶的公司性質和營業範圍，還有實際的空置率和報表上的是不是大致符合。忽然之間，我聽到了一樓一個個體戶辦公室從門裡傳出來的一把女聲：「這裡是C&I攝影工作室，有什麼可以幫到您？……什麼？預約了今天？不好意思，我們這裡不是骨科診所……真的，我們在這裡已經開張一年多了，這裡真的沒有骨科診所，抱歉。噢，沒關係，謝謝您的來電，祝您有美好的一天。」接著，我聽到了她把座機放好的聲音。

本來無心偷聽的我正要移步，卻聽見她接著說：「真是的，這星期以來已經是第四個這樣的電話，今天已經是第二個了……什麼骨科診所……」

在第三次聽到這個有點耳熟的單字時，我才恍然反應過來這個「Orthopedics」是骨科的意思。這下，我猛然想起來剛才的一件小事，頓時有點感覺周圍陰風陣陣的。

就在不到一個小時之前，我和愛德華還在西棕櫚灘看公寓的時候，他就接到過一個電話，裡面提到過這個內容。我當時覺得這個單字有點生僻，暗暗記住讀音然後用手機詞典拼出來查到的意思。我努力回想著愛德華剛才說的話：「對對，我是物業租賃辦公室的……是的，我們的大樓是在這個地址……不好意思，我們沒有租客是開骨科診所的……不不，不是記錯出租單元，是我們的租戶裡，沒有骨科診所，麻煩你再回去確認有沒有記錯地址好嗎，謝謝，再見。」

當時我還不以為意，如今這樣一結合起來，感覺有點陰森。試想想，不斷有電話打來，問你此處是不是骨科診所……

我不知道自己是帶著什麼樣的勇氣，就推開了那個攝影工作室的門。當然，我沒有問櫃檯的小妞，這裡是不是骨科診所，那樣的話她會瘋掉的。

櫃檯是一個黑白混血兒，蓬鬆的棕色爆炸頭下有著非常漂亮的五官，那雙大眼睛彷彿要把我心底都看穿似的。她笑著問我，有什麼可以幫到我。我一下子編不出什麼理由，只好跟她照直說我有朋友想買這裡，是過來視察的，只是剛好在外面聽到，想知道一下是不是內線電話系統有什麼問題，比如搭錯了。

「哈哈，先生，不是搭錯線的問題，我們這裡以前也沒發生過這些事，我這攝影工作室都開張一年多了，就是最近兩個月，開始出現一些莫名其妙的電話。」她說。

「比如說，骨科診所？」我打趣道，試著向她套多一點訊息。

猜想現在快下班了，也沒什麼事，她也樂得和我打發時間。她說：「哈哈哈，對。猜想是那家骨科診所做傳單排版的那個人不上心，搞錯了吧。不過上兩個星期有幾個電話聽起來還真的有點奇怪，有時候還是同一個人在同一天打來好幾次。之前，有個男人在電話裡說要預約，我說這裡不是骨科診所，他反問我『怎麼不是，我上個月才打過這個電話，我都來看好幾次了』；還有個女人在電話那頭問我是不是醫生走開了，明明剛才醫生還跟她說話來著，後來訊號弱斷了線，打回來就變我說話了。你說，哪有這樣的，我都懷疑是不是之前我們得罪了什麼客戶或者是……」她回頭看了看，然後壓低聲音對我說，「老闆把情人甩了以後，那個情人用這種方式來報復他的公司……」

我問這個叫溫蒂的櫃檯小姐，有沒有問過打來的客人，骨科診所的地址在哪裡。她說有，地址是9221 E St.Julio Avenue，而這棟辦公室的地址是9221 S St.Julio Avenue（E＝東，S＝南，W＝西，N＝東）。她在幾個有衛星定位地圖的網站都搜過，根本沒有9221 E這個地址。

我點點頭說謝謝，然後問她要了一下攝影工作室的名片，也要來幾個之前打過電話過來找骨科診所的電話號碼。溫蒂和我也算是比較投契，她沒說什麼就答應了。

從辦公室出來以後，那種怪異有點壓抑的感覺也隨之小時了，我覺得可能是因為這裡的天花板高度比較低，而且在頭頂那種慘白燈光下顯得有點詭異吧。

上車以後，我拿出手機，把攝影工作室名片上的電話號碼輸入進去，用Google進行搜尋，竟然還真出了一個骨科診所，不過不是Google地圖上的。我點進網頁去看，找到了他們家的地址。這裡顯示的地址並不是9221 E St.Julio Avenue，而是同一個城市的另外一個地方，不過距離這裡並不遠。我點開導航，按著地址找過去。我也不清楚自己為什麼會對這個這麼感興趣，可能就是自從跟余沛江做了這一行以來，第一次有種自己找到一個案子去破解的興奮感？這些天和余沛江一起生活、工作以來，不僅有實踐，我還把他爸爸的手記，以及他借給我的幾個孤本都看了一遍，總能算是入門了。咦，對了，我們這個行業應該叫做什麼呢，凶宅經紀？鎮宅人？哎呀算了不想了。

導航的語音提示響起：「您的目的地就在左側。」是一棟有三層高的辦公室。上樓以後找到了具體的單位，發現那是一家診所，但不是骨科診所。櫃檯跟我說他們準備下班了，不接收病人了，現在只能預約。我笑笑，然後問櫃檯要了張名片。我假裝驚訝地說：「咦，這不是個骨科診所啊？」

「怎麼，你也是來看骨科的？奇怪了。」櫃檯有點疑惑不解。我問她為什麼。

她聳了聳肩，說：「就是說最近有不少人跑來我們這裡，也是說要看骨科。我不知道這是怎麼回事，只能一遍遍地跟病人說，我們這裡不是骨科診所。我檢查了一下我們的宣傳材料，我們的網站甚至Google地圖上的資料，沒有發現任何錯誤和紕漏的。我在這裡工作快一年了，我聽說在我來之前對面是一家骨科診所，不過已經倒閉了。」

我道了謝，然後從診所出來了。對面的辦公室兩扇玻璃門被鎖鎖上了，裡面已經人去樓空，一些沒被帶走的家具散落在原地，櫃檯的桌椅上蒙上了一層灰。往裡看，遠處地上還有一根長長的鋼釘。在電梯旁，我看到了一個把所有公司羅列在上面的樓層指示牌。我看了一下。剛才我去的診所門牌是302-303，然而在他們家對面的空置的305，上面空空如也。

我走出建築物，然後按著剛才溫蒂給我的幾個電話回撥了回去。第一個打不通；第二個接通了醫院的櫃檯，然而醫院的地址是在密蘇里州；第三個電話完全就不是一個正在被使用的有效號碼。我的腦海裡蹦出了一個想法：「難道那些看骨科的病人，以及那個骨科的診所，都不存在於我們的這個時空？」我大著膽子，拿起手機往溫蒂工作的那個攝影工作室打了過去。

響了幾聲，電話接通了。那一頭是把溫潤的男聲：「您好，這裡是羅曼諾夫斯基診所，請問有什麼可以幫到您？」

咦，好像有戲了，大冒險現在開始了。我說：「這裡是骨科診所吧？」那邊給了一個肯定的回覆。

「你那邊的地址，是不是 9221 E St.Julio Avenue ？」那邊還是一個肯定的回答。

「你們那裡是同一個辦公室的單位是嗎？」

「是的，從 302-305 都是我們的的。」

「好的，謝謝你，我明天就過來。」說完，我們互相道謝以後就掛了電話。我的心裡，有一點興奮的戰慄。儘管目前我還不敢完全確定，但我心裡就已經在告訴自己，我發現的，就是無意中錯位的平行時空！如果真是這樣，那我就可能

成為世界上第一個實現時空穿越的人！

好了，現在我需要理清這些線索，找到入口，並且用特定的方法把錯位的時空恢復正常並堵上。我給余沛江打了個電話。

余沛江在電話那頭差點吼出聲來：「什麼？這都讓你碰上了！」他的語氣既驚訝又半信半疑。他也很想見識和體驗一下真正的時空穿越，但他手頭上剛好接了在本州和鄰州的兩個小案子，一時半會又走不開。他給我講了一下他曾經在書上看到過的，幾個曾經有目擊者的距離我們事件最近的案例。

在 1950 世紀初期的歐洲，在阿爾卑斯山山脈，某一座山峰約一萬英呎海拔高度上，幾個登山者正在皚皚白雪中上山，卻在一秒之間進入了一個如百花洲一樣的地方，晴空萬里春暖花開，他們都傻了眼，有人以為是海市蜃樓，然而那溫度讓穿著棉襖的他們大汗淋漓。他們拿出笨重的照相機拍下了一張黑白照片。再往前走幾米，卻又回到了雪山中。折返的時候，那片空間已經消失不見了。事後，那張照片並沒有引起廣泛注意，他們的言論也沒有人相信，事件只作為一則逸聞被偶然記載了下來。

六十年代在東瀛島國，一個小學剛畢業的孩子跟著父母坐火車到國境的北部探親，途中進去車廂洗手間以後，就再也沒有出來。父母擔心地讓乘務員撬開門，發現除了廁坑和巴掌大的通風口以外，幾乎完全如同密室一樣的洗手間裡沒有任何孩子的痕跡。兩年後，孩子卻灰頭土臉地出現在了歐洲，而且是一輛歐洲的列車上。本來身體羸弱的他體格變得非常強健，而且作為初中生年紀的他，卻懂得許多高深的化學和哲學原理。他沒有過多地透露那兩年他的生活，而是沉默寡言地躲在房間裡不斷演算和作畫。在幾十年後，他成為了一名出色的化學大師，而且他也出版了一部非常宏大壯觀的漫畫作品，描述了一個跟德國很相似的國度、描述種族戰爭、在這個世界早已滅絕和被證明不存在的鍊金術，以及一扇可以穿越多重宇宙世界的真理之門。

有些這樣的故事只是一段段聽起來很神奇的經歷，不過倒是有個別有過相關經歷，但恰是跟我們一樣和超自然世界打過交道的人，窮盡一生做研究，如何尋找時空交接點，以及怎麼恢復正常的秩序。

兩個世界的連線可以是超自然力量的影響，也可以是兩個或多個世界的吸引和排斥，前者的發生可以是天啟、或者某類力量強大的靈體的影響，後者可能是某個改變時空走向的歷史事件的發生關鍵點，以及某個世界的大型自然災害導致混亂造成的。從規模大小來看，我現在遇到的，猜想就是之前某一個自然災害導致磁場或者其他一些東西的錯位混亂，形成了這樣的情況。

我決定在第二天，試試找到那個錯位時空的連線點。現在問題在於，究竟錯位點是在今天愛德華帶我們去參觀，那家讓我有異樣感覺的大樓，還是那個導航把我導過去的廢棄骨科診所呢？答案只有親臨現場了，才會知道。

當晚我在一家叫 Flanigan Big Daddy（大爹海鮮餐吧）的吧檯不斷胡思亂想，以致差點喝多開不了車。幸好在佛羅里達州，是合法允許在一定範圍內酒駕的。一宿幾乎無眠。第二天，我給自己買了瓶 Monster（怪獸能量飲料），仍然像打了雞血一樣往昨天攝影工作室所在的大樓走去。看來人有期待，精神意志真的會好一些。

到了目的地以後，果然，那種怪異的感覺又回來了。我不知道是自己因為跟這類事情接觸多了以後第六感也隨之變強，還是單純只是因為這個建築物的感覺不對勁。走進的大門的瞬間，我往回看了一眼。我特地把車停在跟昨天一模一樣的位置，就想看看車還在不在。

跟昨天一樣的情況出現了。我想我也是第一個，看見自己車消失了，會覺得開心的人。這一次，我仔細留意了一下視線範圍內外面世界的變化，發現除了車場裡的車換了一批以外，並沒有很大的不一樣。我回過頭來，繼續朝著辦公室裡走去。

辦公室裡的場景並沒有什麼不一樣，我嘗試著走到昨天的攝影工作室的單位，敲門，然後輕輕擰了一下門把。門沒鎖，我打開進去裡面的時候，發現裡面的裝潢和昨天看到的完全不一樣。就連坐在櫃檯接待的女生也不是溫蒂了。大家一副忙碌的樣子。

我退出來，看了一下辦公室的指示牌，發現很多公司名字都很陌生。果然，我來到了另外一個空間裡了。我找到三樓的單位，上面的302-305單元，赫然寫著：Romanovsky's Orthopedic Clinic（羅曼諾夫斯基骨科診所）。

好奇心已經快溢位體內的我，馬上就開始尋找電梯上樓。然而，昨天電梯所在的地方，如今變成了辦公室。我在樓裡轉了一下，也沒發現電梯。在樓道的盡頭，有一條樓梯。沒辦法，只要沿著樓梯上去。

從三樓的樓梯口出來以後，我開始納悶。這個骨科診所，要是客人的腿骨有什麼事情，怎麼上樓來看醫生？其實在這個時候，我是應該轉身離開的。

在樓梯口的左邊，301是一家規模很小的稅務會計師辦公室，302-305是診所；樓梯口的右邊五個單位一共租給了三個公司，分別是一家地產經紀辦公室、一家燈具公司的售後客服點以及一家沒有掛牌，但貼了「請勿打擾」的不知名公司。

骨科診所的入口是兩扇從中間往兩邊開的紅木大門，上面一個非常樸素的小牌子寫著診所的名字。美國的辦公室或者樓裡的診所、公司都這樣。我也沒覺得有什麼不妥，推開了門。

門後是一個小型的排號室，靠著牆圍起來一圈的椅子，轉角位有個散落著雜誌和精裝小說的茶几，門的正中間是櫃檯，透過窗子可以看到裡面有幾個正在忙碌的女孩。椅子上有老人家，也有拄著枴杖的中年男人，大家的神色漠然。

從櫃檯的窗子往裡面看，可以看到一個穿著淺藍色手術衣的醫生，手裡拿著一些檔案交到櫃檯手上。本以為他解下口罩是要給助理交待些什麼，沒想要他居然轉過頭，對著正站在門外的我笑了笑，還頑皮地眨了眨眼睛。

這是個身材微胖，戴著傳統金絲眼鏡的中年男人。他的外表有兩個非常明顯的特點，他的左臉臉頰上的皮膚和周圍的皮膚顏色明顯不一樣，而且，他的同一側臉上，沒有眉毛，反而有一道像小蜘蛛網一樣的紅疤。

櫃檯旁邊的牆上掛著一幅月曆，已經過去的日期被馬克筆畫上一個個交叉。我看到日曆上的具體日期時，整個人好像觸電了一樣。因為，我非常清楚地記得那個日子，正是我和盈盈在一起整整三百天，而那一天，恰恰是我和她在一起以後最肝腸寸斷的一個日子。「范吉，他／她會記恨我們的吧？」我的耳邊，竟然響起了盈盈帶著哭腔的聲音。

聽到這句話，我的大腦「嗡」一聲，如同被炸開一般，回憶頃刻水漫金山。那時候，兩個熱戀的青年大早就坐一個多個小時的地鐵去市內最大的樂園玩了一天，晚上用晒得紅彤彤的手，抓著末班地鐵的扶手回到大學島。島嶼已經沉睡，周圍只有橘黃色的燈光一直等待著黎明。早已經過了門禁的時間，然而天上下起了毛毛細雨，牆壁太滑不能翻牆回去了。我們在旁邊的小村莊開了個小房間。夜裡，兩個人抱在了一起。然而在第二天的清早，我就急匆匆地往村裡的藥店跑去，要了一顆毓婷，心裡暗暗罵著某牌子的橡膠質量太次。沒想到那個只在小說裡見過的藥品我會在現實裡用上。

一個多月後，正是日曆上的日子。我們騎著雙人腳踏車去市內的達夫山郊遊，可是在一個下坡路，突然之間腳踏車的前胎爆了，我和盈盈兩個人都是去平衡往路邊摔去，倒在原地我被腳踏車壓了一下腳踝，盈盈比我好一些，摔在了路旁的草叢裡，只是手掌和手肘擦傷了一點。可是忽然之間她驚叫了起來，我連忙跑過去，只見她的雙腿之間流出了一大灘血。當時我嚇壞了，馬上背著他衝到園區最近的一個出口，攔下計程車就往醫院趕。當醫生責怪我為什麼要帶孕婦騎腳踏車的時候我愣在了原地，才知道原來那個藥並不管用。後來我當時的熱勁過了，腳踝也開始椎心地痛。那一天我意外地失去了一個可能會出現的孩子，我的腳踝出現輕微骨裂，從那以後我也退出了街舞社。

我對盈盈始終抱有萬分歉意，直到後來她把我封鎖，也是如此。我想這也是為什麼，我打心底裡想去南達科他找她的原因。她那個救了我們一命的護身符也是那件事以後她去求的。

當我把自己從這些回憶中拉回現實的時候，我發現自己已經邁開步伐往診所裡走了進去。我的精神有點潰散，自然沒有發現當我每走一步的時候，四周的環境都在一點點地變化。就像小時候我們玩過那些有幾幀的3D卡片或滑鼠墊，每換一個角度就改變一下。四周的環境開始慢慢重組，天花板彷彿更矮更壓抑了，周圍的一切彷彿自帶了一層泛黃的濾鏡。

當我意識到的時候，我發現原本坐在等候室椅子上的病號不見了，櫃檯的牆不見了，就連那些椅子、櫃檯那幾個忙碌的女孩全都不見了，周圍一切只剩下了面前那個對我微笑，鏡片裡反射著迷離的光的羅曼諾夫斯基醫生，以及我和他之間不知何時出現的一張陳舊的手術椅。

我的大腦不斷給我回饋訊息，讓我趕緊轉身逃離這裡。我聽從了內心的話，想從原路衝出去。可是醫生哪會放過我，就在我轉身的過程中，周圍的一切瞬間崩塌消失，我置身在了一片黑暗裡。而在這片黑暗當中，那個越看越詭異的醫生連同那張恐怖的手術椅卻始終在我的正前方，揮之不去。

我再轉了一下身，依然逃離不了。一陣強烈的暈厥感不知何處竄了出來，我只感覺天旋地轉。下一秒，睜開眼睛的我發現自己已經被綁得嚴嚴實實，躺在了綠皮手術椅上。手術椅有點像是牙醫診所裡的那種，目之所及之處見到泛著寒光的各種手術器具，不過比牙醫的可就大多了。我出了一身冷汗。這是，頭頂那盞燈光被遮蔽了，我看到了那個恐怖變態的俄羅斯醫生逆著光發暗的臉，對著我燦爛地笑了。

昨天我一心想著是時空錯位的原因，沒有去深究電話那頭，那把男聲所說的「羅曼諾夫斯基診所」有什麼不對勁的地方。如果我當時去稍微深挖一下舊報紙，猜想就會提高警惕不至於落得現在這樣的下場。

來自西伯利亞一個小鎮羅曼諾夫斯基醫生，在七十年代留洋美國，同時攻讀麻醉學、精神學和骨骼學，在六年後，天才橫溢的他同時獲得三個醫學學位並成為執業醫師，在美國獲得永久居留權，創辦診所行醫。在短短三年間，他不斷發明新型療法和發表學術論文，除了世界最頂尖的拉斯克獎和諾貝爾醫學獎以外，其他大獎小獎拿了無數。然而就在他如日中天的時候，一次醫療失誤使得他把一個固定關節的小骨環遺留在病人體內，導致後來病人需要截肢，並嚴重感染而死去。病人家屬狀告醫生，讓醫生傾家蕩產賠上了一切。

自從來美國以後，從全獎學生到名醫，一路順風順水的羅曼諾夫斯基醫生精神有點失常。後來他離開新英格蘭地區，來到東岸的南部重頭再來，不過他的治療開始變得越發偏激，有一次甚至用電刺激法麻醉病人。終於，有病人報了警，警察過去調查時竟然發現醫生竟然背負了好幾宗命案，原來他在夜晚，出去綁架了很多無家可歸的露宿者，在他們身上殘忍地施行了許多變態的、未經許可的活體醫療實驗，生生折磨了四個人。羅曼諾夫斯基醫生在佛羅里達被判決死刑，當時的監獄恰好就在如今 St.Julio 大道附近。在醫生臨死前，據說他直到坐上電椅前的一刻都在叫喊說「美國政府殺害了一個百年難得的醫學天才，你們一定會後悔的，也一定會遭到報應的。」

這根本不是什麼時空錯位，而是這個邪惡醫生的怨念在作祟。這個時候我才想起來，剛剛無論是我打開攝影工作室的門，還是診所的幻象，那裡面所有的人都沒有和我對視過，甚至沒有看我一眼，除了這個醫生。

醫生咧開嘴笑著看我，臉上掛著一種捕獲戰利品的自豪感。他的嘴角竟然流出一滴口水，滴在了我胸前的衣服上。天吶，好不容易想當回英雄，沒想到現在竟然會在一個變態手上，這回小命恐怕不保了。

電視劇裡的大魔王一般都會死於話太多，然而這個變態醫生，居然廢話不多說，悶頭就要給我戴上鐵頭盔一樣的刑具。這傢伙不會是要開顱吧？

我的雙手綳緊，想要掙脫幫助我的東西。無奈我越用力，那些尼龍就把我勒得越痛。單用蠻力，是不能弄開繩索的。我的前臂和雙腿被尼龍帶捆住，雙手的五指被塑膠收緊條並排箍得緊緊的。

我往手術椅托盤上的器具看了一眼，發現那上面都是大傢伙，有很多固定器和骨釘之類的器材，不過我無意中瞄到了，在醫生袍的口袋上，有幾個金屬柄露了出來。這完全不符合規範，不過不管怎樣，要是那裡有把手術刀，那我就得救了。

我忽然發現，他還沒有解去我的衣物。這一次來，我也不是完全沒有準備。余沛江提醒我說，錯位空間有可能連線著陰陽二界，還是帶上一些能讓靈體遠離的東西為好。而最方便的，自然就是食鹽了。

在我牛仔褲裝硬幣的小暗袋裡，我揣了一撮食鹽。我的手指還能活動，在他還在準備他的器材，給棉花吸水的時候，我摳出了一點食鹽握在手心裡。因為前臂被綁著，我的活動範圍非常有限，我必須要在他靠近我而且我的手能夠著他衣兜的時候才能下手。

他終於走近了我，把棉花放在頭盔頂端用固定螺絲擰緊，然後準備往我頭上戴。這完全就是死刑電椅上的刑具！他得意地用他帶著俄羅斯口音的英語說了一句：「你知道，李小龍也很喜歡電刺激法。」在他往我頭上戴頭盔的時候，我猝然一抬手鬆開手掌，食鹽往他的臉上撒去。

只聽得「滋滋」聲響，他痛苦地叫了出來，我趁機用手掌勾住他的衣兜把他拽過來，掏出了手術刀，往醫生的大腿扎了一下。在他倒地痛苦地呻吟時，我爭取時間把刀頭調轉，反手握刀勾住尼龍繩，手腕用力一拉，鋒利的手術刀把尼龍繩割斷了。我連忙把另一隻手解放出來，然後是胸上的尼龍繩。然而我沒有時間把腳上的也割斷了，邪惡醫生憤怒地站起來，手裡拿著骨釘，就要朝著我胸口上扎來。我連忙一手握住骨釘跟醫生鬥力，讓釘尖轉向，一邊用從袋子裡摳出餘下的食鹽，整隻手朝著醫生的脖子上掐去。

醫生對我手上的食鹽有所顧忌，退開了。他奸笑了一聲：「你逃不掉的。沒有人能逃掉。」然後隱沒在手術燈照不到的黑暗中。

我趕緊把腿上的繩也割開，再依次弄開手指上已經箍得通紅的收緊帶。手術刀太小，已經不管用了，我試探地朝前方的黑暗丟擲去。並沒有傳回來任何回音，就連刀子落地的聲音都沒有。我在手術檯上隨便拿了一件不知名的金屬器具，四處戒備著。四周無盡的黑暗中，傳來了變態醫生此起彼伏的戲謔的笑聲，聽得我完全沒得思考，頭皮上一陣陣地發麻，沒有主意下一步應該如何逃生。

之前我在余沛江的書上看到，陽人易在陰間迷路。儘管我不知道這裡是一個什麼樣的空間，但用陽力感應生路的方法應該是相通的。我閉上眼睛，腦海裡不斷暗示著自己要逃出去。余沛江父親的手機裡也提到過燃陽法，也是專門應對惡靈和逃生用的。在自己身上滴下幾滴血，抹在天池穴上然後鎖穴定身，讓生命之焰只在頭頂燃燒，這樣不僅可以讓凶邪不能輕易近身，受到靈體襲擊的傷害會減少，而且也能照亮生門。不過，這樣做是在緩慢地透支燃燒自己的生命，這種除非迫不得已，否則不宜維持。

不過這總算管用，我能隱隱在我三點鐘方向從近到遠出現了一串小光點。我不假思索拔腿就朝著光點指引的方向快速跑去。可能是因為我跑對了路，那把笑聲收斂了，隨之代替的憤怒的咆哮，我的身後傳來聲響。我匆匆回頭一看，只見那個臉上皮膚像補丁一般，又有蜘蛛疤的變態羅曼諾夫斯基醫生手上揮舞著冷冰冰的手術器具朝我追來。他身後的手術檯隱去了，隨之代替的是一整片漆黑中，一個無限放大的他的面孔，連同著他的身影一起朝我追來。在身旁兩側的黑暗中，伸出了許多完全由黑暗融成的小手，朝我的頭頂抓來。我不斷用著我身上越來越少的食鹽去驅散黑手，也用一隻手護著我頭頂的陽火。

光點在我的前方匯成了一扇門狀，猜想那就是這個空間的生門了！然而就在我快跑到的時候，我的腦後傳來了三分鐘熱風聲，我本能地低頭躲閃，避開了邪靈醫生向我刺來的什麼東西，我雙手一下抱住他的雙腿，把他摔在地上，然後拿著我我手上不知名的棍狀器材，開始對他一通亂毆。

剛才跟著邪惡醫生後面的那張巨大面孔還在不斷向我逼近，而且他張開了他的大嘴，要把我吞噬。

我連忙起身，連滾帶爬地朝著那扇衝去。我摸到了門把，一把用力把門拉開。門的那邊有亮光照射進來。在光照進來的時候，濃得化不開的黑暗開始迅速消逝，就連那個在地上的變態醫生，以及後面那張巨臉也連帶著一下子消失了。

我不管三七二十一，向著光亮的地方衝出去，然後死命把門關上。

在我眼睛終於適應過來以後，我發現自己竟然身處於一個亮著燈的電箱室裡。周圍有一個個高低壓電箱，以及每一個租戶的電錶。我的身後，有一扇小木門？難不成我剛才是從裡面出來的？雖然時一萬個不情願回到那種場景裡去，我還是打開門縫往裡看去。裡面竟然是一個有一個鋪位那麼大的小型儲藏間，裡面散落著各式各樣的雜物，其中一個角落裡，赫然放著一張看起來已經廢棄多時的老式手術椅。周圍的東西蒙上一層厚厚的灰，然而那張綠皮手術椅上，彷彿剛剛被人躺過，或者用抹布擦過，泛著油光的表層完全不像是廢棄多時的樣子。這時候，我聞到了一股讓人想要嘔吐的惡臭。我掏出手機往裡面一照，赫然發現一具穿著衣服的骷髏！

我連忙退了出去。那個邪靈醫生很可能是與這張手術椅共生的，我必須想辦法銷毀它。在電箱房放火肯定是不行的。我四處找，終於讓我在角落裡發現了一小排的儲物櫃。猜想愛德華他們不會想到有人會溜進來這裡吧，儲物櫃都沒上鎖。打開驗證碼以後，發現他們想得果然周全，不僅有各種電纜和維修工具，還有絕緣塑膠防護服。

我套上絕緣服，穿了絕緣靴，然後拿著紅黑兩極電纜，撬開電箱按正負極接好，然後拉著繩子走進裡面，兩鉗子就夾在了手術椅上。電源一接通，椅子馬上蹦出火星，隨著就是煙和焦臭味。在手術椅中，羅曼諾夫斯基醫生猙獰的模樣突然間出現，要把我跟他一起拉進深淵去。不過他最終神色痛苦地化成了一陣煙霧，瀰漫在房間裡。我慢慢退出電箱房，然後報了警。後面救火和處理屍骨的事情，就讓警察來吧。

後來，我拿著命案、縱火案和樓裡的硬體設施跟富豪僵持了一番，剛好那時候他被牽扯進了一宗女祕書發起的性騷擾案中，我綜合各方面原因，硬是把這棟辦公室的售價從六百二十萬壓到了五百六十萬。看到專案報告又看到這個報價的猶太客戶非常高興，親自飛來佛羅里達考察，並完成了這宗 1031 交換性質的交易，我也順利從富豪那裡拿到了稅後將近十五萬美元的提成支票。（1031 是一種免稅的慈善性質交易，賣方所得的錢一半捐進慈善機構，一半留作自用，這樣的話所得就不用繳稅了，如果錢繼續用作投資，也可以減免稅賦。是一種比較普遍的有錢人避稅的方式。）

當天從辦公室裡出來以後，我就給盈盈打過去。她們剛剛下飛機，正好讓我這個不速之客過去把她們倆接上。盈盈在電話那頭感到非常驚訝，我居然也跑到這裡來了。她們看起來氣色都挺不錯，在後座上吱吱喳喳地聊個不停。看來艾世麗已經從那件事裡面走出來了。

盈盈問我為什麼會到佛羅里達來。我說剛好過來參加一個全國亞裔經紀大會和一個房地產開幕典，也幫客戶看辦公室，之後可能跟余沛江到古巴玩玩。她輕輕「哦」了一聲，頭看向窗外的公路。我自然不會告訴她，我過來，其實主要是因為她來，也因為，這裡是我曾經和她約定過要一起生活的地方。

接下來幾天裡，除了我去布里克爾城市中心參加開幕典以外的時間裡，我和她們一起成為了這裡的遊客，去塗鴉牆區，去保爾港名店街，去小古巴，坐船去參觀明星島和翡色島，沿著海邊一起開車去美國最南端的西礁島，我跟他們一起去奧蘭多環球影城，我硬是拍了好多照片發給余沛江。哈利波特世界賣的那款奶油啤酒，好喝得我連續喝了滿滿三大杯。

盈盈和艾世麗知道了我和余沛江除了表面上房產經紀人和保險經紀人這兩個職業以外，真正在做些什麼。盈盈叮囑我要小心，然後把她那個曾經救過我們一命的附身符給了我。在環球影城裡，艾世麗上洗手間的時候，盈盈趁我不備，在我臉上快速地啄了一下。她對我還是有情的，儘管是在這麼多年以後。

從奧蘭多折返到勞德代爾堡以後，我們和終於辦完事過來的余沛江會面了。接下來很快我們又要分道揚鑣了。盈盈和艾世麗她們早就訂好了五天的加勒比海郵輪航線，從勞德代爾堡出發，途徑巴哈馬群島、波多黎各和美屬維京群島再返航。我和余沛江打電話去皇家加勒比郵輪公司問艙位，發現那天的班次已經全部訂滿了，沒辦法，我們倆只好按原定計畫去古巴轉一轉了。

我在網路上買了和艾世麗她們同一天的時間的班機。接下來我們還有兩天時間，正納悶著除了吃和購物還有什麼可去的地方，忽然間艾世麗就給出了一個好提議。

在老富豪所在博卡拉頓西北邊的德拉海灘市，有一座規模很大的日本園林，名叫森上花園(Morikami Museum and Japanese Garden)，是一個傳播東方文化的大型園林和博物館。艾世麗說她在網上查過，這個森上花園全年都有各式各樣特色的活動，而剛好就在明天，有一個一年一度的日本柔道秀和 Cosplay 角色扮演嘉年華，會有一個日間廟會。到了晚上，還有河燈祭。成人每人十五美元入場費，可以在裡面待一天。

我們心想著反正也無處可去，去玩玩感受一下也不錯，就一致通過了。

第七章　森上花園午夜歌聲

第二天一早，我們吃完早餐就出發一路向北。我對佛羅里達有這麼一個大型日本園林的景點的事情產生了好奇，於是就上網去搜關於森上花園的資料。

原來，森上花園最開始的開拓者並不姓森上。在1903年，一位名叫酒井喬，來自日本宮津並且剛剛從紐約大學碩士研究所畢業的日本人，在佛羅里達考察以後與當地簽署了在博卡拉頓北面內陸地區開拓一小塊日本人的農業殖民地，並和當地鐵路規劃部門簽署了協定。第二年，他從日本招募了許多農民前來開荒安居。小殖民地沿用了日本國的舊稱，取名為Yamato，即大和。然而這個小殖民地最終沒有成功。

後來在1977年，殖民地的一個傳承者森上佑司，在他80歲高齡把土地跟棕櫚灘郡政府協商，作為一個傳承日本文化的庭院。於是漸漸地，有了如今這個森上花園。

我們去到的時候，停車場已經停滿了人，等待進園的人已經排起了長隊，隊伍裡有不少人已經裝扮成了要扮演的角色。今天可真是宅男宅女的盛會啊。

好不容易終於進了園。在青石板大路的兩側，廟會的攤位從入口一直延伸到了前方看不到的盡頭，各式各樣的攤位都有。從動漫周邊到日本刀，從東瀛傳統浪人服裝和旗袍到日式清酒，從盆栽再到各式有償遊戲，比如說撈錦鯉魚。

我們一邊看一邊往園林深處走去。今天真的是熱鬧非凡，我和魚配薑都把前些日子工作的疲意甩在了身後，開始盡情地玩起來。盈盈和艾世麗都買了飾物戴在身上。盈盈買了一雙狸貓耳朵戴在頭頂，又買了一條尾巴掛在身後；艾世麗買了個初音未來的藍綠色假髮戴在身上。我對一個賣動漫人物武器的攤位特別感興趣，我喜歡的人物的使用武器，這裡基本都有賣：愛德華．艾力克的機械鎧拳頭和刀、羅羅亞．索隆用「三千世界」時含在嘴裡的刀、還有《王國之心》索拉的鑰刃，等等。而且這刀全是鋼做的，除了沒有開刃之外，外觀和重量都非常稱心如意。我心癢難耐，還是把索隆的那把刀買了。

魚配薑看中一件上面寫著「無主武士」的浪人服飾，我連忙喝止他。他嘟著嘴問：「為什麼？」

「你上去 Google 看看他們 1937 年 12 月 13 日對我們做了些什麼，反正不許買他們的衣服穿在身上。」我說。他「哦」了一聲，然後把衣服掛回攤位的架子上。對於日本一些傳統文化保留之類的東西我是挺喜歡的，但是對於歷史，他們對我們做過的一些事情，絕不能忘記。

隨著我們深入，一些園林景觀，以及一些表演開始陸續出現在我們眼前。當然，一條小吃街也出現了。我們的正前方是一個一個掛了白綢遮陽的圓形舞臺，臺下有一個帶著紅色頭帶的半裸大漢在擂鼓助威，臺上有不同段數的高手們輪番切磋柔道技巧，最後還有全體一起分別施用技巧撂倒對手。坐在下方的觀眾稀稀落落地鼓掌，猜想是看不懂。不知怎麼，對於柔道我只能想起港漫作品《龍虎門》裡的石黑龍。

我們幾個還是對吃的比較感興趣。在柔道擂臺旁，有一個用紅木小牌坊，搭建得很像一個神社的的小攤，是賣鯛魚燒的。小烤爐打開，剛好出爐一批抹茶餡和紅豆餡的鯛魚燒，一個鯛魚燒足有女生的一個巴掌大。我們正要掏錢買，店家卻跟我們說園區規定食物攤不能收現金，只能去前邊的帳篷裡購買金券，用金券買食物。金券也是一美元一張，跟國內遊戲廳裡吐出來的獎勵票長得一模一樣。

我們換了幾十張，然後到處買買買，手上捧著各種食物，章魚燒、鯛魚燒、鳥燒（雞肉串）和炒烏冬麵，大夥飽餐了一頓，剩下的錢，我們還換了兩杯清酒。我喝的是帶點清甜和氣泡的櫻花清酒「花泡香」，余沛江喝的是完全沒有菊花味的「菊水」。果然，還是像他這種沒有跟上現代網路漢語言發展的 ABC，才能毫無雜念地品嘗這樣一杯「菊水」啊。

接著我們在園區繼續蹓躂探索。這個園區占地約10畝，有大大小小的花園和建築，還有人工湖上的島嶼。據說這是參照島國國內十大園林的景觀有機結合建起來的，有看花的，有賞盆栽的，也有一個很有禪意的靜修花園。靜修花園裡只有一條頭頂有屋簷的長木凳，園內用三面圍牆圍起來，牆角處有一個高大的松樹，其餘全是漆黑而光滑的石子，庭院中間有一座石燈，以石燈為圓心，石頭被擺成一圈圈像漣漪一樣的同心圓，擴散開來。石凳前沒有圍欄，但是到此的無論大人或小孩，都沒有踰越一步去擾亂石子的漣漪。大家都不交談，只是靜靜地凝望。

從靜修花園出來，我們遇到幾個打扮得完全成了二次元人物的美國人嘻嘻哈哈地一邊自拍一邊走過。我們正在拍一隻悠然自得跟我們一起在路中心散步的雄孔雀，忽然間前方傳來了那幾個人的驚叫。我和余沛江走上去看他們是不是摔了需要幫忙，去到的時候見到他們對著小山合十拜了幾拜，就悻悻地走了。我走上前，原來這小山裡有幾座藏得比較隱祕的山墳和土地廟。

「開屏啦！開屏啦！雞米飯你快過來看！」盈盈在那邊興奮地大叫。好了，這下連我以前的綽號都被叫出來了。關於校園時光我最不願提起的，就是這個綽號。本名范吉的我自從被一個猜想是存心禍害我的英語老師起了「Jimmy」這個名字以後，「雞米飯」這個名字從此如影隨形，簡直和余沛江的「魚配薑」有異曲同工之妙。

我走回去，見到孔雀果然開屏了。不過不是對著人們，而是對著那座有山墳的小山的另一面。那幾個山墳本來就是遠離行人道的，只是剛才那幾個搗蛋鬼翻進去拍照，無意中發現了而已。余沛江問我有什麼事，我搖搖頭說沒事，不過猜想這裡也是森上一家放祖墳的地方而已。

魚配薑露出一臉錯愕的表情來。森上他們也真是，把祖墳安在這裡，雖說不是對著遊人，但先輩難免不會被遊人叨擾，確實有點不妥啊。

艾世麗看了看手機上的時間，然後扯著盈盈，叫上我們趕緊往前趕。她說：「快，還有八分鐘，小歌劇院有傳統舞蹈節目，然後大舞臺那邊的角色扮演展馬上就接著開始了！」

我們趕到歌劇院，入口旁邊有一塊平整的巨幕白石，白石後面有流水聲，從建築裡，有一條用鵝卵石鋪成的小河道，有一流水不斷從白石上滴落下來，順著小河道流到建築外面去。歌劇院入口有一個穿著和服的老太太正襟危坐著，把毛筆遞給每一個要進場的人，讓來賓用毛筆沾上一點水，然後在白石上簽名，真是儀式感十足啊。我們幾個都覺得很有趣，就接過筆，在白石壁上牽起來，我還特別認真地用行楷簽上了自己的大名。

筆尖一碰到白石，真的出來了像墨水一樣的效果，字寫出來以後完全就像是在宣紙上揮毫一樣。不過等二三十秒以後，字跡就會慢慢淡下去，然後消失不見，後來者的新筆跡又簽在了上面。我特地看了看從白石上滴下來的，全是透明的水。

我們把筆還給老太太，然後進場了。劇場不大，舞臺上的地面全是榻榻米的布置，上面擺著一張長條木桌，用來放古箏的那種，另外舞臺兩側沒有帷幕，只有三扇式的屏風。

不久演出就開始了，一個拿著摺扇穿著和服，臉上像是鋪了半斤粉的白面女人登場，拿著摺扇開始行禮，然後在古箏聲中起舞，還用日語唱了兩段俳句。她的四肢稍顯僵硬，舞步非常碎小，是有點東瀛島國的感覺。然而可能是我的文化素養跟不上，沒過多久我就開始覺得無聊，眼皮子開始打架了。余沛江一個測肘擊，我的肋骨差點斷掉。他在我耳邊小聲說：「在女孩子面前，爭氣一點。」

他說得好像有道理，我打起精神看。不經意間我瞄向身旁的盈盈和艾世麗，沒想到她們居然已經偷偷地玩起了手機。哎呀，我們就不應該進來這裡。我委婉地跟盈盈和艾世麗說：「不如我們早點去大舞臺占個好位置看角色扮演展吧？」她們的眼睛同時放出讚賞的光來。

幸好我們是坐在後排，很快就溜走了。出來以後，我們稍微逛了逛紀念品商店，在門口遇到一隻「死神」，又遇到了街霸的春麗，我們拉著她們幾個一起照相。我竟然碰到一對雙胞胎少年，分別扮演索拉和洛克薩斯！大家都在往大舞臺那邊趕去。最讓我哭笑不得的是一個體重猜想破二百五的黑姐姐在扮演數位寶貝一代的八神太一！她手上拿著兩個毛絨玩具，一個是一代數位機，一個是亞古獸。我們一行跟在後面，一路忍住笑。還有一個神奇的是，一個猜想不是來參展，只是來遊覽的洋妞，高挑豐滿而完美的身材下，穿著一雙誘人的黑絲。咦，那上面怎麼好像有漢字？余沛江和艾世麗自然不會懂，不過我和盈盈定睛看清楚上面的字以後，壓死駱駝的最後一根稻草來了，我們終於忍不住，笑聲決堤而出。周圍的人像看傻子一樣看了我們幾眼。

那個性感姐姐的絲襪上，竟然是般若波羅蜜多心經！想像一下這樣一個宅男女神，腿上滿是「觀自在菩薩，行深般若波羅蜜多時」和「色即是空，空即是色」會是什麼模樣。

終於，到大舞臺了。我們幾個比較幸運，居然在第一排就找到了座位。猜想現在很多到場的都是參演者和後臺人員吧。不過就在為五分鐘不到的時間裡，居然聚來了不下三四百人。很快，主持就宣布展會開始。各個動漫角色開始在各自動漫配樂中走出伸展臺擺造型做經典動作。有一個扮演魔獸暗夜精靈的媽媽帶著兩三歲大的兒子一起上臺，全場都沸騰了。

真是一個很不錯的下午。活動慢慢接近尾聲了，人們陸續意猶未盡地慢慢朝著大門走去。很多一家大小過來的，看來都不準備參加晚上的河燈祭。

我們趁著攤位收攤前，又過了一把饞癮。我這時留意到，余沛江的神情有點嚴肅。本來以為他玩得有點累了，可是轉念一想，剛才他從歌劇院出來以後就沒怎麼聽他說過話，好像在想些什麼事情。

「你怎麼了？是不是吃壞肚子了？」我問他。

「你有沒有留意到，剛才在歌劇院讓我們簽名的那個老太太，有沒有什麼異樣？」他煞有介事地說。

「啊？她？沒有什麼異樣，不就是一個穿著和服的奶奶嗎？你小子口味要不要這麼重，連老太太都看上了。」

「哎呀，說正經的。剛才從節目半途出來的時候，你沒有留意她？」余沛江追問道。我搖搖頭。

「我好像看到有什麼東西趴在老奶奶的脖子上。」

「不會吧，這裡都有那些東西？不要太神經過敏了兄弟，我們雖然是做這行的，接觸這類東西比平常人多一些，但不是哪裡都有的好嗎？你看，今天這裡人山人海，陽氣這麼重，要是真有那些不乾淨的東西，哪裡還敢肆無忌憚地出來，對不對？放輕鬆，好好放個假。」我說。

「你比我還緊張，我就提一下。」余沛江被我逗樂了。他接著說：「好啦，好啦，我們是來度假的。今晚好好看看河燈祭。不過別說我過分小心，留點心眼總是好的。像這樣一個有百年歷史的庭院，有也不足為奇。」我點點頭。

晚上，又有一小批新的客人進園了。平時這裡晚上是關閉的，每年只有幾個特別的，像煙火祭，燈籠節和今晚的河燈祭，才會小規模開放。

入夜以後，河燈祭開始了。園區裡的廣播把我們都召到了河邊。今夜比較晴朗，天上有月有星，再加上人工河和人工湖邊的紅漆木橋上還有一串串寫著漢字的橢圓紅燈籠，視野非常明亮清晰，連平靜水面上倒映著的白雲和月都能看得見。白天喧雜的人聲褪去以後，入夜的園林變得靜謐，即使湖邊也是聚集著幾十個參加河燈祭的遊人，大家也努力保護著這一方的平靜。

參與河燈祭的遊人都聚在了河流的上游，在幾個日裔工作人員的指導下準備放燈。他們的河燈跟我以前看到的蓮花燈或者紙船燈不一樣，要大一些。放在水裡的底座是像便當盒一樣外黑裡紅的四方小盒子，上面用竹篾像做風箏一樣織成一個長方體，上面又帶提手的框架，再糊上一層半透明的紅紙，河燈就做好了。

客人自己可以先在紙上用硬筆寫東西然後糊上去，或者糊上去以後用毛筆或者馬克筆寫。因為材料有限，只能兩個遊人共享一盞河燈。艾世麗低聲跟我們說：「已經很好了，我在論壇帖子看到的攻略，有一年要四個人共享一盞燈呢。」她猜想多少知道我和盈盈的往事，居然搶先把余沛江拉過去跟他一組。我和盈盈面對面用小狼毫在燈上寫字，有點像是異域風情風情版的「那些年」，類似的場景，類似的尷尬。盈盈問我寫了什麼，我說我寫了能找到一個金髮碧眼豐乳肥臀的斯堪地那維亞女郎，她哈哈大笑。我問她寫了什麼，她說啥都沒寫，只是在上面畫了隻小貓，我說我不信。她說她也是。

點好蠟燭以後，河燈被一個個緩緩放到河面上，順水而下。主持河燈祭的是個穿著圍裙一臉和藹的中年太太，她指著正漸漸飄遠的河燈說河燈在下游匯入湖中就算完成儀式，如果有幸繞著湖中央的島嶼轉一圈，那麼寄語者的心願一定會靈驗，來年一定順風順水。

開始的時候河燈一盞接一盞排成一條長隊，小河流到了一個小平湖區，燈盞慢慢匯聚成一堆，再在水流推動下團團往下。我始終沒看到盈盈上面寫的是什麼。就在我踩到了一顆小石子，無意中看向腳下的時候，我忽然看到靠近岸邊的水裡，泛起了一小股粉紫色的光芒。那光芒就像條蟲子一樣，蠕動幾下以後往更深的水裡潛去，隨後消失不見。難道這裡還真像余沛江說的那樣，也是一個不同尋常的地方？

兩位公主如今少女心氾濫，沉浸在美好世界裡。我沒好意思打擾她們，只是把余沛江拉到了一邊，低聲問他：「你說你今天下午看到了有東西趴在老太太身上，是什麼東西？」

「啊，現在相信啦？」他本來一陣玩味地看著我，可能察覺到我的神情不像是在開玩笑，才正色道，「你也看見什麼東西了？」

我把剛才在水面看到光蟲給他說了一下。就在我說的時候，我發現在河對岸的一個狗尾巴草叢裡，又有一小點橘紅色的光亮起，同樣還是轉瞬即逝。總感覺有什麼東西已經盯上我們了，總是在暗處偷偷窺視著。我不由得起了一身的雞皮疙瘩。

余沛江跟我說，他下午看到的是一個像嬰靈一樣的東西，趴在老太太的脖子上打量著來來往往的人群。不過通常嬰靈都是一個四肢健全的小孩或嬰兒模樣，除非他們在胎死腹中之前就已經有先天殘疾。不過今天下午那個像小孩一樣的靈體，是少了右邊手臂的，而且，他的眼皮就像是被剪掉了一般，瞪著渾圓幾乎掉出來的眼球，搖搖晃晃地轉動著掃視遊客，眼珠彷彿隨時都會掉出來。那個小孩渾身的灰白色的，然而任何一類嬰靈都沒有這種顏色。「我懷疑是屍童。」余沛江說。

嬰靈是女性打胎形成的帶著怨念的靈體，說句難聽的，是比較常見的。然而屍童卻不是那麼一回事。余沛江說：「屍童的產生，有些是孩子在母親體內已經死亡，但是卻神奇地隨著孕期在一點點長大；有些是母親在妊娠期前死亡，已經具備出生條件的嬰孩撕破母親的身體出來，卻在出世以後生命體徵迅速枯竭然後夭折；有些是母親已經死亡，但嬰兒還汲取著母親屍體內的養分，又存活了一段時間才夭折的；還有些則是已經順利出生，但在出生頭一週就夭折的。嬰靈已經算是不好對付的一種怪物，所以……」

「行了，不要說了。」我制止了余沛江把剩下的晦氣話說完。光是知道這些，我已經快要忍不住噁心感嘔吐出來了。我感覺我的四肢像是被掏空了力量一樣，就連帶著手腳的溫度也被帶走了。

不過余沛江還是執意要說完：「是，屍童是不好對付。但一般來說他們的攻擊性是沒有嬰靈那麼強，也沒有嬰靈那麼邪惡的。因為他們的母親沒有主動放棄他們。很多屍童只是好奇人間，多看幾眼就會自行消散重新進入輪迴，而且還會在下次輪迴中被優待。如果屍童有怨氣，那就說明他／她們曾經被殘暴地對待過，而這類情況的出現，最多是出現在最後一種情況裡。」

「唔……」我心裡想的是我范吉怎麼就這麼倒楣，無論去到哪裡，就總有這樣的事情纏上我。好吧，你說是做生意賺錢我們主動去招惹也就算了，但問題是我現在根本不是在工作，上次和余沛江去按摩院也不是，這些不乾淨的東西依然找上門來。唉，或許我就只能認命吧。我對余沛江說：「那我們現在是要把那屍童找出來消滅是嗎？」

余沛江猶豫了一下，然後搖了搖頭：「今天我看到的屍童，看起來沒有多大怨氣。而且有屍童的地方，多半會有其他邪惡的東西。我心想，我們可能有必要得摸黑回到今天你看到過的山墳裡去了。」

他這麼一說，把我嚇得不輕。「要……要摸回……那裡去啊！」我大致循著方位看了看，小山和樹林那邊完全沒有路燈也沒有河邊這種燈籠，完全是黑魆魆的一片，「那，那兩個女生怎麼辦啊？河燈祭已經快要結束了。」我看向盈盈和艾世麗她們，她們正拿著園區提供的電光煙花在揮舞和自拍。

「只能把車鑰匙給她們，讓她們先離開了。我們快要離開佛州了，也沒多少時間在這裡了。再說，我總感覺這事情跟河燈祭是可能有關係的，這事既然讓我們遇上了，那我們就管一管吧。」搭檔兼師傅既然都這麼說了，我又怎麼好意思退縮呢？

盈盈和艾世麗知道我們發現了情況，答應先行離去，不過千叮萬囑我們一定要小心。我把車鑰匙給了盈盈，她們後天早上上船，我答應她明天晚上一定跟她們一起吃晚餐。

我和余沛江躲開人們的視線，縮排了一小片樹林中，一邊往山墳的方向摸去，一邊等待河燈祭解散。幸好我和余沛江都穿了長褲，而且貼了防蟲貼噴了防蚊液雙重保險，不然我們在解決問題之前就被各種蚊蟲咬死吸乾了。

我和余沛江倆離開人群後不久，就聽到有工作人員鳴鑼清場疏散了。我們兩個人待在暗處，工作人員猜想也沒有猜到會有人蓄意留在這個毫無東西可偷的園區裡，也沒有仔細到找到這邊。他們在確認河邊的遊人都往出口散去以後，就跟在隊伍的後面離開了。

我們倆又多等了十幾分鐘，才開始往前移動。「哎呀！」我低聲喊出聲來。

「怎麼了？」走在前面的余沛江緊張地折回來，戒備地看著我的背後。

「腿麻了。」我無奈地說到，從月色裡可以依稀看到余沛江一副生無可戀的樣子。我才知道這傢伙剛才是直接坐下來的。

幸好我們倆認路的能力都不錯，不久之後我們就找到了那座有山墳的小山。就在這個時候，我的耳邊傳來了一陣含含糊糊的歌聲，像是很遠又像是近在耳邊。我看向余沛江，他的表情告訴我，他也聽到了。

那把歌聲像是一個年輕女人唱出來的，音質就像正在緩緩載入的高畫質圖片一樣，從模糊漸而變得清晰起來。那是傳統的島國民謠，《櫻花》和《故鄉的天空》。我和余沛江都聽不懂日語，只覺得那歌聲彷彿有某種魔力一般，要把我們的精神和思緒引到某個地方去。

本來一陣歌聲也不至於如此，怎麼說我也是聽過維塔斯的人，可就是耳朵一接觸到，我就不由得撤下了心裡所有的防備，緊接著身體不由分說開始下墜。那種墜落是沒有一絲速度的，而且全身都感到非常地輕鬆愉悅，花花世界一切美好的東西都在想我聚攏過來。終於，我掉落在宛如棉被一樣溫軟的房間裡，準確來說我的確是在一張床上，但我看不見床的盡頭。四周有不知何處透來的微弱燈光，那種恰到好處的微黃光線，讓我看著自己平時極不滿意的身材都覺得朦朧而性感。對了，我的衣服是什麼時候被褪去的呢？算了，我也沒心思管了，此刻我就想好好躺在這裡，享受這些寧靜與愉悅。

忽然之間，我的耳邊響起了一把熟悉的聲音。那竟然是盈盈的聲音！在我睜開眼的時候，她已經雙腿跨著我的身體，坐在了我的身上。

她穿著一條黑色無袖緊身的短連衣裙，髮型剪成了短髮，臉上沒有一絲粉黛。她看著我笑了，不過不是她慣有的帶點羞澀的笑，而是笑得很自然，眼神裡甚至帶著點侵略性。此刻的我除了某個部位依然挺立得像個披甲沙場的將軍以外，身體的其他部位完全處於等待被掠奪的狀態。

盈盈彎腰壓在我身上，豐滿的雙峰隔著裙子貼住我的胸膛，她在我耳邊吹著氣輕聲笑道：「你這麼快就準備好了呀，我都能感覺到了。」我感覺我臉上的溫度，正在一點點地變得燙起來。她一隻手的五指指尖在我身上輕輕遊走摩挲，另一隻手按摩著我的頭皮，玩弄著我的頭髮。她的手似乎帶著魔法，無論去到哪裡，哪裡就像著火一樣燃了起來，舒癢混雜著火熱的感覺在全身亂竄。她的下巴輕輕蹭著我的脖頸：「怎麼樣，想要更多嗎？」我聽到了她背後的拉鍊被輕輕拉開的聲音。

我的頭皮一陣一陣地發麻，腦海裡就像是一座座正在相繼爆發的火山，完全無法思考。就連我的身體，都開始有點不受控制地微微顫抖。我只能勉力含糊地發了一聲：「嗯……」

她笑了，每一下笑聲都像是一隻隻無形的纖手像撥弄琴弦一樣撩動著我的每一根神經。我的脖子上開始出現冰涼而且溼潤的感覺，這種感覺一點點往下移走，從胸膛到小腹再到肚臍。她完全沒有要停下來的意思。我清晰地感受到了朱唇輕啟的聲音，然後她的頭隨著身體的節奏猛地一動，頭髮掃到了我的皮膚。那一瞬我只感覺到腦海裡「嗡」一聲，身體彷彿要炸裂了。一陣子以後，她的聲音回到了我的耳邊，輕輕嬌嗔地問：「怎麼樣，喜歡嗎？」

我再也按捺不住，一用力就把她壓倒在我的身下。她笑著凝望著我，然後緩緩把眼睛閉上了。就在我感覺到沾滿露珠的玫瑰花蕾為了迎接新世界而張瓣開花的瞬間，突然之間只感覺左邊大腿內側傳來了滾燙的溫度。那已經遠遠超出舒適的溫度，我連忙跳開，用手拍打大腿的皮膚，想要把那異物感和滾燙感趕走。

在我跳起來以後，那種不適感就消失了。而此刻我也清醒了，我再看向萬種風情躺倒著朝我揮手的盈盈，已經不是剛才那副模樣了。我倒抽了一口涼氣。只見如今的她，皮膚出現一個個巨大的創口，宛若一個膨脹破裂的人皮氣球，而在那些創口下面，那些皮肉都已經不再是鮮紅色，而是紫黑色了。她張開雙腿的下半身，竟然全是骨頭！

那個腐爛的人頭依然用盈盈的聲線溫柔而挑逗地說道：「你怎麼了？來啊……」我泛起了一陣噁心。她的額頭上長滿了綠豆大小，密密麻麻的凸起顆粒，她的眼皮周圍一圈疏疏落落像尖刺一樣的東西，眼窩不斷往外流著血水和膿。真不敢想像我剛才竟然是在跟這樣的怪物親熱。

對了，我想起來了。我剛才明明是和余沛江在森上花園裡，想找出這裡的祕密。我們聽到了一陣歌聲，然後就……我的大腿內側又灼燙了我一下，然後我完全醒過來了。周圍一片星月，我正躺倒在剛才的草地上，而余沛江就在我的旁邊，依然不省人事。我摸了摸剛剛燙醒我的地方，發現是口袋裡揣著的，正是那個救過我們一命，後來盈盈給了我的護身符。然而四下除了那把還在唱起的歌聲，並沒有什麼怪物妖嬈地躺在我的身下。

如果現在我們已經完全脫險，我肯定會把護身符拿出來親一下的。不過現在我連敵人的影子都沒摸著，余沛江也還在一旁昏迷不醒，還是先做正事。我把護身符塞進了余沛江的口袋裡。

我能感受到手心裡傳來一股暖流，緊接著「唉喲，燙死我了！」余沛江差點從地上直接跳了起來。不過他醒過來以後第一幕看見的，是我的手伸進了他的口袋裡……這下尷尬了。

我連忙把手抽出來，拿著手上的護身符對他說：「你聽我解釋，這護身符……」

「行，我理解。」余沛江輕輕拍了拍我的肩膀，「我們繼續往前走到山墳那裡吧。」不過他還是別過身去，檢查了一下自己的褲鏈有沒有被拉開。

歌聲還縈繞在我們的耳邊，不過自從被護身符解救出來以後，現在對於我們而言那只是尋常的歌聲而已。我低聲問余沛江：「唱歌的是不是就是我們要對付的怪物呀？」

「唱歌的，如果我沒有猜錯應該是魅姬，是日本夜行百鬼裡相當於優伶一類的角色，一般來講對人類不會懷有什麼樣的怨恨和惡意。」余沛江一邊說，一邊下意識地遠離了我一小步。他繼續自言自語道：「奇怪，怎麼這麼一個小園林裡，會聚來這麼多靈體呢？」

說著，我們終於摸到山墳前面了。一般日本人立的碑我是能看懂的，畢竟都是漢字，然而這裡除了一個端端正正的漢字碑以外，還有好幾個刻著其他語言的墓碑，還有一個已經歪倒在一側，挨著山泥的石碑，上面已經爬上了青苔，原本碑上的硃筆紅字已經褪去了大半，不過斜著看刻痕，還是能辨別出個大概。一堆平片假名混幾個漢字，我和余沛江都不知道上面寫的是什麼。不過碑上小說它也有七八排的字，余沛江猜想是用來作鎮魂扶正之類用途的。

「會不會是這碑年久失修，原本鎮住的東西跑出來啦？」我用氣聲問余沛江。

「不知道，有可能。」余沛江說，然後他指了指其餘幾個歪歪斜斜的碑，「我剛剛嘗試著去看了看，這幾個是西班牙語寫的，那兩個上面是克里奧爾語，不過寫的是什麼，我讀不太懂。念書那時候學過一點西班牙語，好像是寫這花園附近一處民宅有一位死者的。克里奧爾語太雜，沒專門學過認不出來。」（克里奧爾語，Creole Language，是一種混合了非洲一些語言，葡萄牙語，英語和法語然後簡化過的一門大雜燴語言，西非以及美洲加勒比地區目前還在使用，比如海地，是以前殖民時期遺留下來的產物。）

「那我們現在應該怎麼辦？這麼多靈物，難道一隻隻地收？我們也不知道到底有多少啊，還有剛才我看到的那些光蟲，也不知道是啥。」我說。

「剛才我也不知道那是啥，但現在我想，那可能是來自於人體的陽氣。被處理過的陽氣。」

「哈？這麼玄乎的東西它都能被加工啊？」

「噓！快快快，藏好，有人來了！」突然間，余沛江綳緊了，捂住我的嘴巴，帶著我往樹蔭濃密的地方藏去。果然，我凝神聽了一下，果然聽到了有些腳步聲，夾雜著低沉的交談聲。

相比起祖宗百公尺聞音辨人的功夫，我們這些後代果然遜色很多了，我和余沛江倆前腳躲進去，來者後腳就出現在眼前了。幸好我這個搭檔還是比較機警和可靠的。

他們一共三個人，都穿著森上花園的工作服，在朦朧中能大約看到，他們一個是白人，兩個目測是東瀛人的亞裔。兩個島民先是用日語比劃著手勢討論了一番，然後再換成了大家都能聽懂的英語，把站在一旁的白人也邀進了討論組。其中一個東瀛人猜想是在美國長大的，說起英語來感覺比他剛才結結巴巴的日語順溜多了。聽了一小陣，他們掏出工具開始清潔墓碑，也開始對著山墳行禮獻祭，潛伏在暗處的我倆也聽出了一點頭緒。

原來，這森上花園是受過詛咒保護的。事情是這樣的：

曾經位於此處的東瀛小殖民地，從島國遠渡重洋來的島民有意在這裡開闢一方安居樂業的小社群，有點類似於歐文、聖西門和傅裡葉時期提出的烏托邦社會主義，或者說古代五柳先生筆下的桃花源。然而好景不長，後來社群內部出現了各式各樣的一些問題，加上戰後美國人的仇日情緒，導致這個小殖民地最後分崩離析。當時有很多人不捨地離開，也有部分人想要掙扎著留下。那時，當地政府在提案表決收回這塊土地別作他用。在這過程中，發生了一些不愉快的事情。其中一個慘案是當時有一個激進主義的美國青年，因為有家人在太平洋戰爭上被東瀛人殺死，偏激的他在夜裡闖進了一個東瀛家庭，以極其不人道的方法殘殺了爸爸和兩個未滿十歲的孩子。在這個青年闖進第二個家庭準備行凶的時候，被終於趕來的警察制服。

從其他城市探親回來的妻子見到丈夫和兩個孩子慘死，傷痛欲絕沒多久就自殺了，她臨死前用血寫了一牆的詛咒，詛咒侵犯他們的人，詛咒任何嘗試奪走他們的樂土的人。就在婦人自殺的第二天，在監獄裡的凶手還沒等到被送上電椅，就橫死在監倉裡。他的臉上還留著生前最後一刻，因為極度恐懼而扭曲的表情。後來政府把那塊地作正常市場化出售，新搬來的西班牙人裡，有一個在搬來不久就在社群內遭遇了一場不可思議的車禍，死的不明不白，後來有一個欺負過日本孩子的非裔小朋友，在一週以內被發現了浮在池塘水面上的腫脹的屍體。

森上老先生和死者一家當時關係非常好，一來他是個崇尚神靈的老人，二來他也捨不得這個住了這麼久的家園，於是他在七十年代和政府協商建造了森上花園。儘管周邊一些新舊房屋偶爾也會有鬧鬼的傳聞，不過也總算是慢慢消停下來，沒有命案發生了。森上老先生在完成這一件事之後，就與世長辭了。這樣一過就是二十多年。

社群的平靜一直持續到了911事件以後兩年。本已消寂的鬧鬼故事突然又在一夜之間傳開了，先是有好幾個附近的居民說他們的房子裡出現了女人淒厲的哭喊聲，接著不少鄰里都說最近睡覺經常感覺到鬼壓床，醒來以後發現床上東西擺放的地方不一樣了，床上莫名出現白頭髮等等。後來，就連半夜裡有小孩追逐打鬧聲的傳聞都傳出了。有人說晚上兩三點回家見到社群路燈下有小孩子的影子在路上奔跑，然而事實上根本沒有一個人。一下子整個社群開始人心惶惶。

在鬧出人命之前，森上花園的管理處開始沿用東瀛傳統的河燈祭來奠祭亡魂。在衍生出許願這個功能以前，河燈本就是用來緬懷先人，送度亡者的。這一招果然挺奏效，那些傳聞又漸漸偃旗息鼓了。後來，森上先生的後人也有意讓這片社群長久安寧，他從母國託人請來了一個魅姬，在想到如何永遠平息那些亡者的戾氣之前，先讓魅姬在察覺有靈體開始活動時，就在午夜歌唱，讓附近人們都能安眠，做一些心理渴望了很久的美夢。後來我才知道，我如果任由那個夢發展下去，我能和盈盈在夢裡溫存一晚上，醒來之後天光大白，渾身勞累但是心滿意足。當時一切之所以變得醜陋，都是護身符的本能反應，讓我從這些超自然影響中掙脫出來。

魅姬以人體的陽氣為食，每一個聽到歌聲陷入沉睡的人，都有一部分陽氣被魅姬攝走。魅姬平時不唱歌的時候也以陽氣為食，而吃的就是余沛江提到的，池塘裡被「處理」過的陽氣。每個人都有自己獨特的筆跡，先人們相信每個人在寫字尤其是簽名的時候，都有一部分精氣神融入在了下筆之處。今天我們進歌劇院之前老太太讓我們在石板上簽名，然後化作清水流進湖中，陽氣就這樣被貯存了起來，供魅姬或者其他靈體為食。

兩個東瀛人對白人同事說，本來一切都好好的，可不懂這些的現任園長為了給這個季度節省人力開支，硬是把今年的角色扮演展，集會以及河燈祭全部濃縮到了同一天，他們怕褻瀆先靈，特地等到子時陰氣最重的時候過來拜祭，和確保一切沒事。

此時，魅姬的歌聲還在遠方繼續響起著。

三人恭敬而嚴謹地完成了儀式。然後他們上前來清潔墓碑。忽然之間，其中一個東瀛人用日語慌張地罵了一句什麼東西，然後其他兩人緊張地上前來問他什麼事，他說今天有人來過這裡。

我一驚，看了看余沛江一眼。難不成他們發現了我們的蹤跡？余沛江在我的後背輕輕拍了拍，表示沒事。緊接著聽到那個東瀛人用英語說墓碑被人動過了，壓著紙錢的石頭不見了，紙錢也不見了。

他話音剛落，他們其中一個人的手錶正點響了一下。午夜到了。

幾乎就在手錶響起的同時，我面前整個世界都暗了下去。我的心跳開始加速，不斷祈求只是一片飄過的雲遮蔽了月光。我發現余沛江開始抓住了我的手臂，不斷用力。他湊到我的耳邊用氣聲說：「她可能要來了。」他是用英文說的，所以我分辨了出來他指的是女字旁的她。我想，他指的是幾十年前含怨帶著詛咒自殺的女人，墓碑上的亡者——田中明惠子了。

那個白人猜想是從來沒有經歷過類似的事情，如今的他十分慌張，就連說話的聲音都能感覺到有明顯地顫抖，他不斷問兩個同伴現在應該怎麼做，他們是不是應該馬上跑。

其中一個東瀛人本來還想強自鎮定地回答什麼。忽然間他們那邊傳來獵獵風聲，三個人都倒在了地上。我感覺到身旁的氣溫驟然下降。我知道，她是來了。

眼前閃過一團模糊的白影，緊接著余沛江喊了聲「走」，他就率先跳出去了。我只好在他後面跟上，也跳了出去。我這才想起，我的手裡一直拿著早上買的那把沒開鋒的刀，可現在它不管用啊。

從樹叢裡跳出來以後，我朦朧看到那三個拜祭者已經都倒在了地上，那團白影騎在其中一個的身上，而余沛江正朝著那團白影和拜祭者的方向衝過去。他一邊衝著我喊：「拿刀削她！」，一邊把倒在地上的扶起來。

我愣在原地，心想這貨是不是給嚇傻了，我這刀有個屁用。他把那個白人扶著坐起來以後，趕過來從我手中一把搶過了那把鐵刀，讓我扶起另外那個，然後他就把刀出鞘，朝著白影揮劈過去了。

那團白影正從其中一個東瀛人身上吸取陽氣，余沛江攔腰一刀砍去，從白影的身上穿身而過。然而在刀揮過去以後，一陣女人憤怒的咆哮聲響起，那團白影就像老式黑白電視機關上電源以後，一下子匯聚成中間一個小白點，然後就不見了。我終於想起來了，餘爸爸的手記裡曾經寫過，深墳裡的怨靈忌諱食鹽和鐵器，而且必須是純鐵。但食鹽和鐵器不能徹底消滅它們，最妥當的方式是挖開墳墓，把屍骨火化了，方能完事。看來這書光讀一遍不行，必須得用心記下來才可以。

余沛江舉著刀戒備四周，我扶著幾個拜祭者挨著山坡坐下。他們的神色依舊是非常惶恐錯愕，猜想是沒有想到明惠子的靈魂會被釋放出來，更沒有料到我們倆會從天而降。不過現在不是解釋的時候，他們回過神來以後也沒有多問。

奇怪的是，那個白影被魚配薑一刀趕走以後，幾分鐘過去了都沒有出現。然而這種提心吊膽的時刻是最難熬的。

兩個東瀛人猜想之前也接觸過這類事情，他們很快反應過來說可以把魅姬引來這裡幫忙制服明惠子，我和余沛江在這裡先拖著她，等魅姬來了，再一起合力把墳裡的屍體火化了。余沛江搖搖頭，怕我們掌握不了明惠子的行蹤，等下她悄悄跟著他們走了，照應不了更加麻煩。於是，我們同意一起去找魅姬。我們幾個都沒有發現，同行的人裡，那個白人傑瑞的神色有點不對勁。

我們往歌聲傳來的方向走去，東瀛人說魅姬就在歌劇院裡，白天幻化成他們當中的一個同事。就在我們趕路的時候，我的脖子上突然傳來一陣劇烈地痛楚，我本能地用手往後面打的時候，打到了一個人頭。我叫出聲來，他們幾個連忙掉頭回來，東瀛人拽著傑瑞的身體手腳把他往後拉開，余沛江把平扁的刀身貼到了傑瑞的後腦勺上。

咬住我脖子的力度一鬆，我掙脫開來。我捂著痛處回頭看，只見那柄平平無奇的鈍鐵刀，在傑瑞的腦袋上卻像是被烙紅的鐵一樣，他痛苦地呻吟著，腦袋飄起一縷縷煙。緊接著那團白影在傑瑞的身後被彈了出來。我這下才看清那個明惠子的模樣。

她的五官非常好看，生前一定是個美少婦。然而此時的她雙眼淌著血淚，咬牙切齒地咿咿呀呀對我們表示著憤怒，她並沒有我們見過的其他怪物那麼噁心恐怖，但我們能一下子從她的眼神和表情中感受到一種無比的憤怒。她的眼中泛著殺意，彷彿一下子就要把我們撕碎。

余沛江揮刀朝著明惠子直劈而去，然而她的動作更快，轉瞬又化作一團白色，衝著我直奔而來，從我的身體穿了過去。他們開始直勾勾地看著我，余沛江也把刀橫在身前一點點向我靠近。

我一邊後退一邊打手勢，說：「她沒有附我的身，真沒有，你不用砍我。」

「如果她不在你身上，鐵刀碰到你的皮膚你不會有反應的。」余沛江繼續向我靠過來。

刀身貼在我手臂上的時候，我差點跳起來。我大吼：「誰說沒有反應的！冷死我了！」

就在我說話的時候，余沛江的身後忽然出現了明惠子淌著血淚的猙獰面孔，站在旁邊受傷的傑瑞和扶著他的兩個東瀛人只來得及「啊」了一聲，余沛江的眼睛突然瞪得圓圓的，隨即變得殺機四露。他舉刀朝我削來，幸虧我反應不算慢，躲開了。

我叫上那幾個人趕緊逃命，現在最好使的鐵器都落到明惠子手上了，儘管那刀沒有開鋒，但讓那個天天往健身房鑽的傢伙用這鐵條砍一下，那也是夠要命的。我們幾個在狹窄的湖邊小道上被魚配薑拿刀追著砍，十分狼狽。

魅姬唱歌的房子已經距離我們不到兩百公尺了。我深呼一口氣，心裡默唸：「兄弟，這一次對不住了。」我抓住湖邊一棵樹幹傾斜的柳樹，把身體的重心引到樹幹上去，等魚配薑橫劈一刀劈空以後，我已經躲到了他的身後。我出其不意飛起一腳，把這條帶姜的魚連人帶刀踹進了湖裡。

東瀛人和傑瑞心領神會，不再回頭，一股腦往房子裡跑。踹完之後我就開始後悔了，這小湖裡如果真是像魚配薑所說的全是貯存著人類陽氣，那明惠子豈不是會變得更加強大？而且，我新買的索隆的刀啊……

水面上撲騰起水花，余沛江正在水面上掙扎，手上還死死握著那把刀。咦，我明明記得這傢伙和我在洛杉磯的酒店游泳池裡一起遊過泳啊，那傢伙還嘲笑我自由泳的姿勢沒有他標準呢，難道被附身了就不會游泳了？

看這樣子，那個明惠子現在還不知道湖裡有陽氣，而且也不知道要從附身的人身上出來。要是等下她犯笨，雙手掙扎的時候讓刀身打到了身上的皮膚，從余沛江身上出來，那不就是更糟了？可如果我現在下水去把他就救上來，我們倆不就白白溼透了全身嗎？

只見從房子裡，幾個人影跑出來了，我連忙朝他們招手，指著水裡說那怨靈附著人身落水了。我看到了跟在剛才三人後面的，有一個穿著和服的看起來剛步入中年的婦女。那正是今天下午在歌劇院裡，給舞孃用不同樂器伴奏的伶人。她的長相併不出眾，不是那種力壓全場的驚豔，卻是細水長流的耐看。

她朝我輕輕微笑點頭，算是打過了招呼，然後就開始盯著仍在湖面上狼狽掙扎著的余沛江。她的表情開始收攏，變得一本正經，慢慢地，她的身上開始縈繞起一層薄薄的藍光，她的眼睛忽一瞪大，那水面上開始泛出一圈圈帶著微光的漣漪，而那漣漪不是從小到大向外擴散的，相反，是從大到小向裡收縮，把被附身的余沛江包圍起來，然後一點點離水托起來，往岸邊送回來。

余沛江一離開水面，立刻精神百倍，他的手握著刀在身上圈轉幾圈，把水中的陽氣纏在刀身上，然後他一揮刀，那些光就變成一小道龍捲風一樣，反朝魅姬身上打去。他隨著揮刀從半空中砍向魅姬。

魅姬似乎胸有成竹，只是張開口，頃刻就把那小道龍捲風全部吞進了肚子裡。然後她嘴也不合攏，喉嚨裡馬上就發出了高亢的歌聲，我們旁邊聽到的人沒有什麼反應，猜想是魅姬已經作了處理。余沛江的臉色上露出了一絲詫異，然後開始正色對付起眼前這個客人來。

這時我的腦海裡傳來了一股非常有磁性的聲音，是一把女聲：「我能拖住明惠子一會兒，但我消滅不了她，而且我因為你們朋友的安全也有點受制於她。你們抓緊時間，用你們的方法把她消滅吧。」

我看了看兩個東瀛人和傑瑞一眼，發現他們也在同時看著我。想必他們也接收到了魅姬的訊息了。兩個東瀛人的手上都拿著伸縮工兵鏟，而傑瑞還是處於有點懵逼不能接收的狀態，一個稍矮一點的東瀛人拽著他往墳地方向開始跑去，我也開始跟著他們往那邊跑。

我們跑回山墳，對著碑前的泥土就開始下鏟挖。我們幾個年輕人輪著挖，硬是在這個吹著涼風的夜裡挖得滿身大汗，這下我總算是明白莊稼漢的辛勞了。終於，我們見到了一個漆木棺材。在夜裡跑來挖這種東西本來就是怪嚇人的，而更可怖的是這棺材明明已經在地下深埋了幾十年，按理說不長滿青苔也該腐爛了不少了，然而它卻像是剛剛入土一般光亮如新。因為魅姬還在努力幫我們拖延著，余沛江還在身不由己地受著苦，我們必須要動作快點。沒有人有怨言，他們三個跳進了坑裡。我也正準備往下跳，忽然間我感覺背後吹來一陣涼風。我背脊一麻，立刻像炸毛的貓一樣轉過身去，只見臉色陰沉的余沛江正站在我的身後。難道剛才還成竹在胸的魅姬還鬥不過這幾十年的怨靈明惠子？

我下意識後退了一步，然而我已經站在了挖好的坑的邊緣，一下子踩空，整個人失去平衡往後倒去。「啊！」一聲慘叫聲響起。他們幾個剛把棺材板拿起一點點，就被我掉下來砸在了上面，我還傑瑞的手指給夾了。可憐的孩子，今天真是遭罪了。

我連忙爬起來，一手奪過東瀛人用來撬棺材板的工兵鏟，朝著余沛江的雙腳直掃過去。「哎范吉，我說你幹嘛打我呢？」是余沛江正常的語氣。

「啊，你沒事啦？」我從坑裡爬了上去。

「怎麼能沒事啊！老子渾身溼透，被一老怨靈抓傷還附身，然後又被一東瀛婆娘扇了幾個耳光。」從他的表情來看，也是覺得他今晚是晦氣透了。他指一指他來的方向，表示魅姬還在和明惠子相持中。

這時候，坑裡揚起了一股濃重的腐臭味，我的胃第一時間作出了噁心的反應。下面三位可真是辛苦了。不一會，煙霧升騰起來，火點著了。煙霧把我嗆得直咳嗽，加上剛才的噁心勁沒過，我差點把剛才在小攤吃的東西都吐出來失禮人前。我死活忍住了。

在火光竄起的時候，湖畔那邊傳來了一聲女人的慘叫，旋即又變回平靜。這下，猜想終於超度這個作祟的怨靈了吧。

看著可憐兮兮的余沛江——尤其是他空空如也的雙手，我也沒好意思去問我的刀哪去了。

傑瑞和兩個東瀛人從坑裡爬了上來。這下子，我們才終於有機會正式介紹彼此。我知道了他們倆一個姓小田切，一個姓唐澤，但名字都已經是用美國名了，分別叫喬治和阿姆斯壯。我們握了握手以後，又開始輪流用工兵鏟把坑填上。

做到一半的時候，穿著和服的魅姬也走到我們這邊了。她有點尷尬地欠身微笑和余沛江正式介紹，余沛江也不是個沒有氣度的人，更何況他也知道剛才他也是被附身的，也坦然地和魅姬打招呼作了自我介紹。魅姬也有個人類名字，叫白石千雅。

不過乍一看，在她沒把她的本領顯露之前，真的和一般的日本女人無異。填好坑以後，白石千雅把我們領回屋裡坐在榻榻米的蒲團上，給我們逐一斟茶。時已深夜，不過眾人因為剛才的風波，如今都還很精神。大家漸漸聊了起來。我好奇地問起白石千雅的身世，她倒是落落大方地跟我和余沛江大概說起了她的過去。

千雅她原本是東瀛前朝的一個歌姬，來自蝦夷島（即今天的北海道），當時東瀛占領了中華的蝦夷群島，她作為戰利品被擄到了京都，並賜予了她一個東瀛名字。千雅從此與情郎分開。她曾經試著想逃跑，但都被抓了回來，而且被抓回後因為「不忠」之罪遭到了非人的對待，她在一個月圓之夜懸梁自盡。當她再次有意識的時候，她發現自己還是在自己吊死的橫梁上，脖子上有深深的勒痕，不過她的所有知覺都變得非常靈敏，眼睛擁有了夜視的能力。她原本以為自己已經成為了一個亡魂，然而她發現自己依然操控著自己的身體，而且脖子上的勒痕正在迅速消失。她發現自己沐浴在月光之下。她走到窗外，試著唱了一句，看白鍛有沒有勒壞自己的喉嚨。

然而她發現自己的歌聲變得更加清甜好聽，而且看守她的人都已沉沉睡去。她成功地離開了。她一路往北想回到故鄉與情郎相會。可是她發現自己在白天，尤其是被太陽光照射到的時候十分虛弱，身體彷彿就要融化，待在室內才稍微緩和一些。從此她只能曉宿夜行。在路上，她漸漸發現了自己的一些本領，發現自己已經不再是一個人類，直到她遇上另一個同樣不是人類的妖怪，她才知道，自己現在的名字，是叫魅姬。

只要她不找死自己站在太陽光低下，她完全不會衰老，並沒有隨著歲月而有絲毫變遷。她沒有自私地回去找她的家人和情郎，而是在深山之中，在神社之中，和一些同類生活在一起，每天唱歌，與山林為樂。

森上先生一家曾經在東瀛的時候，也住在深山裡。曾經在偶然的一次機會，森上老先生的父親，還搭救過因為山泥傾瀉而被掩埋在山洞中的魅姬，把她請回家住過幾天。當然，那時候他們家還不知道這個名叫白石千雅的女孩真正的身分。那時候森上老先生還只是小男孩，千雅和他玩耍的時候，曾經無意中漏口透露過這個祕密，沒想到森上先生相信了，而且這交情一維繫就是一輩子。森上老先生移民美國以後，也一直和千雅有書信來往，君子之交從未斷。老先生在臨終前囑咐建了這個花園，把這個祕密告訴了後人。後來他兒子也一直像父親一樣和千雅維持著聯繫，直到那些命案以後，兒子把千雅從東亞用船接了過來。千雅一直是用歌聲，在安撫亡靈，也安撫著附近的居民。她以陽氣為食，但她從未害人，一直都是用我們下午見識那種平和的方法來獲取。

如今一切終於都過去了。千雅說她開始思念太平洋大島上的那片山林和那一方水了，也思念那邊的同伴了。既然已經幫森上家完成了這件事，她也該回去了。說完的時候，我看到這個已經成精百年的魅姬，兩眼中間留下了兩行清淚。

終於，到了散席的時候，我們幾個意外地發現，天亮了。魅姬的行動和體力都開始變得不便，她再三和我們依依不捨道地別，就回到她自己沒有窗戶的房間裡去了。小田切提出送我回酒店，我們幾個就此分別。

臨走之前，千雅又追出來，分別給我和余沛江一人塞了一個光碟，說這是她錄的一首魅姬之音，可以給我們帶來一場安睡和美夢，不過是一次性的，聽過以後光碟就會毀壞了。說完，她在傑瑞的額頭上輕輕點了一下，傑瑞頓時整個人癱軟下去，失去了知覺。我們知道，她還是不想太多人知道她的存在，像傑瑞這些從未接觸過超自然世界的人，還是讓他保持著他原先的生活吧。

我笑著問她：「那我們聽完這張光碟，醒來以後會不會也忘了你的存在呀？」

她回答得很微妙：「那就得看你們想不想忘記我了。再見，范君，余君。」

第八章　漠上戰場

在車上，我和余沛江發簡訊給盈盈和艾世麗報了平安。我們回到酒店見到柔軟的床以後，倦意馬上攻了上來。我提出放一盤魅姬之音試試，余沛江沒有反對。放進電腦裡以後，很快播放器裡就傳來了那把熟悉的女子的聲音。我問余沛江剛才躺在草地上夢到了什麼，他含糊應了句，就馬上打起了鼾。我把護身符掏出來放在床頭櫃上再用手機壓著，確保連鬧鐘也沒有調以後，就安心地躺到了床上。很快，盈盈嫵媚的聲音再次在我耳邊響起，我看著柔和燈光下微笑的她，不假思索地親了上去。

我們一直睡到了快傍晚才起來。那天，我和余沛江都不約而同地在起床後，把長褲和內褲一起洗了。

叫上盈盈艾世麗，我們在「猶太城」博卡拉頓吃了頓自助火鍋，她們心滿意足地準備她們的加勒比海豪華郵輪之旅，我們開始我們的時光停頓古巴之行。

在美國大陸，目前只有邁阿密通了往古巴首都哈瓦那的直線班機。這條只有四十五分鐘路程的航線，居然要求我們提早四小時值機。余沛江因為拿的是美國護照，提前還去辦了簽證，我拿的神州護照直接就可以登機入境。我們正好提到4小時到達機場，竟然已經排起了長隊，而且人們都在訛傳古巴非常落後治安非常差，行李肯定要被開箱偷東西，還是去花20美元把箱子裹一下妥當。佘沛江一味怒斥著這種惡劣的行銷方式和人類的羊群效應，然後轉過身把自己的箱子裹得嚴嚴實實。

哈瓦那航空辦登機證的櫃檯跟我說中華人也要簽證，讓我給一百美元現在辦一個，我死活不肯，他們還是放我進去了，還揚言我肯定入不了境，到時候辦得三倍價格。結果，我就在飛機上填了個入境單，就順順利利入境了，唯一美中不足的是海關竟然沒有給我的護照上蓋戳戳。進到哈瓦那機場以後，除了穿著黑絲的海關姐姐，還有寫著華文的大巴車和安檢機，油然而生一種親切感。

Donde presente y pasado conviven. 在等待被包成裹蒸粽一樣的行李從傳送帶出來的時候，我留意到牆上一幅照片海報。那是一個圓頂的純白建築，兩側是各色的民居建築。上面寫著這樣一句西班牙語文案，意思是「過去與現在交錯存在的地方」。

接下來幾天裡，我們主要轉了兩個地方，一個是海濱天堂 Varadero 巴拉德羅，一個就是古巴首都 La Habana 哈瓦那了。我們在海邊珊瑚礁用個透氣管潛水看魚看水看珊瑚；我們在地質巖洞湖的冰冷湖水裡游泳；我們在哈瓦那城牆看晚上的正點鳴炮；我們在哈瓦那聖弗朗西斯科車站前喝冰鎮巧克力；我們在海明威曾經駐足的酒吧裡喝他喜歡點的雞尾酒。

古巴的確有種現在和過去交錯的感覺，大街上新舊車混雜著，大巴車幾乎都是嶄新的中國宇通，偶爾會有一兩輛威利什麼的，但大多數還是五六十年代造型和顏色都非常拉風的老爺車，其中不乏敞篷車。街上的建築很多成了危樓，但人們依舊孤守著歲月。他們當中很多人的生活並不富足，甚至可以說溫飽能不能得到保障也要打上個問號。計程車司機告訴我們，他們這個行業，一天能賺差不多七十美元，已經算是很高薪的行業了，很多公務員的月薪也就停留在二三十美元的水平線上，依靠著國家給的糧油票布票度日。曾經以為古巴街頭會有很多鬍子拉碴的西班牙大爺抽著雪茄，四十五度角仰望天空，但事實上是雪茄的價格讓很多民眾都望而卻步，每個家庭每年只能憑票領到幾根，大多都偷偷拿去賣了。

當然，哈瓦那這個城市也是有著它革命前燈紅酒綠的影子的，晚上不少酒吧開放著，我和余沛江就用一個晚上大戰了三個場子，只是因為西班牙語太爛，當晚回酒店的時候，還是只有我們倆。

瘋了幾天，也是時候回家幹活了。從古巴回去以後，我就馬上趕回去處理之前沒有完成的幾個單子，尤其是要買尤馬縣新開發專案的客戶，快要把我催死了。不過這也是情有可原，畢竟這些房子的性價比真是不錯，十二萬出頭的房子，不僅面積大，加上三萬還帶全套家具和裝修。在我離開亞利桑那的這小段日子，建好的一百多套房子已經賣了一大半，剩下那些規劃好了還沒建的也已經有好幾套被預訂了。

我在房地產邊上一個汽車旅館通宵了一宿，終於把兩個客戶包括信用積分，貸款預批信等等的所有檔案整理準備好了，第二天早上開發商辦公室一開門，我就帶著他們倆殺了進去。銷售人員一開始有點錯愕，不過很快就投入到專業的賣房狀態中。一個上午，就把房子的手續做好了。他們兩個新鄰居興高采烈，原本不相識的兩個大老爺們抱在了一團。

我們開著電瓶車在小區裡又轉了一圈。這個小區無論是設施與道路規畫，還是房子本身的造型設計和它的性價比，都絕對是同一價位的房產裡算一流的。我們到了兩個客戶購買的兩棟房子前進行檢視。

房子已經封頂竣工，現在就剩下鋪地板，裝修和訂運家具了。亞利桑那和加州一樣，都是屬於比較缺乏淡水資源的州，所以靠近河道的房子價格會翻一倍，而且絕大部分的獨立屋都不會帶游泳池，而且有錢也未必能拿到批文開挖。

看完房子以後，我把兩個客戶都送走。其中一個不需要貸款的客戶希望在前期先把房子租出去，讓我跟進一下裝修進度，開始給他找客源，他給出一個比例相當可觀的收益分成的提議。我立刻答應了。這個客戶也是鉤城府的，先用新房子吸引租客，讓租客先人工把裝修的甲醛吸得差不多了，給新房子也壯壯人氣，他自己才住進去。這既有錢賺又不違反法律，何樂而不為白便宜了其他人呢？

回家以後，余沛江問我那些房子怎麼樣。我說：「怎麼，你還想買啊？」

「我問問還不行嘛。」

「單說那些房子本身，說實話是挺不錯的。不過建在荒漠邊上，誰知道哪天環境破壞，沙漠化了以後會不會遭風沙，而且那地方特別乾旱，住在那裡皮膚也不大舒服，萬一還停個水什麼的，這些都是後續可能出現的問題。還有，你買個菜還得開十幾二十分鐘車到最近的超市。反正我自己的話，如果只在收入水平的話我會考慮，但一旦我有能力負擔好一些的房子，我會馬上搬走。」

「那，你覺得那裡的房子租出去的話好租嗎？」

「怎麼，你還真想買啊？」

「我就問問。有空帶我轉轉唄。」余沛江一臉認真地說。沒辦法，你話都擺出來了人家還要去看，難道還攔著人家不成。反正也要幫客戶留意裝修進度，好讓他們交上尾款把交易完成，一週之後我就帶上余沛江一起到房地產去了。開發商的專案銷售以為我又帶新客戶來了，看著我的眼神充滿了崇拜。

余沛江也不給人家客氣，要了咖啡飲料又要了小吃，一邊嘴裡塞滿東西一邊聽人家講解，我感覺我的臉都要被他丟光了。事後，余沛江說：「范吉你這人怎麼這樣，雖然這裡的咖啡是好喝，但是你也算是我的經紀人，好歹也是過來工作的耶，我就喝了一杯，你怎麼就好意思一喝就是三杯啊。」我無語地從銷售那裡接過了電瓶車的要鑰匙，帶著余沛江開始參觀小區。上次跟客戶簽過了個人代表授權協定，我從銷售手中接過了兩個客戶房子的鑰匙。

我開著電瓶車帶余沛江在小區裡轉，余沛江看著還挺喜歡這裡。我們把車停在路旁，走進房子裡看，一樓的地板已經在開始鋪了，廚房的大理石吧檯什麼的都已經裝好了，就差鋪好地板然後運家具了。

看完室內室外環境以後，沒想到余沛江還真的心動了。按照他的存款，他可以一下子就把這房子買下來，一次性全額付款的話還可以和開發商談第一年免收物管費。

「雖然城市是小點，但這裡離加州近啊，而且去大峽谷國家公園也比我們現在住的地方要方便。重要的是這裡除了水資源是個問題以外，環境各方面的都不錯啊。」

「既然這麼喜歡，那余總趕緊買一套唄。」

「你別說，這真是可以考慮考慮的。來，我們繼續再轉轉。」難得這傢伙興致這麼高，我帶他又兜了一圈。儘管目前還有很多房子還在裝修過程中，部分的甚至還沒有建好，但也已經有少數幾家人趕早搬進來住了。

我們回家以後，余沛江還真開始興致勃勃搜起那片地區的資料來。因為我們做這一行的緣故，我和余沛江在搜尋地區資料的時候，都會多手搜尋一下一些有靈異現象探討的論壇。沒想到還真讓我們搜出了一些東西。這片新房子蓋起來的地方，以前也不這麼和平。

這些資料，我們是在一個有著健全靈異資料庫的深層網裡找到的。其實網際網路的世界就和一座大冰山一樣，我們平時看到的都只是浮在水面上的冰山一角，然而在水下，還有一個非常龐大的網路世界，裡面的各種網站是連我們常用的各類搜尋引擎都搜不出來的，這部分的網路世界被稱之為 Deep web（深層網）。在深層網裡往往充斥著暴力、毒品甚至我們無法想像的犯罪，這類充滿犯罪和陷阱的網站又被稱之為 Dark net（暗網），有些是資料類的，有些是留言板和討論區，還有些是聲稱可以提供所謂服務的網站。大部分暗網，只要登上了，很多時候自己犯法了還不自知。其中比較有名的自然是有著大量暗網登入連結的 Hidden Wiki（暗黑維基百科）以及用比特幣交易不法產品的 Silk Road（絲綢之路）網站，後者已經在 2013 年被美國聯邦調查局查封了。當然，違法的事情我們不會做，為了能自由買賣和安心生活，我和余沛江連這些涉及靈異事件的收入都是依法報稅的。

我們上去查詢資料的，是一個標註了全世界所有地區發生靈異事件的網站。我們付費進入網站後，看到的是一個龐大的世界地圖。它跟Google地球的功能很相似，甚至可以拉近到10公尺的比例尺，錄入了從最初到目前所有發生超自然現象的地點和具體事件。這讓我和余沛江相信，世界上肯定還有不少做著和我們類似工作的人群，活躍在世界的各個角落。

回到我們調查的尤馬縣住宅專案來。原來，這個州一所比較有名的大學，先前是選址在這裡的。早在19世紀末期最早的校區正在興建的時候，墨西哥裔的美國移民，監工卡洛斯·馬勒那多經常會住在未竣工的主校樓大樓裡，他經常會夢見自己置身於一個半草原半荒漠的原野當中，忽然之間兩邊來了兩幫人在自己身邊打了起來，一邊是印度安人的原始部落，一邊是拿著長槍火炮的殖民者，場面非常血腥讓人不安。每次卡洛斯從夢中醒來，都會發現自己身上多出很多蚊蟲叮咬的印子，以及一道道抓傷的痕跡。一開始他覺得很正常，畢竟在曠野中蚊蟲難以避免，自己在睡夢中抓癢抓傷了也不見得奇怪。可是漸漸地，情況愈演愈烈。突然有一天，下屬在上工時，發現卡洛斯的馬行為有點異常，進樓以後他們看到卡洛斯倒在自己的行軍床旁，身上已經流出一個血泊。走近一看，發現卡洛斯竟然渾身都是刀砍矛刺的傷痕，甚至還有幾處槍傷和砲彈彈片炸開的傷。

過了二十年後，這個大學裡一個就讀於語言學院的女大學生失蹤了將近十天，主校樓的一架只作擺設用的老舊三角鋼琴在午夜忽然傳出了驚悚的鋼琴聲，當保全走近時發現琴鍵自己被按動，卻沒有看見人在彈琴。後來，在鋼琴椅的琴譜格裡，竟然發現了一雙女生的手。當時還沒有先進的DNA基因檢測技術，人們徬徨無措。卻有一個好事而聰明的學生，在午夜的鋼琴聲中發現了亡者有所暗示。他把曲子在五線譜中寫了出來，在各種八分音符四分音符以及停頓之中發現了這可以把數字對應到字母表中表達出來，破譯以後，警察果然在曲子的指示之下，分別在學校的操場幾處以及一口仍在使用的深井中找齊了女大學生的屍首。

原本大家都以為這是一個變態殺手的碎屍案，沒想到在發現女大學生屍塊的地點附近，竟然發現了大量的人骨和生鏽的武器，有長矛也有鑄鐵炮。漸漸地，人們發現這裡在幾百年前曾是一個戰場，當時的殖民者探測到這裡有金礦，於是發動私戰驅逐了原住民，因為武器的懸殊，殘殺了原住民將近一百六十人。後來證實這雷根本沒有金礦，殖民政府也為了保持形象，把這一件事強行抹去了，時過境遷，人們也漸漸遺忘了這件事。然而此地的亡靈不甘，所以後來在興建了這所大學以後，卡洛斯作為殖民者的後裔遭到了印第安的往生者的報復。而那個女大學生，則純粹是想要歷史重見天日的印第安受害者，施行的另一個報復手段。

後來學校還是搬離了這個是非之地，而那架被視為不詳之物的古董鋼琴，隨著瓦礫一起埋到了地下。而那些被發掘出來的戰場遺跡，被政府付之一炬。

本來事情到這裡應該已經結束，然而事實上它並沒有。自從學校搬離，這片土地重歸荒野，又經過了幾十年。幾年前，開發商看中了這塊地，準備興建如今我們看到的這個小區。剛剛開始開荒的時候，有工人曾經遭受巨大殺人蜂群的襲擊而死傷了幾人，剛開始第一期招商賣房的時候，一個開發商銷售在一個小型人工蓄水池邊抽菸休息的時候，突然間遇到地陷，整個人往下掉進了一個洞裡。第二天被發現的時候，他的身體已經冰涼了。在他的身上，除了泥汙以外，還有各種皮膚脫皮潰爛的痕跡。洞裡還有不少死去的飛蛾屍體。幾個下到洞裡的員工，後來都有不同程度的皮膚搔癢潰爛以及呼吸道疾病。經過檢查發現那些蛾子是毒蛾，翅膀上的粉對人體有毒，那名無辜銷售的死因正因因為這些翅粉。

這已經是關於這個地區最新的記載了，日期距今還不到一個季度。然而我們在當地的報紙上，同樣沒有發現相應的報導。我和余沛江面面相覷。我說：「你覺得這兩起事件是意外還是跟之前的有關？」

「難說。單單這樣看起來應該是無關的。兩件事中間隔了幾十年，而且死者的死因差別太大了。但是除了那些印第安往生者的復仇，還會有什麼呢？」余沛江說。他覺得儘管學校搬離的時候把那個戰場挖到的人骨都一把火燒了，但可能還沒有燒盡什麼的。他問我怎麼看。

我說：「我只是覺得，既然我現在已經不像以前那樣為了暴利只把凶宅包裝好賣給人家，那麼我也有義務保證從我這買房的客戶不會買到可能對自己構成生命威脅的宅子。不管它是什麼，我也要幫客戶搞清楚，然後鏟平它。」

余沛江拍拍我的肩膀：「那我們明天再去那裡看看吧。」

晚上我又做了一些搜查，幸好那個死於毒蛾翅粉的銷售是最後一個死者，到目前為止還沒有其他人遇害。不過我越想越不安，於是跟余沛江說不如今天晚上就過去吧。要是這事情真跟超自然力量扯上關係，那我們晚上去成功的機率還更大一些。余沛江沒辦法只好同意了。

當晚我們就驅車過去了。因為房地產還沒正式竣工入住，所以大門的保全也還沒上班，我們倆輕輕鬆鬆就進去了。我憑著記憶把車開到了人工蓄水池旁停下。現在路燈只開了不到十分之三，我們進小區以後基本一路上都是用車前燈在探路，躲開那些建築材料和停在路邊的水泥車。現在已經搬進來的那兩戶人家到了夜晚猜想也是蠻害怕的。

我們按著在網上查到的事件描述摸索到了當時的事發現場。手電在一片漆黑中照出了一小片明亮，在草地上反射出了一小陣黃綠色的光芒。我們倆四處行走，果然讓我們發現了一處約莫十平方公尺左右和周圍不大一樣的小丘陵。余沛江貓下腰去抓地上的泥土。果然，這裡的泥土是比較鬆軟，不像其他地方那麼平實，似乎就是後來填上去的。看來那個網站上說的事情不假。

不知道是因為湊巧還是因為某些力量知道我們來了。忽然間我們腳邊的土地上開始發出了此起彼伏窸窸窣窣的響聲。我連忙低頭去看，發現根本沒有東西。可是一當我們的手電筒隨著視線移開的時候，那種聲音又響起來了。一連幾次，我們彎腰低頭仔細在池邊的草地上尋找，什麼也沒有發現。

我感覺自己全身開始癢了起來，我對余沛江說先離開這裡，再看看有什麼情況。我們坐上了車。我對余沛江說：「你說我們怎麼就這麼倒楣，去到哪裡都總能攤上這樣的事。你說那些為了賺錢我們主動去找的也就算了，可是現在這些髒東西似乎都主動找上門來了。」世界上還真有吸引力法則這種東西，由不得你不信的。

「別說那些沒用的了，既然遇上了，我們就把它擺平就是了。」說著，他從包裡拿出了那個越野中的精準衛星定位。在那個靈異資料庫裡，資料的提供者甚至提供了近百年前那個主校樓，以及發現戰場人骨的操場的準確座標。我們在導航設定好座標以後，讓它領著我們過去。

根據座標上的顯示，當時那個主校樓竟然恰恰就是如今專案的銷售中心，不過操場的話幸好不在小區的範圍內，而是在小區旁邊一個風力發電站的兩座風車之間。我在想，每一個時代的特徵和故事不斷被覆蓋掩埋，從中又有一個更新的時代發展崛起，開始新的歷程。曾經的歷史成為故事被藏在地下，而終有一天，我們也會成為故事長眠黃土，等待後人的發現。又或許，突然有一天整個人類文明覆滅了，或許因為一些大型災害，或許是星球的自然更替，由冰河世紀從頭再來，新的文明崛起，我們隨著年月的變遷被不斷壓到更深層的地底上去，最終和地核的熔岩混為一體，成為自然本身。

胡思亂想了一通以後，余沛江把車開到了銷售中心。我說：「這建築就是新建的，而且在專案賣完以後說不定就拆了，我們從這裡也找不到什麼線索啊。」

「別打斷我。」余沛江吩咐了一句，就自顧自地從口袋裡掏出一把二十五美分的硬幣，在建築物外的麻石板階梯上擺了起來。這個架勢，和他們香港的青山精神病院裡的人沒有絲毫區別。擺好以後，他從備份箱裡拿出了一個用黑布包裹著的大木框，他把黑布褪去以後，露出了一面三四十寸的大鏡子。

在布套剛被取出，我看到這面泛著寒光，而且有著自己樣子的鏡子時嚇了一跳。這個鏡子後面還有個摺疊式的支架，可以在平地上立起來。他把鏡子放在了硬幣的上一級階梯。我看到，他把那些二十五美分硬幣擺成了一個北斗七星的圖案，而且東南西北還放著一小摞幾枚高的硬幣堆。然後余沛江拿出了一小瓶用 5-Hour Energy 飲料瓶（一款在美國很流行的強力能量飲料，功能和紅牛相同，但是比紅牛更加濃縮強勁，標榜著在五小時內讓你精力充沛毫無倦意，但是據說在五小時後會出現體力透支，手腳疲軟的症狀，在上班族學生圈尤其是趕任務趕期末時廣受歡迎。一般一瓶不到四美元，大約57毫升）裝著的透明液體。

我曾經在港產的恐怖片裡看到過有用牛淚擦眼睛來看到陰界事物的橋段，於是就好奇問余沛江這是不是牛眼淚。余沛江笑了笑，說：「還挺聰明的，學到東西了。」於是我把小瓶子接過來，擰開以後準備用手蘸了往眼睛上抹。

余沛江連忙制止我的舉動：「瘋了吧你，你是想自己的眼睛感染發炎是吧？」然後他從我手中把瓶子拿回去，掏出幾段從家裡撕的廚房紙，蘸上牛淚後，在鏡子上擦了一遍。原來是這樣子用的，看來電影裡演的那些真是不可靠。

接著余沛江又開始用粵語唸了一長串咒。我們兩個坐在下面的階梯微微抬頭看著鏡子，原本再熟悉不過的臉頰此刻在遠處傳來的微弱燈光照射下，蒙上了一層灰黑色的陰影，眼袋顯得越發地大，就連自己的眼神都感覺有點恐怖。原本我們倆這樣子坐在這裡盯著鏡子已經夠詭異的了，然而在魚配薑嘮叨完的幾分鐘過後，在我們的身後隱約出現了一個穿著老舊工人裝的男人的身影，把我嚇了一大跳。那個男人的人影由淺變深，最後清晰出現在了我們的身後。

我連忙轉身往後看，余沛江拽住了我的舉動，不過我的眼角還是瞄到了身後的地方——空空如也。我能感覺到一顆豆大的汗珠，從我的後頸順著脊椎骨往下滑。我不禁坐直了身子。

身後的那個男人發聲了，沙啞的嗓音裡吐出帶著濃重西班牙口音和美國南部口音的蹩腳英語：

「你們倆，找我有嘛子事？」這就是我們在網站上查到的死者馬勒那多先生不會錯了。

余沛江的母語是英語，對於這種有口音的英語，聽力比我好太多了，他馬上換上笑臉，請卡洛斯坐下。也不知道這個在西方長大的廝是從哪裡學來東方那一套圓滑的，他從內口袋裡套出一個小羊皮套，再從皮套裡抽出一個小酒壺，用手背著往後放在了階梯上，說：「想必你也想念家鄉的龍舌蘭酒了，我這裡準備了 Don Julio（唐・胡里奧）牌的金色龍舌蘭酒，是好貨，先拿去解解渴吧。」他的眼睛始終盯著鏡子，遞酒過去的時候也沒往回看。

都已經是去世上百年的人了，加起來也有一個半世紀的歲數了，可卡洛斯大叔在見到酒以後，鏡子裡鬍子拉碴的他馬上露出了孩子一樣的笑容，捧起酒壺先「咕咕」喝了兩大口，他一邊含糊地用西班牙語說著：「Gracias, muchas gracias⋯（感謝，非常感謝⋯⋯）」又抿了一口，才滿意地擰上瓶蓋，用衣袖擦了擦鬍子，呃，他或許是擦嘴的。

在進入正題之前，我和余沛江又和他寒暄套近乎了幾句，余沛江還裝模作樣地在硬幣陣旁擺上了一個小菸灰缸。我以為他會拿出檀香來點，沒想到這傢伙拿出來的竟然是萬寶路。他點上菸架在菸灰缸上，又放到了身後。鏡子裡的卡洛斯彎下腰，拿起煙開始抽了起來。心滿意足地他忽然間有點哽咽了起來，這還是一個過去這麼多年還依舊飽含情緒的亡者吶。他說：「這麼多年了，你是除了我死黨阿瓦迪亞以外第一個來找我、看我的。即使我知道你們肯定有東西要問我才來的。那也總比我那拿了撫卹金再沒拜祭過我的婆娘要強上百倍，謝謝！」沒想到這個乍看起來有暴力傾向的大叔原來是有顆玻璃心啊。

慢慢地，我們終於把話題引到正題上去了。余沛江問起了卡洛斯關於當年他的死，以及他做過那些關於戰場的夢。卡洛斯對我們知道得這麼多有點驚詫，不過也沒細問，他在我們身後坐下，慢慢開始講起他當時的夢。對於他的敘述我並不是所有內容都聽到了，詞彙不夠用的時候他還偶爾用西班牙語詞彙來補救。有部分是後來余沛江給我翻譯回來我再整理的：

我小時候是在墨西哥索諾拉州一個叫羅薩里奧的小城市長大的，因為生活艱苦經常填不飽肚子，於是就在我二十七歲那年偷渡到了美國。原本我是打算到西部地區找個金礦什麼的，先做一兩年礦工把肚子填飽，安頓下來再作打算的。可是我們墨西哥人根本沒有你們這些華工勤快能幹活，沒多久我就被礦主解僱了。我想著反正也無處可去，就留在了一個礦鎮在街邊販賣點小吃維持生計。後來一個建築公司招人建房子，我就去應徵了，因為我以前在墨西哥也是幫著別人糊房子。被錄用以後，我一作就是十幾年。公司規模變大以後，我跟著去了幾個州做了幾個專案，也總算升到了監工主管的職位。我沒讀過什麼書，英語也說不俐落，能有這樣我已經心滿意足了。就在那一年，我們公司接到了一個州政府的工程，要在亞利桑那蓋學校，聽說還是大學。

當時我很興奮，感覺這個大學要是被自己蓋起來了，那我就跟自己已經念過大學了沒什麼兩樣了。所以對這個工程，我特別地認真。拿到規劃圖和建築平面圖以後我們就開工了。我覺得這個代表學校主心骨的樓一定要建好，所以建主校樓的時候，建到第二層以後我通常晚上就睡在一樓裡面。剛開始兩個禮拜還好好的，可是在第三個禮拜，星期幾我忘了，不過我記得那天第二工程隊從外州過來支援了，開始犁地準備建操場，我也是兼任監工。

晚上睡覺的時候，我感覺還沒有完全入睡，就整個人被拉到了另外一個空間裡。那是一大片原野，碧空萬里無雲。就在我想要找出自己身在何方以及回去的路的時候，忽然間不知道從哪裡冒出來了兩批人，一邊是陣容凌亂武器落後的印第安人，一邊是制服整齊而且裝備先進的白人。兩邊什麼話都不說就開始打了起來，不少印第安人還沒來得及衝上去，就被轟下了馬，血肉一片模糊。不過他們是真好漢，完全不怕死，一股腦就衝上去，有幾個裸著膀子的大漢還以一當五，在馬上衝殺挑死了好幾個西班牙人。

雖然說我小時候也經歷過我的國家和美國打仗的年代，不過像這樣真刀真槍多人死傷的場面我是從沒見過。當時我非常驚訝，這樣的夢境為什麼會這麼清晰。我醒過來以後，發現自己的身上不知道什麼時候多了很多被蚊蟲咬過的痕跡，還有一道道帶紅的抓痕。我開始以為只是偶然，但幾乎每隔一天就會做一次這樣的夢，夢境是大同小異的，但是感覺確是越來越清晰真實。我想著再這樣下去，我不能在這樓裡住了。然而，我還沒來得及回家見我婆娘最後一面，就死在這裡了。我記得當晚我還是經歷同樣的夢境，但不同的是這一次我竟然就身處在兩幫人中間，我還沒反應過來怎麼回事，就被衝上來的憤怒的印第安人亂槍刺死了。有一個砲彈在我身旁炸裂，然後我就失去了意識。再次醒來以後，我發現自己真的已經不再活於人世了。

說的過程中，大叔不時停下喝一口酒壺裡的龍舌蘭。他話音落下以後，我問起他關於那個失蹤慘死的女大學生的事。鏡子裡的大叔嘆了口氣，問余沛江又要了一根菸，他一邊輕輕搖頭一邊說道：「那個女娃死得冤吶。」

大叔死後的將近十年時間裡，他的意識不知道為何都是斷斷續續的，他被工友下葬是在他沒有意識的時候，所以他至今都不知道自己的屍首被葬在何處，至少現在動工的房地產裡都沒有挖出來。當時學校還在舉辦，卡洛斯發現似乎每隔五到八年，在夜裡的時候那段戰爭的血腥畫面就會在幾個人的夢境裡出現。在女大學生事件之前也有兩三個夢到過同樣的東西，他們後來都以各種名義轉學或者退學了，聽說其中一個後來精神還出現了問題。然後又過了幾年，那個語言學院的女大學生也開始做同樣的夢。大叔不知道為什麼，成為亡魂的他能準確知道校園範圍內哪幾個學生在做著關於那場戰爭的夢，甚至能準確知道他們的夢境進行到哪裡。

那個大學生是個勇敢的女孩子，她試圖在圖書館或者當地資料庫裡找到當年那場幾乎是屠殺式的戰爭的資料。那場戰爭本來就被政府刻意抹去，再加上年月已久，搜尋的過程非常艱難。不過，還是那句老話：若要人不知，除非己莫為，總算讓她找到了少量一些記載。那天晚上她睡覺的時候，卡洛斯就在一旁留意著，儘管他什麼也干涉不了，但他能看得見。他驚訝地發現，女孩在夢裡竟然可以和裡面的人交流！那個女孩找到了其中一個印第安的頭目，向他說明自己的身分和情況，還表示自己會努力去超度他們的憤怒和冤枉，會寫文發表，把殖民這段未被公開記載的醜惡歷史向公眾展示。他們約定好再幾天以後一個月圓之夜，女孩會到他們的埋骨之地給他們超度，並且幫他們火化。

然而這事情卻被女孩的男朋友知道了。他非常在意女孩的安危，覺得這既是無稽之談，也不安全。他堅決不讓女孩繼續做這樣的事，並且親自日夜守著女孩，寸步不離，在他需要睡覺的時候，就把女孩鎖在房間裡。湊巧的是，在那幾天裡，女孩並沒有再做關於那個戰場的夢。就這樣，女孩錯過了月圓之夜。然而就在第二天清晨，男孩發現女孩失蹤了！

男孩非常慌亂，但是他不敢報警，而是自己在學校每一個角落，沒日沒夜地找。直到女孩失蹤的第七天，任課教授發現一向品學兼優的女孩竟然連續曠了兩節課，開始關注這件事，男孩才不得不上報女孩失蹤的事情。他後來受到拘留，坦白自己非常愛女孩，至今都不願承認女朋友已經失蹤的事實，才沒有上報。再後來發生的事情，我和余沛江在網站裡已經讀到了。

大叔說後來女孩也成了和他一樣遊蕩的冤魂，那些印第安的往生者覺得女孩欺騙了他們，他們覺得這些入侵者的族裔不可信，對女孩百般凌辱然後殘殺分屍了，屍塊就藏在他們的埋骨之地上。女孩是冒死把自己雙手帶回了主校樓，並且透過自小就學過的鋼琴傳達訊息，讓人發現自己的死訊。

不過大叔和女孩死了以後，他們卻再也沒有和那些戰場亡靈碰過面，他們只是成為了夢境裡的畫面。卡洛斯大叔陪著女孩，每天不停地開導，一點點化解女孩的怨氣，後來學校撤離，操場下面的歷史被再次刻意地遺忘——焚燒。卡洛斯勸服女孩放下怨念執著，再入輪迴重生。此後，就又剩下他一人，直到今天。

我和余沛江聽完這些以後，都唏噓不已。余沛江坦白對大叔說，我們這一程來，本來就是要超度戰場的亡靈，讓這個小區的住客不再需要面對這些潛在的生命威脅。「既然現在我們找上了大叔你，也得到了你的幫助，放心，我們會想辦法找出你的屍骨，讓你超度進入輪迴的。」

「謝謝你們！」鏡子裡的大叔站起來，雙手摟了摟我們的肩膀。不知道是不是我的錯覺，我分明感覺到了那種友善的力度和溫暖。卡洛斯大叔說：「其實你們能找到我見到我，還給我帶這麼好的龍舌蘭和香菸，我已經非常滿足了。即使你們找不到，我注定還要在這裡遊蕩，我也不會難過的。」我彷彿看到了鏡子裡的大叔，眼淚在打轉。「行吧，你們去座正事吧！在我能去到的範圍裡，我會跟著你們，為你們照應著的。」說完，鏡子裡的他慢慢隱去，隨後消失不見了。

我和余沛江沉默著把東西收好放回車裡。然後我們上車，向著風力發電站園區開去。

我們在路上還擔心發電站園區會不會用圍牆隔起來進不去，幸好風車是分布在公路兩側的，只有發電所的建築被圍了起來，對我們不礙事。我們開著車長驅直入，在接近座標的時候看到四下無人，就關掉前燈，駛離大道進了荒野裡。

終於，我們把車停在了座標點二十公尺開外的地方，車頭向著公路可以隨時逃跑。我們拿起手電向座標點一步步摸過去。聽說在這些地帶很可能會出現一條像眼鏡蛇之類的劇毒毒蛇，希望今天運氣不要那麼背為好。我們的頭頂上，一個個巨大的風車在緩慢地轉著，要是今天我是和盈盈一起過來，兩個人躺在車頂上這樣看著天幕，會是多浪漫的事情啊。

現在不是做夢的時候。我低聲對余沛江說：「你打算用什麼方法超度這些戰士啊？我們總不能把整個操場的土都掀起來吧，我們哪有這樣的時間和精力，而且天知道它們是在多深的地下……」

余沛江打斷了我，他說：「要用你那方法我們不得累死！聽著，等下我會在這個座標點的正中心把鏡子朝天放下，然後你給我把整瓶牛淚都倒上去，我會在上面轉動法輪陀螺，然後用曲調吹一段咒語，那麼這片土地裡的所有往生戰士都會出現，到時候我們就焚經書唸咒超度。」

「啊，你還會吹曲子啊？你用什麼樂器？」

「沒有樂器，我用口哨還不成嗎？」余沛江這一句把我說得啞口無言。

我們照著他剛才的指示，把一切都準備妥當了，就連經書和打火槍都在口袋裡待命了。余沛江把法輪陀螺在鏡子上轉動了。跟上次在盈盈家一樣，一股股帶著暖意的無形漣漪從中心開始擴散出去。余沛江像個流氓一樣在曠野中吹起了口哨。

儘管音準還有待提高，不過總算還是勉強把一首曲子吹下來了。那些口哨聲似乎還揉進了陀螺發出的一波波漣漪中，一陣陣盪開去，最後消散在空中，消散在風車的風葉縫中。曲子收尾，耳邊眼前的曠野戛然重歸靜寂。

余沛江在鏡子旁邊盤腿坐了下來，說：「坐吧。剩下的只有等他們出現了。」我在鏡框的另一邊坐了下來。

我問：「他們會出現嗎？」

「等唄。」余沛江看起來自信滿滿的樣子。反正相比跟亡魂戰士幹架，我更害怕的還是毒蛇。用手電照了一圈，又豎起耳朵聽附近沒有吐信子的聲音，我才慢慢放心下來。

五分鐘過去了，周圍什麼反應也沒有。我往余沛江那邊看了一眼，他還是淡定地坐在那裡，像是在想什麼東西想得出神。這小子，在他心底裡，肯定也有隻想自己藏著，不願告訴別人的故事吧？

就這樣又過了靜默無言的五分鐘。我發現我想要努力去想一些東西的時候，腦子裡總是會閃現關於盈盈的記憶。梁朝偉在《擺渡人》裡說：「十年太長，什麼事情都有可能改變；一輩子太短，一件事都有可能做不完。回憶一直在你身後，你無法拋棄，只能擁抱。」在南達科他見面之前，對上一次已經過去了好幾年，我們看起來都變了，但我能感覺得到有些東西根本沒有變。我不知道接下來會怎樣，但對於那些回憶，我可以擁抱個一輩子。

這樣想著東西的等待似乎變得也不那麼漫長。終於，那些戰場上的亡魂出現了。這一次，我的肉眼是真真切切看到的，在蒼茫夜色當中，一個個高大的身影從虛無中慢慢浮現，還伴隨著偶有的一陣陣戰馬的嘶叫聲。

而在余沛江那一邊，也有一隊人馬浮現了出來，我能分辨出那種舊式手動步槍和來復槍的輪廓。還有兩匹戰馬拉著一尊有兩個輪子的鑄鐵火炮。

我們兩個趕緊站了起來。余沛江開始說話，也就是他剛剛打好草稿的話，就是說這件事情已經過去幾百年了，也該放下讓它過去了，現在這裡已經是美國，一個獨立的民主國家，不再是殖民地，每個種族平等和諧共處，等等。他講了一堆以後，想靜聽對面的兩邊有什麼反應。然而，對面似乎並沒有什麼反應。我突然想到，對面兩邊似乎都聽不懂英語啊，這下糟了，雞同鴨講了。

果然，無論是印第安人還是西班牙殖民者都開始不耐煩地回話。我和余沛江都聽不懂他們說了些什麼玩意兒，不過從語氣上來看猜想還是聽不懂為妙。終於，我在西班牙人那邊清晰地聽見了一句國罵。

我們好心好意來這裡幫你們超度消除怨氣，你們還罵人是吧。我來氣了，也用華語罵了一句「我香蕉你蘋果的橙子。你鳳梨的蜜桃快去草莓吧。」為了看起來不那麼刺眼，我用比較溫和的水果詞彙代替了一些難登大雅之堂的字眼。余沛江急了，對著我做了個噤聲的手勢，我這才停下來沒繼續罵。

「等下惹毛他們就慘了。既然不能和他們交流安撫情緒，那如今我們只好強行幫他們超度了。范吉，準備焚書。」余沛江正色道。

我也不敢怠慢，拿出余沛江給我的經書和點火槍，把書的一角點燃了。余沛江開始一邊吟誦往生咒一邊起舞。鏡子上的陀螺依舊在鏡面上平穩地轉著，一波又一波地傳送著余沛江符咒的能量。

在余沛江開始作法以後，對面那邊的聲音開始安靜下來了，兩撥人也沒有什麼動作。我心想著一次成了，余沛江只要再堅持一會，應該就能把他們的戾氣化解，把這些戰士一次過超度了。

然而，事實證明很多時候我們是不應該高興得太早的。那些在夜色當中的黑影消停了一下子，慢慢又開始騷動了起來，而且似乎比剛才更加憤怒了。西班牙殖民者當中有一個騎士鳴了一槍，朝我們開始猛衝過來。在他牽頭之下，西班牙人開始朝著我們衝了過來。倒楣的是，就連他們的死對頭印第安人，竟然在這一次和他們聯手起來，也朝著我和余沛江衝了過來。

現在我是不知道應該站在原地受死，還是應該做無謂的掙扎往車裡跑了。余沛江的聲音開始有點顫抖，不過他很勇敢地繼續跳著他的大神，口中的唸咒也沒有停下來。同伴沒有退縮，我總不能這麼沒意思一走了之吧？我摸了摸自己的口袋，發現那把彈簧刀依舊忠誠地躺在我的口袋裡。死就死吧，好男兒當馬革裹屍還。你們這群死了好幾百年的老傢伙，我一個二十來歲的青年還怕你不成？我掏出彈簧刀，心想這把豁出去了，能扎死一個算一個，撂倒兩個當一雙！

神奇的事情發現了，他們衝進了，我甚至能在夜色裡看到他們當中有人對著我們放槍，或者舉著長矛向我們刺來，可是到我們身旁約莫三公尺左右的範圍，就再也進不來，黑影消散了。我知道，一定是這個法輪陀螺在保護著我們。

那些黑影也沒有錯愕，反而還是依舊前仆後繼地向我們衝過來，而且不斷消散，似乎是像把我們的防護罩沖垮。余沛江，你一定要加油啊。

在不到一分鐘時間裡，那些衝上來的黑影已經全部消散得無影無蹤了。我們成功了！余沛江成功把他們超度了！

咦，等等，這天色怎麼似乎越來越暗，而且我的耳邊傳來了什麼聲音？這時，余沛江慢慢停下了舞步，轉過頭來看著我。在手電的光下，我看到他的臉色有點難看。只聽見他說：「范吉，這下我們麻煩了。」說完，他拿著他的手電向遠方照去。只見光照進黑暗中，那一片夜色似乎正在動！不對，那……那，那是鋪天蓋地一大片昆蟲，正朝著我們包圍而來！

我從包裡掏出備用的充電式檯燈放在了地上，方圓一兩米的地方被我照亮了。只感覺空氣似乎一下子被撕裂，變得稀薄而壓抑，一種讓人窒息的危機感一浪一浪地像我的內心如潮汐一般撲來。

我看到光照到的地上，也有密密麻麻的東西在動的影子。我拿手電往前方黑暗的地上照去，頓時感覺全身的血液都凝固了。我倒吸了一口涼氣。四五公尺開外的地上，爬滿了各式各樣的爬蟲，從黑色的蠍子、藍足紅身的大蜈蚣到渾身長滿毛承認巴掌大的蜘蛛，以及有著各式半點的瓢蟲甲蟲，都在向我們不斷靠近。

而天空中，蝗蟲、飛天蟑螂和各種蛾子和蜂類，以及很多我叫不出品種名字的噁心昆蟲，對著我們不斷收縮包圍網。此刻，我們在無遮無擋的曠野之中，根本沒有藏身之所，想跑回車裡，可是昆蟲早已經遮蔽了我們所有的視線，我根本分不清車在哪個方向，而且即使知道我們也衝不過去。我曾經看到過蝗災所到之處，可以在數秒之間把一顆繁茂的樹變成一堆枯枝，那種可怕程度簡直令人髮指。想不到我范吉最後的下場竟然會是如此，我還能怨誰。

不過，無論處境再怎麼惡劣，我和余沛江都不是那種灰心喪氣束手待斃的人，趁著現在蟲潮還沒突破法輪陀螺的護罩之前，我們還可以盡人事想最後一點辦法。

我們的想法一樣，昆蟲最怕的就是火！如今那本經書已經燒了一大半，我和余沛江都在各自的包裡尋找一切可以燒的東西，隨時準備作為武器。我把彈簧刀收進了口袋裡，手中緊緊攥著分分鐘可以救命的打火槍。我翻出了包裡除了合約以外的所有紙質檔案，還有我一瓶含酒精的乾洗手。

大概過了七八分鐘以後，法輪陀螺的轉速漸漸減慢，而且從平穩變得微微搖晃再變得劇烈搖晃，隨時都有傾頹分崩離析的可能。很快，護罩開始被蟲潮衝出了一個個小缺口，不少昆蟲已經衝進來了，地上，空中。余沛江用導航儀找到了汽車所在的準確方位，他跟我說：「我們齊心協力往汽車那邊殺過去，一定要堅持住，不能放棄希望！」我感覺後面半句，他自我暗示的功能更大於鼓勵我。

我把剛才揉出的一個個紙團點燃以後，朝著地上那些要靠近我的毒蟲扔了過去，而對於空中的飛蟲，我按著點火槍，然後對著出火口不斷擠噴含酒精洗手液。在洗手液噴出的瞬間，火勢果然瞬間猛了幾倍，形成一個火球把那些昆蟲一小股一小股地燒的劈里啪啦響，掉了一地。我們也不管地上的東西了，兩人背靠背，一個前進一個後退，一併朝著汽車停靠的方向慢慢靠近過去。朝我們襲來的昆蟲越來越多，越來越密集，我們手中可憐的噴火槍和那快速被消耗的洗手液根本就是杯水車薪，儘管我和余沛江都是穿著長衣長褲，不過皮膚裸露的地方被各種有毒無毒的昆蟲蜇了無數個包，我只感覺自己的手背和臉頰此刻都腫痛無比。

我們正在快速地失去抵抗的力量，希望也在一點點地消逝。忽然間，我們耳邊傳來了卡洛斯大叔的聲音：「不要怕，你們要撐住，外面快破曉黎明了，只要撐到黎明，我們就成功了！」他的話音還沒落下，那些昆蟲就像是受到一股強大的力量影響，整個包圍圈都被生生往外推出了半米遠。我和余沛江馬上想到，這是卡洛斯大叔在幫助我們抵禦這波發狂的蟲潮。

「你們還愣在這裡幹嘛！趕緊往車裡跑！我跟著你們！」卡洛斯大叔朝我們喊，我能從他的聲音中分辨出，此刻的他也是十分艱難和痛苦。我拽著余沛江往車的方向跑去。

「快……快……！」卡洛斯的聲音開始迅速變得微弱。也是，他為了保護我們倆，自己全方位承受了所有昆蟲的進攻，這相當於西班牙殖民者和印第安人兩支軍隊都在死命攻擊這一個可憐的大叔啊。

我和余沛江在打開車門的時候，卡洛斯大叔為我們撐起的護罩也漸漸開始失去了功效，有個別昆蟲突破了，朝我們直撲而來。我們已經能勉強看見我們的車的輪廓了，上面鋪滿了昆蟲。只聽見卡洛斯大叔像猛虎一樣咆哮了一聲，整個防護罩頓時間被撐大了一倍，那些原先突破進來的昆蟲又重新被彈了出去。我和余沛江沒有辜負大叔的一番苦心，終於坐上車，把車門關上了。

在我們關上車門的一刻，透過車門玻璃和擋風玻璃可以看到，卡洛斯大叔的防護罩幾乎就在同一時刻崩塌。不到一秒的時間裡，昆蟲噼噼啪啪地打在玻璃上，占據了我們全部的視野。

我發動車，開始催油門，然後打急彎，又不斷用雨刮器把昆蟲撥走，然而似乎怎麼弄也不是盡頭。而且，慢慢地甚至開始有少量昆蟲從空調的出風口處爬了進來，我和余沛江不得不堵住了大部分的通風口，只剩下兩個透氣，專門打昆蟲。余沛江的語氣有點沮喪：「我們還是沒能幫卡洛斯大叔超度，他，他已經……」他沒有把話說完，不過我知道他想說寫些什麼，卡洛斯大叔為了幫助我們，不惜灰飛煙滅，把他身上所有的靈力都逼出來凝成了一道保護我們逃生的防護罩。無論是作為亡魂的他，還是有機會輪迴往生的他，都沒機會見到下一個黎明了。

我和余沛江在車裡和那些天殺的蟲子又相持了將近一刻鐘。終於，曙光透過那些昆蟲的縫隙照進了車裡，一點點斑斑駁駁。卡洛斯大叔的話得到了印證，黎明到來以後，那些蟲子的攻勢就在頃刻之間消停了。

那些活著的蟲子彷彿一下子全都遁到了地底下似的，在眨眼的工夫裡就消失得無影無蹤。而死去的蟲屍以及我們身上臉上的包，則留了下來，告訴我們剛才發生的一切都是真實的。

我和余沛江四目相對，看著對方腫脹而一塊紅黑一塊青紫的面龐，想笑卻笑不出。一來是感於卡洛斯勇士的壯舉，二來是我們的臉部肌肉都僵硬了。我甚至覺得眨眼都有困難。趁著知覺還是清醒的，我把車直接開進了醫院停車場裡。

在接下來將近五天裡，我和余沛江都是在醫院裡度過的。我們的脖子、頭部還有手腳都被包裹得像個木乃伊一樣。更為尷尬的是，我們還得每天兩次被護士拔掉褲子，趴在床上，屁股被扎著針吊吊點滴，因為醫生說點滴要打在沒有被蟲蜇到的地方。醫生還說，幸虧我們來得早，我們身上又好幾個泛著黑色的包都是含有劇毒的，要是擠膿擠得晚一些，搞不好可能會被部分截肢甚至丟掉小命。

不管怎樣，把小命撿回來已經能算是不幸中的萬幸了，不然真的愧對卡洛斯為我們白白送命啊。我敢打賭一千美金，我們倆在未來一個月都會作為護士科裡的頭號談資和笑柄。

每天換繃帶、打解毒針、打消炎針、吃解毒藥、吃消炎藥，這種生無可戀的生活終於在第六天要結束了。儘管我們還是被包紮得像裹蒸粽一樣，但總算被告知可以出院，回家吃五天消炎藥就應該可以拆繃帶，再抹上一兩週藥就可以痊癒了。我們一人一罐淨重一磅（大約 454 克）的藥膏，簡直比我媽買的面膜還要大罐。

好歹總算是不用開刀不用缺手臂少腿挺過來了，我們這才鬆了一口大氣，氣氛總算活躍了起來。要不是醫生告訴我們喝酒可能會把未完全清除的毒素加速流遍全身，我們猜想會買一購物車的酒回家慶祝醉死方休。

這一次算是我和余沛江遇到的最艱苦的一役了，不過它並沒有打垮我們樂觀生活的態度，也沒有打垮我們在這一行上繼續走下去的決心。我們的身體稍微好起來一點以後，我們就又回到工作中去了。

余沛江不愧是經常泡在健身房裡的人，康復的速度也要比我快上兩天。看來我也得加上鍛鍊了。痊癒以後，我給盈盈打了個電話，跟她又像以前一樣天南地北地聊了一通。不過，我隻字未提我和余沛江這次遇到的困難。看來，我們人終究還是會變的吧。

盈盈在電話裡又說起了前些日子我們在森上花園放河燈的事情。我感覺她開始慢慢地向我暗示她的一些心意。我知道我的內心是渴望著和她重新開始的，但實際上我卻還是裝瘋扮傻，沒有拒絕也沒有接受。她讓我給她唱首歌，她想聽了。我的第一反應是蹦出來了一首陳奕迅的《十年》，不過最後我還是給她唱了一首民謠《斑馬斑馬》，還唱了一首王菲的《你在終點等我》。後面那首其實我一共就聽過幾次，根本說不上會唱。或許，我就只是想表達那一句歌詞給她聽吧。

沒有你的地方
都叫他鄉
沒有你的旅行
都是流浪

余沛江說我那天結束通話電話以後，一個人撐著下巴發了將近半小時的呆，他都以為我要從此變成白痴了。就因為他的這句話，我為了男人的尊嚴向他發起了衝鋒。

不知道是不是因為我們義務做了一樁好事的緣故，我和余沛江都受到了正面能量的青睞，在我們康復以後，竟然有許多生意同時找上我們倆，讓我們一下子應接不暇，拒絕都拒絕不來。原本即使在接觸超自然世界以後，我還是不相信有神明的，因為我覺得要是舉頭三尺真的有更高的存在在照看著我們，那為什麼每天還是有這麼多人受難受罪受苦，為什麼還需要我們這些凡胎來處理超自然力量的案子。然而現在，我開始慢慢相信是有這樣的更高存在了。

第九章　扯線玩偶旅館

忙完手頭一卡車的事情以後，我累癱在家裡，抱著啤酒整整睡了兩三天，才慢慢恢復過來。我嚷著跟余沛江說，我們今年錢也賺得差不多了，怎麼也得輕鬆輕鬆，再去度假幾天吧。

余沛江白了我一眼：「我們不是才剛從佛羅里達和古巴度假完回來嗎？」

「這是不一樣性質的好嗎，我剛剛把變態醫生擺平，我們又攤上了島國的怪物。現在更好，剛被毒蟲蜇得進了醫院。」

「那你說，我們去哪裡？」魚配薑說。我知道，這傢伙自己也想活得瀟灑一點，尤其是在我們終於把佛州辦公室的交易完成，拿到了十幾萬的提成支票，不玩一下也覺得對不住自己了。我還用上了余沛江他們粵語的一句俗語「長命功夫長命做」（意思是：工作是一輩子都做不完的，不用急在一時，慢慢來。），他更加無法反駁了。

「What happens in Vegas, stay in Vegas.（無論在拉斯維加斯發生了什麼，就讓它留在那裡吧。美國名言）那我們就去拉斯維加斯吧！」我提議道。從余沛江的笑容來看，這個提議算是通過了。

說實話，來美國這麼久了，這個聞名天下的賭城，我和余沛江都從未去過呢。如果從鳳凰城沿著 93 號公路出發前往拉斯維加斯的話，算上休息加油車程在五小時左右。

按照醫囑抹完最後一次藥以後，我在鏡子前再三檢查自己這副尊容，確保看起來不像是個剛消腫解讀的豬頭，才安心去收拾行李。

這個路程完全可以是說走就走的旅行，我們第二天把行李往備份箱一扔，就出發了。車子前兩天剛拿去洗過，本來人工洗車也就十二塊錢，那個哥倫比亞的臭小子愣是說我們車上髒得不像樣還沾滿了昆蟲屍體，硬是漲價了三倍，要收三十六。半天以後看到整潔得像是新車一樣的坐騎，余沛江在我耳邊悠悠地說：「就這前後對比，你給三倍價格都給少了。」唉，不過跑完這一段沙漠路，回來多半又是征塵一尺厚。

拉斯維加斯是在十九世紀中期，美國南北內戰爆發前幾年建立的，當時只是一個教會小鎮，後來教會撤走以後成了一個兵站，它是附近沙漠和半荒漠地帶唯一一個有泉水的綠洲。後來它逐漸成為鐵路和公路的驛站，這個地方才慢慢被人知道。在 1905 年當地發現金銀礦以後，來自全世界的淘金者（相當一部分是華人）蜂擁而至，一夜之間造就了一個城市奇蹟。後來美國經濟陷入大蕭條時期，政府擔心一旦礦脈枯竭之後這片繁華歆會一去不復返，於是內華達州表決，通過了賭博合法化的議案，幾年以後全美奇蹟工程胡佛水壩開始修建，穩穩當當地把拉斯維加斯扶上了世界賭城之王的寶座，繁華一直延續到了今天。

我們在單調乏味的荒漠景觀中一路前行，當我們看到在前方地平線像海市蜃樓一樣的綠洲以及一座座拔地而起的華麗建築物，心中那種激動的程度可想而知。

在進市區之前我們路過美國著名的 Hoover Dam（胡佛大壩），停車看了看。果然，真的非常壯觀，或許是我沒到過長江三峽大壩看過吧。曾經在 Youtube 影片網站上我看過一個美國紀錄片，是關於要是人類一夜之間從這麼星球消失掉的話，世界在往後的時間線裡會出現什麼樣的情況。旁白說要是從外太空看地球的話，胡佛大壩將很可能會是斷電後人類文明的最後一點光，這點光一直會持續到人類消失後好幾年，才會因為沒有人為保養零件而滅掉。事實是不是如此沒有人知道，因為檢驗不了。至少在我活著的這幾十年，人類不會一夜之間消失掉就是了。希望如此。

魚配薑在市中心一個價格還算公道的五星級酒店 Cosmopolitan Hotel（麗都酒店）訂了間行政套房，我們已經從身心上做好了醉生夢死幾天的準備了。你看，拉斯維加斯除了「賭城」以外，還有像「惡魔之都」、「浮華之都」等諸多稱號，就連它下轄的一個區，都直接把 Paradise（天堂）拿過來作為地名，來到這裡不好好享樂一番，真是對不住自己啊。

麗都酒店的大堂非常夢幻時尚，反著光的典雅黑色布置，大堂中間有八根錯位的 LED 燈柱，時而是迷宮般的線條，時而又變成一串串由小而大上升的透明氣泡，非常炫酷。我們住在第三十層，從酒店的露臺可以往下看到 Bellagio Hotel（貝拉吉奧酒店，也作百樂宮酒店）旁的巨型高壓音樂噴泉。我們去到的時候天色已經開始暗下來，城市在晚霞中華燈初上，非常漂亮，那個幾層樓高的噴泉池就是城市中的一抹淺藍，噴泉就像一條條飛舞的白色光帶。前方再遠一點的地方就是巴黎賭場酒店，酒店門前有一個微縮版的巴黎鐵塔，附近還有像威尼斯人這樣的著名賭場。

我們這邊露臺看不到，但是走到另一側的行政酒廊和雪茄吧，可以從窗子裡看到另一個地標式的酒店，New York Hotel（紐約酒店），這個酒店更是斥巨資在門口還原了十三個紐約的地標建築，像自由女神像，中央車站和布魯克林大橋等，中間還穿插了一條可以讓客人乘坐的雲霄飛車軌。澳門也有的美高梅酒店也在這一邊。

我覺得，來這裡觀光，一個賭場酒店就是一個景點啊。像這樣的不夜城肯定是越夜越精彩，我和余沛江打算填飽肚子以後，就先去巴黎酒店賭兩手。聽說隔壁百樂宮酒店的自助餐不錯，我們第一站就先到那裡看看。果然，這裡的每一個酒店都給人一種物質極致、現代人工極致的感受，已經完全不像是一個真實世界了。進了餐廳大門以後，天花板的用雕花玻璃一圈一圈旋開來，玻璃像在水裡隨意劃出的水紋，又像在風中飄揚的透明綢緞，甚至有點像在極圈裡看見的極光。

自助餐廳的甜品區，我看到了有好幾個不同顏色的巧克力分層瀑布一直從天花板流下來。從天花板開始，一個個長條形近似於橢圓的的玻璃兜盤，接著從上面流下來的巧克力，再一層一層交錯著流下來，看上去十分壯觀，這瀑布還拿下了一個金氏世界紀錄。儘管聽說最好的自助餐還是在凱撒宮，但我們兩個鄉下小子在這裡已經吃得相當滿足。

吃飽喝足以後，我們散著步到巴黎酒店、威尼斯人都轉了轉。兩家酒店的天頂有點類似，都裝飾成了藍色的晴空，室內的餐廳和圍牆都做成讓人置身於歐洲街頭的感覺，威尼斯人裡面還真的像歐洲威尼斯一樣可以坐船。

我和余沛江也不太會賭，拿了小一千賭了幾手，從黑傑克（21點）到德州撲克再到最簡單的比大小 Casino War（賭場戰爭），又玩了幾把老虎機，每種遊戲下來有輸有贏，最後回酒店的時候一算，還小贏了幾百塊，這幾天的房費賭場都替我們出了。我們本就不是賭徒，也知道十賭九輸這個道理，小賭怡情，小贏了收手就是了，凌晨一點多回到酒店，舒舒服服洗了個澡，開始睡大覺。

接下來，我們無非就是吃吃喝喝，參觀各個永遠超出你想像的賭場酒店，合適的時候賭上兩把。我們預約看了兩場秀。一場是在各個噴泉和其他水上場景的舞臺劇，講的是一個魔幻現實的人魚愛情故事，當中有好幾個動情的一幕真的能帶動人的情緒，而又有幾個高難度的特技動作讓在場的觀眾情不自禁地站起來拍手稱絕。另一場，是十八歲以下不能看的秀，至於演的內容的是什麼，那就只能親身進去感受了才知道。第二場秀訂票的時候，魚配薑堅持要訂 VIP 貴賓席，好了，真的拿著貴賓票進去了，卻被安排坐在最後一排。最後一排是舒適的皮座椅，還有賣酒的吧檯，每個貴賓席包含一杯加州產的 Mumm 的起泡酒。

接下來兩天，我們去轉了轉賭城附近的一些景點，比如距離拉斯維加斯兩個半小時車程，在加州地界的死亡谷公園。這個山谷之所以被稱為死亡谷，除了它大部分地方幾乎寸草不生以外，還有它曾經錄得的高達五十多攝氏度的氣溫，至於地表溫度那可想而知是多麼恐怖了。幸好我們來的季節還不錯，二十多度還算比較舒適。它有很多呈優美波浪線的山丘，然而放眼望去幾乎每個山丘都反射著不一樣的顏色，煞是好看。有一些山谷，遊人可以清晰看見斷崖上像是書頁一樣的岩石。岩石尖上可以清晰發現一些白色的結晶鹽。

因為我們早上睡懶覺睡晚了，玩完開始回城的時候天已經完全黑了。天幕竟然完完整整現出了一整條呈橢圓漩渦狀的銀河！要是在這樣的場景下，身旁的是盈盈而不是余沛江的話，我敢肯定會發生些什麼。

「可惜……可惜。」我嘆息。

「你可惜個屁啊，這天空這麼漂亮！這真的是『我的天』！」余沛江看著天，眼睛一眨不眨。

今晚是在拉斯維加斯的最後一晚，我們去唐人街喝奶茶吃中餐，盡興回酒店，收拾好明天回亞利桑那。我們計劃好既然來的時候是開的93號公路，那我們盡量不走回頭路，回去的時候從95號公路開回去。

拉斯維加斯這個城市是一個可以過來做夢的地方，但我自認為不是一個適合我長期生活的地方。人們偶爾需要來燈紅酒綠的地方來放縱一下，但不宜浸淫其中。這個城市還在一定程度上激勵了我們：社會上總有比我們更處於上層的人，總有我們還需要奮鬥才有可能企及的東西。

我和余沛江都覺得不需要趕路，於是臨時商量在中途某個城市再停上一站。

我不敢說我和余沛江是貴人，但後半句「出門招風雨」那可是妥妥的。真是一入靈行深似海，我發現我們無論去到哪，不出點什麼事那已經是不正常了。

我們沿著95號公路一路向南，而後轉入163號公路，最後我們到達了一個叫莫哈維堡的小城市，我和余沛江都覺得在這裡待一晚上再走，畢竟這是一個加利福尼亞州、內華達州和亞利桑那州三州交界產生的城市。

我們商量好找一個有特色的旅館住下，再到附近逛逛。小城市的旅客不多，想找份現成的攻略是不容易的，這樣下來黃頁已經是最有用的工具了。一本厚厚的黃色本子，上面赫然大大的兩個字母：YP（Yellow Page的縮寫，意為黃頁）。但因為看某個公眾號看多了，熟知各種詞彙的拼音縮寫，第一反應是另外一個意思，這下就有點尷尬了。

不過余沛江確實本事，我在加油站加了個油，他就給弄回來一本厚厚的黃頁。我們找到了一家在內華達境內的古老三層民宅，是一個華爾街大鱷衣錦還鄉以後蓋的大房子，不過後來經過兩代人家道中落，如今被後人改造成了一個復古懷舊風的鄉村酒店，算是維持個生計。

對於這種全新的體驗，我既有點興奮，又有點不安。不安是因為所有事物在歲月的沉澱下，都會蒙上一種滄桑和神祕感。十分鐘後，我們的車就停在酒店門口了。

這個宅子看起來很有美國風情，跟周邊小鎮一些南美風情的建築的對比比較鮮明。房子很大很氣派，正門兩側筆直種了一整排的棕櫚樹。宅子門前豎起的一個黃銅信箱，信箱上還有宅子主人姓氏的花體浮雕：O' Brien（奧布萊恩家）。因為年歲日久，信箱的頂部已經被摸得錚亮發光，一如華爾街金牛的牛角牛眼和牛蛋蛋。宅子門口是雙開門，是很厚重的實木大門。可能是人手不夠，我們沒看到門僮在那裡迎接。不過也難怪，本身這裡也不是旅遊城市，來的可能也只是些過路的暫住的，期望就不要太高了。

我們推門進去以後，見到一個陳設古典的櫃檯，一個目測三十幾歲，微微有點謝頂的男人正手忙腳亂地處理各種檔案。我們推門弄響了門上的鈴鐺，他連忙放下手頭的功夫，微笑著迎到櫃檯前來接待我們。

因為這裡是荒漠地方沒有高大建築的遮擋，日光過於充沛，而且偶爾會有颳風沙的可能，所以房子的窗子都不多，而且窗子都不大，刻意去減弱採光的功能。這樣下來，在稍顯昏暗的光線下看這所古典房子反而挺有感覺挺有格調。雙人房的房費一晚上還不到70美元，還含兩杯在一樓吧檯點任意點的雞尾酒。厚道的老闆還對我們說，現在客人不多，反正房間也是空著，如果我們想的話，可以把我們分開一人一間房，他不再額外多收我們錢。我們委婉地回絕了，在這樣的古老建築裡，一起住萬一有個什麼事還可以互相照應一下。

放下行李以後，老闆告訴我們在附近，在內華達州州際邊境線上，有一個叫艾薇（Avi）的賭場，要是有興趣可以去玩幾手。我們謝過老闆，然後出門去找吃的。在我們推門出去的時候，我聽到三樓好像傳來孩子叫爸爸的聲音。

我們隨便找了個賣德州漢堡的餐吧點兩個套餐應付了事，又去了老闆說的那個賭場轉悠了一下，不過真的是曾經滄海難為水，除卻巫山不是雲，去了拉斯維加斯那些讓人大夢三千的地方，這些都不是個事。

我們回到了旅館。老闆正好在吧檯裡給自己倒了杯飲料，見到我們回來，招呼我們過去坐下，問我們喝什麼。我點了杯湯力水加灰天鵝伏特加，余沛江問老闆有什麼啤酒。老闆指了指冰箱，說：「我們現在就只有冰箱裡的了，沒有水龍頭出的那些生啤酒了……猜想以後也沒機會賣了。」說到後面半句的時候，他的聲音低沉了下來，似乎是說給自己聽的。聽他的語氣，似乎有點低落。余沛江要了一瓶科羅娜，多口問了句為什麼。

老闆低下頭去整理酒瓶，嘆了口氣說：「我們這裡準備要關門了，你們倆猜想算是最後一批客人能看到這棟漂亮的老房子了。」

「怎麼，你要關掉這個旅館？」余沛江接著問。我用手肘撞了撞了他，示意他不要那麼多事問人家的隱私，更何況這不是一件讓人高興的事情。

幸好老闆看樣子也不是很介意，他半靠著吧檯，一邊啜飲著手中的飲料，一邊跟我們講起了這個房子以及他家族的一些往事。

他的高曾祖父是從歐洲那邊過來的移民，其實準確來說算是自我流放到這裡的。他們家族原本不姓奧布萊恩這個姓，高曾祖父因為在歐洲犯過事進過監獄，工作不好找，無親無故的他於是就逃票上了一艘大煙囪船，在船上被發現後，乘務員已經不能把他趕下船了，船長本來打算把他鎖在鍋爐房裡加煤當雜役，恰好當時船上有一個廚房工因為貧血暈倒了，船長便讓他去廚房幫忙料理夥食，無非也是洗菜切菜，把一些一二等艙客人的訂餐送上門去。因為當時老闆的高曾祖父年輕時長得還不錯，也一身力氣（從老闆的長相和身材來看確實所言非虛），有一次去給一個礦老闆送餐時，被老闆相中了，十幾天下來老闆每天都和他小聊一陣子，越聊越喜歡。老闆問他是不是長工，他搖頭說不是；老闆問他識不識字，他點頭。老闆說剛好在亞利桑那那邊有個親戚在給他做探礦小組組長，眼下正缺個識字又能幹的助手，問他有沒有興趣。

小夥子自然是興高采烈地答應，於是在紐約下船以後，老闆擔保入境，又買了火車票給他，沿著橫跨美國東西岸的太平洋鐵路坐車到內華達山脈一個叫斯圖亞特的礦鎮下車，老闆的親戚會在那裡招工順便接上他，南下到亞利桑那去。

經過長途跋涉以後，小夥子終於跟著老闆的親戚威利斯到了亞利桑那的莫哈維縣。接下來五年裡，得到第二次人生機會的小夥子非常珍惜，勤勤懇懇工作，不斷學習。在威利斯調回紐約總部以後，他繼任了探礦小組的組長，並在六年內給公司成功探測並競投拍下了一個小型富礦和一個中型貧礦的開採權，慢慢累積下了身家。當時他作為那個小型富礦的負責人，子公司的總經理，買下了如今旅館所在的這塊地，建了個房子，結婚生子。他跟著有如他再生父母的礦老闆改姓奧布萊恩，說這個全新的家族從他這一代起，不再是卑微的背負著案底的底層小百姓。

後來老奧布萊恩為了兒子能健康成長，接受良好的教育，舉家搬到了紐約。兒子果然有如父親一樣期望地有出息，大學畢業後，用十五年時間成為了華爾街大鱷。不過，就在他們享受成功喜悅的時候，在前面等著他們的卻是另一個深淵——黑色星期五，美國大蕭條。

一夜之間，舉國哀嚎，奧布萊恩的家產一下子縮水了將近90%，差點連在曼哈頓中城的最後一個房子也折了進去。禍不單行，在經濟全面崩盤之後不到一週的時間裡，老奧布萊恩病逝。老闆的曾祖父塞繆爾．奧布萊恩一度灰心喪氣，還染上了酒癮和毒癮。幸好，最後他被妻子從深淵拉了回來。幾年以後經濟的陰霾過去，他重新振作，東山再起。

然而他看著因為擔心他而日漸容顏憔悴的妻子，突然作出了一個決定。他逐步變賣了所有的期貨股票，最後連紐約的房子也賣了，帶著老婆孩子回到了生他養他的家鄉，重新買下之前父親開拓家業的房子，翻修改建再擴建，慢慢有了今天旅館的規模和面貌。塞繆爾覺得自己以前太執著於金錢和事業，忽略了家庭忽略了愛情更忽略了他作為人本身最本質的情感快樂。他以衣錦還鄉的面目回到家鄉，建了這個大房子。

這個房子一開始是上面兩層自家居住，下面一層是對公眾開放的。從紐約回來的塞繆爾是個外向喜歡社交的人，從大城市回到鄉下自然有時候也會覺得無聊，於是他就把一樓開闢成了一個賣簡餐的酒吧，還開了桌球室和一個小影院。

當時莫哈維和拉斯維加斯的發達程度是相當的，大家都是依靠採礦業起來的小城市，內華達為了城市的後續發展發表了賭博合法化的議案，一些大大小小的城市開始在拉斯維加斯被興建起來，當時有人也跑來莫哈維想要開賭場，畢竟這裡是個三州交會處，在內華達州地界內建賭場，吸引加州和亞利桑那州的人過來博彩，搞不好還能比拉斯維加斯更加興旺。當時也有人勸說塞繆爾不要開什麼桌球室小影院了，反正他們家是在內華達地界上，還是開個小賭場更賺錢，而且博彩業在日後絕對是內華達州的支柱產業。但是塞繆爾和夫人始終沒有被說動。塞繆爾自己心裡明白，那種一夜間失去奮鬥半輩子所有成績的感覺，當年在他沒有被藥物和酒精麻醉的時候，他不知道見識過多少家庭悲劇。

後來，莫哈維還是沒有趕上拉斯維加斯的發展，在採礦業慢慢凋零以後，只是依靠著公路幹道成為了一個驛站小城。塞繆爾．奧布萊恩去世以後，經過兩代人的手傳到如今的老闆，傑克．奧布萊恩手上，房子已經改成了一個兩層的旅館。他們家保留了第三層自住。

傑克說：「我還有一個哥哥和兩個妹妹，不過都出去了，只剩下守著房子守著爸爸的旅館留在這裡。現在這裡快維持不了經營了，兄長妹妹也讓我賣掉房子到丹佛或者西雅圖找他們，或者拿著錢去大城市做點別的生意也好。」看來這家人的感情還是不錯的，原本我還以為傑克會說兄弟姐妹等著賣了房子分錢的事。

余沛江的想法卻和我有點不一樣，他說：「這可是你們兄妹四人的祖屋耶，雖然說是出於經濟上的考慮，但是在感情上，難道就不會捨不得嗎？回來在房子前合個影也需要吧？你看，你們的樓梯牆上掛滿了你們家族的記憶。」

傑克有點尷尬了，他說：「他們幾個一直覺得……這個房子有點陰森詭異不太吉利，而且，也覺得有點……邪門。不怕實話告訴你們，我們旅館在過去幾十年裡，也是出過幾條人命案子的……」說到這裡傑克意識到自己講這些可能不太妥當，連忙給自己灌了一大口酒。

我連忙開始打太極，試圖把話題轉移到別的上面去。一時想不到聊什麼，只好隨口說了句：「我們倆在做公路旅行，原本還想買臺無人機航拍一些風光的，可惜最後沒有買成。要是我們買了，現在可以給你這棟房子來個航拍全景，也算是留點回憶。」我自己也不知道自己說了什麼。

沒想到老闆聽到這個，像是想起了什麼東西，忽然又來了興致。他放下酒杯對我們說：「來，我到你們到頂樓我住的地方，我給你們親眼看看這房子的全景。我爸還在生的時候，曾經給他未出生的孫子訂做過一個房子的模型玩具，是一個比例一比十的大模型，完完全全是按照這個房子的內外部結建構的，非常壯觀逼真，有不少部分都是我爸親自指點，有些甚至是他親自做的。」說著，他就開始領我們上樓了。

我偷偷拿起他放在吧檯的杯子聞了聞，哇靠，這哪裡是酒，這是酒精吧！

不過盛情難卻，我和余沛江跟著他上了樓。這房子三層的面積是一樣大的，第一層因為有櫃檯有吧檯，隔出了大概六七個房，二樓完全作為客房，有十幾個四星酒店標準大小的房間，可想而知整個三樓讓他們一家人住的話，得有多寬敞。

他們專門騰出個房間來放這個模型以及小孩子其他一些玩具，房間裡還擺著兒童的書櫃和書桌，也是孩子學習的地方。老闆傑克帶我們進去的時候，一個小男孩正坐在書桌上看著什麼書。我們進去的時候，他轉過頭來看了我們一眼。可能是我錯覺，我看到的那個眼神，根本不是一個小男孩應該有的眼神。怎麼說呢，那種眼神裡，帶著一絲陰暗，也帶著一絲憎惡，就連在社會上打滾過的失意者，也不會有很多人有這樣的眼神。

小男孩合起書，然後走到了傑克身旁，他用責備的語氣說：「爸爸，你下次要是再喝這麼多酒，我就打電話給媽媽，讓她過來接我到她那裡住。我寧願對著史密斯叔叔也不願對著酒鬼爸爸。」說完就要走出房外。

「哎，你這孩子！」傑克說，「還不趕緊給兩位客人叔叔打招呼！」豈有此理，我和余沛江這年紀，怎麼看都還應該被叫哥哥吧！

「嗨。」小屁孩頭也不回地走到對面的房間，極不情願地發出了一個音。緊接著，就是關門聲了。

傑克輕輕嘆息了一聲，沒再說什麼，把我們迎到了那個巨大模型前。一看到這個模型，他的興致又回來了，彷彿剛才什麼事情也沒有發生過一樣。

他開始正門給我們介紹整個房子。這個小房子的做工，比起那些房地產的鳥瞰模型甚至每個戶型的布局模型都細緻多了。果然是一比十的比例，三層的房子有一米多高，整一個模型占了這個房間六成的面積。模型的前後兩邊的牆是可以拉開的，在最後邊有個約莫十公分的把手，前門因為前面有樹遮擋是橫向拉開的，後面的牆是可以向開門一樣把整面牆打開的。打開以後裡面的布局和旅館真實的情況完全一模一樣，而且每個細節都做得十分逼真，大到橫梁支柱，小到吧檯酒架上的杯子，都完完全全表現了出來，每一個客房都能清晰地看見裡面。打開後面那堵牆，我們甚至看到二樓客房裡的洗手間，有個女人躺在浴缸泡澡裡，另外有個女生穿著內衣坐在床上看電視。這用來給小孩子當玩具，怕是有點不太妥當吧。

不過作為一個模型來講，這真是太棒了。我這個人就很喜歡這種模型，小時候去深圳的錦繡中華，到後來去西安的大明宮，我都賴在那些模型前拽都拽不走。我想，我之所以成為房產經紀，也有一部分原因是在這裡。最近在報導上看到德國有對雙胞胎，腓德烈·布勞恩和格利特·布勞恩兄弟，用十五年時間花了幾百萬歐元在德國漢堡建了個小人國，我還發誓幾年內一定會去一次。沒想到現在就讓我偶遇到了另一個讓人嘆為觀止的作品。余沛江想伸手去摸一下，被我一下打了回來。

我問老闆屋頂和每一層樓能不能獨立拆出來，老闆搖搖頭，說父親曾經想過，後來因為某種理由放棄了，只能做成了這樣子。後來兒子出生了，父親開始得病臥床。在他清醒的時候，他提到過想在他離世之前把模型拆掉，問他為什麼，他卻是支支吾吾沒有說。在臨終前，他問兒女們有沒有把模型拆掉，老闆他們騙老先生說已經遵從老人家意願拆掉，父親才安詳地閉上了眼睛。

「這是他老人家整整一年半的心血，而且這麼美的作品，我們怎麼忍心拆掉，就偷偷保留下來了。」傑克說，看他的臉已經紅得不成樣子，還是不打攪他了。我拉著余沛江，要告辭回到樓下去。傑克把我們送到樓梯口，然後就進了另一扇門回房間去了。

我們在下樓的時候，聽到路上隱隱傳來小奧布萊恩的吼叫聲：「Go to hell！（下地獄吧！）」這孩子，真的是……我和余沛江對視一眼，聳聳肩，繼續下樓。

我們拿出鑰匙開房門的時候，對面一排的房間裡出來了兩個女生，其中一個對另一個埋怨道：「不就是去賭場喝杯熱身酒轉一轉，你還非得泡澡打扮一番。」

「把身上的霉運都沖走嘛。哎，我們今晚肯定能贏錢的，走吧！」另一個笑著，在第一個女的屁股上打了一把，然後笑著從我們身邊跑了過去，一陣香氣鑽進了鼻孔。原先埋怨的那個女生被氣笑了，一邊笑罵著一邊追了上去，路過我們的時候還看了我和余沛江一眼。

進房以後我總感覺有哪個地方不大對勁，可又一時半會想不到。我轉身看向余沛江的時候，發現他也正看著我，一隻手伸在半空中，好像也要對我說些什麼。我讓她先說。然而，從他嘴裡吐出來的卻是：「你覺得剛才那兩個女的是不是拉拉（女同性戀）？」

哎呀，他的腦子怎麼總是不在合適的頻道上啊。我正想罵人，忽然靈光一閃，我想到了。頓時間，我覺得這個旅館毛骨悚然。

余沛江看到了我不太對勁，問：「怎麼啦？」

「我剛剛，剛剛在上面看到那個模型的房間裡，也是有兩個女生，一個在泡澡，一個在看電視。然後外面那兩個女生剛才的對話裡，其中一個顯然也是剛剛泡過澡……你說，那個模型，會不會……有什麼問題？」越想，我渾身感覺越冷。我的腦子裡，突然間蹦出了古龍筆下，《蕭十一郎》裡的那個玩偶山莊。

「哎呀，這隻能是巧合而已，別想太多了，等下連我也嚇到了。冷靜，冷靜。」

「你也記得，剛才老闆說這個旅館，也出過幾個人命案子。」這下好了，我還學會結合前因後果來自己嚇唬自己了。

幸好，魚配薑比我理性。他說：「老闆傑克說，出的幾條人命是在過去幾十年裡的，美國這麼多老房子，年歲這麼大的房子你說有個人在裡面去世那是非常的事情好吧，你看整個美國這麼多公路這麼多汽車旅館，有哪個旅館真的是乾乾淨淨什麼事情也沒有發生？再說，傑克說那個模型是老先生做給孫子玩的，那肯定是在傑克的婚後，甚至是奧布萊恩夫人懷孕以後，你看看那孩子今年頂多也就個四五六歲的樣子，這才過去幾年，不會的。來，我們到網上看看那些人命案子到底是什麼樣的吧。」

經他這麼一說，我也稍稍定下來了。當自己原本喜歡的東西變成恐怖的東西，那可真是非常嚇人的。

旅館的 Wi-Fi 訊號很弱，我們逼著用自己的流量發熱點，才總算把網連上。這個三州交界的地方比較好找，我們很快就找到了上面的訊息。在那個靈異事件地圖資料庫裡，只有一起案件的記錄。

那是發生在五十多年前，一個在旅館裡跟隨父母出差一起入住的小女孩從他們家二樓的房間裡出來，像夢遊一般走到了樓梯口，對著樓道天真地笑了笑。說了聲：「讓開一點別擋著我了啊。」然後就從樓梯上往前一彎腰，整個人從半圓弧形的樓梯上滾了下來，血濺當場。當時傑克的祖父約瑟夫·奧布萊恩正在櫃檯做著旅館當天的結算，目睹了整一個過程，但是他根本來不及搶救。當他衝到一樓的樓梯口是，小女孩「咚」一聲在樓梯的拐彎處撞到了牆上磕破了頭，然後滿身鮮血地滾到了他的面前。據他在警局留的口供，還說小女孩在一樓停下的時候還沒有斷氣，滿臉鮮血穿著小連衣裙的她看了看約瑟夫，還笑了一笑，說了一句：「原來長大了，會是這個模樣啊。」

後來旅館因為這件事停業整頓了一個月，在沒有顧客的那一個月裡，約瑟夫偶爾會在樓梯或者過道聽見小孩子的笑聲，也會在夢裡聽到小女孩的聲音：「我們來玩吧，來玩吧。你是唯一一個願意一直陪我玩的孩子。等玩到我們長大了，我就嫁給你。」

記錄到這裡就沒有了，資料庫裡也沒有其他案子的記載。我們只好去莫哈維縣的警察局網站去找記錄，發現後面幾宗涉及人命的案子裡，其中一起是客人嗑藥過量自己死在房間裡的；其中一起是一個專門搭便車謀財害命的女人犯罪團隊因為不滿意分贓比例大打出手，殺死了一個同夥以後，其餘兩個也因此落網的；還有一起，是一對男女嘿咻纏綿的時候，男的攝取劣質壯陽藥，心率過快而猝死。這些都是旅館裡比較尋常的案子，剩下兩起，就稍微有點離奇。第一個案子，是有一個中年男人開車回家過聖誕，在旅館裡包裝禮物，浴室裡的龍頭忽然出水，他過去檢視，結果被困在淋浴間，缺氧窒息加上被過熱的水燙死；第二個案子，是吃完旅館裡的簡餐以後出現腹瀉，手軟腿軟的他打算出門買藥而且報警，卻在開門的時候摔倒在地，被關上的房門夾住脖子，從而一命嗚呼。這兩起奇怪的案子，都是發生在近三年。

余沛江皺著眉說：「唔，在這種地方的一間家庭旅館來看，這一家死的人算多的了，你看，六條人命。我們要不是幹這一行的司空見慣了，要是知道了這些事說不定還真會被嚇到。這個旅館，像喬治亞州薩凡納那樣搞點鬧鬼主題的民宿，說不定生意還會好上一些，不至於到倒閉收場。」

我除了驚訝於這個 ABC 居然會「司空見慣」這個詞語以外，還驚訝於他今天晚上話怎麼比平時多這麼多。

雖然現在我沒剛才那麼神經質了，但心裡總是有點不舒服，我逗余沛江再晚一點，等老闆和小屁孩都睡了，再到樓上的那個模型房去探探。余沛江一味說我疑神疑鬼，但最後還是答應了。看看錶，現在已經晚上十一點了，我們說等到十二點半，或者一點鐘的時候再摸上去看看。因為現在旅館準備結業，大門在晚上都關起來了，旅客要自己用鑰匙從側門進，櫃檯也沒有人守夜了。

我和余沛江玩手機看電視，等時間過去。等著等著，我在不知不覺間睡意攻心，竟然睡過去了。再次醒來的時候，我看看錶，已經是凌晨三點鐘了。是余沛江把我搖醒的，他對我說：「快點出去看看吧，外面很吵，好像是出事了。」

「人家有狀況關你什麼事，我們華人就是愛看熱鬧。」我轉過身去，準備又睡過去。

「我們過去幫忙總可以吧？再說，不是你自己要到樓上模型屋再探一探的嗎？」余沛江說。我這才清醒過來。

我們打開門縫往外面看了一看，沒有人，聲音也不是從二樓傳出來的，我們才走出房門，走到樓梯口，躡手躡腳準備上樓。一樓走廊的另一端有點吵雜，我甚至還能隱約聽到屋外有警笛的聲音，正在做著虧心事的我倆有點心虛，不過我們還是上了樓。

放模型的房間好在沒有上鎖，我們盡量不出聲響地把門打開了一點，然後閃身進去。我們怕光輝漏出去，用手機照著摸索到小奧布萊恩的書桌前，打開了檯燈，還用幾本書把門縫堵住了。

為了有個參照物，我打開了旅館正門那面牆，在二樓找到我和余沛江住的房間。在我確定找到以後，我差點嚇得一屁股坐到了地上，就連余沛江也禁不住後退了一步。

我看到我們的房間裡，地上有兩個行李箱，就連擺放都和我們在房間裡真實的情況是一模一樣的，我睡的那張床上還扔著我的浴巾，余沛江的枕頭還跟他剛才坐著看劇時一樣，是立起來的！

更為恐怖的是，放模型的房間跟我們是在同一邊的，所以我們只要把視線往上挪一挪，就赫然看見了我們所在的這個房間裡，有一個更小的房子模型，旁邊有兩個男人正站著觀看。當然，細節沒有具體到連我們倆彎腰的動作都捕捉到。門縫裡也沒有用書堵著。儘管如此，已是讓人感到毛骨悚然。

要是我們手動改變一下模型裡的東西，那麼這旅館裡的東西是不是也會……

「范吉，你過來看看。」余沛江用手機的光在我眼前晃了晃，用氣聲對我說。我順著他手電筒的光看過去，只見在房子正面的左側，一個小門的門外，正停著兩輛警車，三個警察和一個女人在圍住門口站著。小門是連著旅館一樓過道的，裡面站著一個人，然後有一個穿著裙子的女人躺在地上。我忽然想起了剛才我們進房間時，正要出去賭錢的兩個女生。難道是她們？

我和余沛江對視一眼，會意以後要下樓去看看什麼情況，有沒有我們倆能幫上忙的。我們小心翼翼地把模型的前牆推回去。推之前我留了個心眼，找到我們房間，把我放在床上的浴巾扔進了行李箱裡，並把行李箱蓋上了。因為那東西實在太小，我不小心把我的床給撞歪了一點。

我們確認整個房間看起來不像被動過以後，推門走了出去。一出門，我嚇得差點叫出了聲，還是余沛江眼疾手快把我的嘴巴給蓋住了。之間在走廊的另一端，一個微微發著光、飄在半空中的人頭在一點點向我們倆靠近過來。

余沛江強自鎮定，用平常的語氣打了聲招呼說：「嘿，孩子，你爸爸呢？我們聽到聲音，找他看有什麼能幫上忙的。」我這才定下神來，看到那個發光的人頭就是剛才我們見過的傑克的兒子，只不過他的身體太黑看起來像是只有頭浮在半空而已。詭異的是，我難以理解為什麼他拿著手電要從下往上照著自己的頭，而不是照著前方，真是差點被他嚇死。

小男孩沒有回答余沛江，一直等他慢悠悠走到了我們面前，才用陰鬱的聲音說：「傑克在下面，不在這裡。你們下去，別吵著我。」然後，他又照著自己的頭，慢慢在黑暗中回到房間裡。真是一個怪小孩。

下樓的時候，我對余沛江說讓他先下去看什麼情況，我回房間裡檢驗一下那個模型屋和現實有沒有關聯。余沛江點點頭，說了句：「反正記住時刻保持警惕就是了。」就下樓去了。

我用鑰匙打開房門以後，不禁倒抽了一口涼氣，我剛剛在模型屋裡做的所有事，都成真了！我放在床上的浴巾不見了；箱子蓋上了，露出浴巾的一截；就連床也被移歪了！

我連忙小跑下樓去找余沛江。余沛江正在和傑克說話，見到我來，傑克對我揚了揚手，算是打過了招呼。我在他們雙腿的縫隙中，看到了地上躺著的女生，還有血。沒錯，那個就是剛才還生龍活虎在我們身邊跑過的，把自己洗得乾乾淨淨的女生。

余沛江看著我沒有說話，我知道他在等我的答案。我輕輕點了點頭。他輕輕嘆了口氣，然後轉回去看著地上的女孩。一個警察正在做現場取證，一個正在外面問著另外一個女孩，還有一個在打電話。原本只有余沛江一個外人在，他們沒說什麼，現在見到我來了，就把我們都趕回去了。

我在樓道裡問余沛江有沒有打聽到什麼情況。余沛江說：「那個女孩在進門前還好好的，可就在她邁進門的瞬間，腿在瞬間就折斷了，她還被一股大力抓著往牆上磕，就一下，人就沒了。和她同行那個女生說的。」我和他都聯想到了樓上那個模型屋。

回到房間以後，儘管我已經事先告知了余沛江，但是他還是很震驚。余沛江坐到床上，對我說：「你說會不會是那個女孩剛剛一隻腳邁進門的時候，那個模型屋的前牆剛好被拉開，『咔』一聲……」

我沒有回答他這個問題，只是丟擲了幾個問題：「那個模型屋裡，也有我們倆的小人在裡面。要是我們上去，有沒有可能自己拿掉自己的那個小人，保護自己免受傷害呢？如果拿得出來，那我們不在模型屋了，是不是現實的我們也不會在這旅館裡了？如果是那樣，那我們又會去了哪裡呢？」

余沛江馬上站起身，說：「走，我們現在上去，試一試再說。這總比我們就這樣坐著，突然被誰走進去，一下子用手摁在牆上爆頭而死要強！」

現在也不是罵他想得過於負面的時候，我們馬上開始動身，想再上去一次。然而就在我們往樓上走了兩階樓梯還不到的時候，我突然感到身前有一股強大的無形力量把我往樓梯下推。我完全沒有反抗的餘地，就被推到了地上。幸好我們只是走了兩步。余沛江則是側身被撞到了樓梯的牆上，再掉下來，比我還傷，右邊太陽穴對上的位置都青了一塊。

我的耳邊響起了一把沉鬱的聲音：「我剛剛已經說過，你們下去，別吵著我。你們怎麼這麼多事呢！」我看到余沛江正東張西望，猜想他也聽到了，正在尋找聲音的來源。我們還沒來得及站起來，整個人卻忽然間凌空被拎了起來，又撞到一起摔回了地上。

過了一分鐘，確保沒有後續了，我們才敢揉著屁股慢慢站起來。我抬頭，只見那個孩子正抓著欄桿，從中間的縫隙那裡盯著我們看。果然是他，剛才我們下樓時，我聽到他對著自己爸爸吼讓爸爸下地獄的時候，我就隱隱感覺，要是這個旅館發生些什麼事情，猜想和他脫不了關係。

余沛江湊到我的耳邊說：「這個孩子，我感覺……我感覺和我們被傑克帶到模型房時碰到的孩子，不是同一個人。或者說……不是同一個……」最後那個詞他們講完。

「我聽得見！你們在我面前說悄悄話沒有用！」那個孩子發怒了，抓著護手欄跳了一下，大聲對我們說。不過轉瞬之間他又笑了，「沒想到你看起來蠢，實際上還挺聰明的，想到了這一點。沒錯，我不是人。」

「你不是傑克的兒子，那你到底是誰！」我說，但我也不敢很大聲。我自己在美國生活了這麼多年，自問那個看所有白人一個樣黑人一個樣的時期早已經過去了，我一般不會認錯人的。他和傑克的孩子長得確實很像。儘管在余沛江說完以後，我開始換了一個新角度，看出了一些他們的區別來，但依然很像。

「你覺得你有資格問我問題嗎？」他笑著問我，漸漸由笑轉怒，眼白處竟然在這麼短時間內一點點變紅。不過離開了那個模型屋，他暫時對我們做不了什麼。我的眼角瞄到了余沛江不動聲色地把手放進了口袋裡。我知道他準備開始反擊了。

我原本還以為，小孩子剛才吼那麼大聲，肯定會把傑克和警察引來，至少旅館裡的其他住客，總有人會聽見的。但是到現在，都沒有一個人出來看我們一眼。

余沛江突然發難，抽出他的開光蝴蝶刀往樓上的小孩處激飛而去，幾乎就在同一時間，他低聲說了個「跑」字，然後卯足了勁的他一下子脫弦般朝著樓上猛衝上去。我迅速反應，跟在他後一個身位衝上樓梯。

在我們衝上樓梯以後，發現余沛江的蝴蝶刀掉在地上，在木牆上戳了一點劃痕。看來準頭是夠了，但還差入木三分的功力。他撿刀的時候我衝過去打開了模型屋的門。只見在一片漆黑裡，那張蒼白而微微螢光的孩童面龐浮在半空中，對著我咧開嘴笑。他剛才不是拿著手電照自己的臉，而是他因為是靈體，本身就在黑暗裡螢光！

陰沉的童聲在房間裡幽幽地說道：「要是你們敢進來，我會讓你們當場死得很難看。」

然而就在說完這句話以後，那張螢光的臉突然間消失了。我聽到身後的樓梯響起小跑的腳步聲。緊接著我的身後傳來傑克的說話聲：「發生什麼事了，你們怎麼上來了？」

我這才鬆了一口氣，轉過身去。余沛江剛剛彎腰撿起刀，他忙把拿刀的手背在了身後，以免引起誤會。不過這下也是到了攤牌的時候，我深呼吸一口以後，看著傑克的眼睛問：「你是不是還有一個雙胞胎兒子，但他已經……」我留意到，我還沒把話說完，傑克的臉色已經像被潑了一桶石灰水一樣，瞬間變白了。他聲音顫抖著問：「你……你們……你們看見他了？」

余沛江背在身後的手熟練地把蝴蝶刀折起來，不過他還把刀柄握在手上。我和余沛江都對傑克重重地點了點頭。

「唉……沒想到，她早都走了，他還是沒有離去。」他嘆息了一聲，然後才想忽然間想起來我們剛才問的問題似得，又補充道，「你們看到的……那個，不是我兒子。」說著，他就讓過我們，往模型房裡走去，把裡面的大燈打開了。

傑克沿著模型屋繞了一圈，又小心翼翼拉開牆看了看裡面，確保沒有其他情況了，才長出一口氣，招呼我們進來。他低聲呢喃，既像是在說給我們聽，也像是在說給自己聽：「當時我應該聽爸爸的話，把這玩意兒拆了的。」

我心想：他一切都知道。

隨後我發現自己這麼想太蠢了。我們這兩個剛住進來的客人偶然間都能發現其中的祕密，模型房建好這麼多年，他作為老闆在這裡工作怎麼會不知道呢。

屋裡沉默了兩分鐘，傑克剛想對我們說明，就看到有個穿著睡袍的小男孩揉著眼睛站在門口。經過剛才的事件，我對小孩產生了類似條件反射式的恐懼。傑克走到門口，蹲下對孩子說：「唐尼，怎麼跑出來了？現在已經非常晚了，快回去睡覺。」

小唐尼・奧布萊恩用稚氣的聲音說：「我剛才聽到你們說話了。你們是不是看見艾力克斯（Alex）他了？」

連這孩子都知道？余沛江看了我，做了個「哇」的口形。連我們都這麼震驚，更不要說知道內情的孩子的爸爸了。傑克差點沒蹲穩往後摔到地上。「兒子，你都知道些什麼，快點對爸爸說。怎麼我之前從來沒聽你提起過的？」

小唐尼的眼神裡現在看起來已經不再像剛才那樣帶著陰霾，反而是蒙上了一層堅毅的色彩。他對爸爸說：「那是因為我在保護爸爸，還有其他來我們家的客人。」

「哦？為什麼？」傑克現在開始注意不要有太多過激反應，盡量放平穩了跟孩子說話。

小唐尼畢竟還是孩子，也是怕爸爸責怪的。於是他就把他知道的，都跟爸爸說了。他在三歲那年就能在旅館裡看見那個常常看起來不大開心的孩子艾力克斯了。艾力克斯當時想跟小唐尼一起玩，小唐尼馬上就答應了。原本小唐尼才是這屋子的小主人，然而艾力克斯卻比他更像主人，帶著他在房子的各個角落裡玩，還帶他來這個房間玩這個模型房子。

接著，小唐尼說到了「如果有陌生人對我好，艾力克斯會不高興的」這個問題上。他說曾經有個聖誕老人，給自己送了份聖誕禮物，然後聖誕老爺爺在第二天就死了，但是艾力克斯卻也得到了一份聖誕禮物。又有一次，有一個叔叔在吧檯前逗自己玩了一上午，還給自己買棒棒糖吃，結果艾力克斯卻在叔叔點的漢堡裡加了什麼東西，叔叔從下午到晚上都沒有走出房門。第二天的時候，那個叔叔又死了。所以小唐尼為了保護爸爸和其他客人，既沒有對他們提起艾力克斯的事，也對客人板著臉。但是現在連他們都看到艾力克斯了，他也不想再隱瞞了。

傑克對我們做了個抱歉的表情，又做了個「在這等一等我」的口形，然後抱起小唐尼回房間去了，他在兒子耳邊像講故事一樣說著些什麼。約莫過了十分鐘，他回來找我們，說了一句「他睡著了。」幸好，那個艾力克斯沒有再出現。

「真是不好意思，把你們也摻和進這件事裡來了。說起來真是慚愧，我作為這裡的老闆，這麼多年也沒有把這件事擺平，還因為自己的自私沒有拆掉這模型，導致有人因此喪了命。」從他的聲音聽來，他的確含著深深的歉意和悔意。

緊接著，他對我們一五一十坦白了事情的來龍去脈。這個小孩不是他的孿生兒子，而是他父親的孿生弟弟。當時，和傑克父親一起出生的還有一名男孩，叫亞歷山大（Alexander，一般來說稱呼親人或熟人時會用短稱 Alex，像這樣的例子還有很多，比如塞繆爾 Samuel 和 Sam，愛德華 Edward 和 Eddy）。在傑克的祖母懷孕時，傑克父親搶奪了弟弟很多養分，導致亞歷山大還沒出生就營養不良，當時醫生說這類情況能救活孩子已經很不錯了。在成長過程中，亞歷山大就處處落後於傑克父親，而且自小體弱多病。然而，在熬過五個年頭以後，亞歷山大還是夭折了。

據傑克父親說，亞歷山大是太寂寞了才唆擺了一個小女孩滾下樓梯陪他一起玩。現在，他們家發生的所有命案，都已經說通了。然後傑克又說，在他小時候，也曾像兒子小唐尼一樣看見過亞歷山大，不過他的兄弟姐妹都沒見到過。當時，小女孩也在一旁。他們幾個還一起玩耍過一小段時間。後來，小女孩說她母親已經離去，發現她還留在人間沒有往生，要召她過去一同上路。於是，小女孩就被召走了。臨走前，小女孩曾經勸過亞歷山大和她一起走，亞歷山大說讓她先走一步，他馬上會趕上她的。

很快，家人發現了傑克一個人自言自語，而且自得其樂地玩耍，嘴裡不時還叫著一個名字。父親聽到這個名字以後非常緊張自己的兒子，讓人回來舉行了個儀式，然後傑克就再也看不見亞歷山大了。傑克一直以為，他是追趕小女孩的腳步去了。

直到長大，兄弟姐妹都到外地去了，父親才告訴他事情的真相。父親還說，這個房子的建造是他想緬懷、彌補給自己的弟弟的，其次才是給孫子玩的。當時傑克不解父親為什麼在病重時反口，說要把模型拆掉。現在想通了，猜想是當時父親那一頭近了，開始重新接觸到那邊的事物，又看到自己的弟弟了，才讓傑克把模型拆掉。

當時，父親就已經想阻止這一切的發生了吧。可惜，該發生的還是發生了。

房間裡一片沉默。半晌，傑克讓我們先回房休息，他會守在模型房這裡等天亮。明天，他有事想跟我們商量一下。我們答應了一句，叮囑他自己小心，有事隨時找我們，然後就回房間去了。

現在都已經接近天亮，我和余沛江也已經過去睡意最濃的點了，只是躺在床上努力睡，但都睡不著。不過，那個亞歷山大卻神奇地沒有再出現。

在八點的時候，傑克在櫃檯給我們打電話了，讓我們下樓商量個事，帶上我們的行李。

我們照做了。拉著行李下樓的時候，看到小唐尼正坐在櫃檯的檯面上，傑克正在給兒子交代著些什麼事情。看見我們下來，馬上朝我們打招呼，並且走到吧檯，給我們拿出兩份早餐。每份早餐旁，還放著一點錢。

我們問他這是什麼意思。他有點為難，但還是說明白了什麼回事。他覺得，他還是有義務聽爸爸的話，也有必要把那個模型房子拆掉。現在旅館已經沒有其他客人和員工了，昨天那個生還的女生，他已經昨天給她全額退款讓她在警察幫助下找別的旅館住了行李今天回來再拿，他已經幫忙收拾好放在外面的車備份箱裡了。他想把我們和他兒子送走，然後他上樓，把那個模型銷毀。因為他怕模型壞了以後，房子也跟著崩塌，他自己一個人埋在瓦礫裡就好，我們沒必要相陪。

我和余沛江開始勸說他不要這樣做，銷毀那個模型可以想其他方法，放火燒房子也好，跑到對面樓用槍也好，完全不用把自己的生命也押進去。傑克搖搖頭，說他知道分寸，這事他必須親手完成。況且，他還有一線生機，那就是萬一模型壞了，房子還好好的，他還是可以全身而退。萬一他又什麼事，讓我們聯繫他的兄弟姐妹，把孩子送過去，資料都寫在孩子書包的失主卡上。

我們怎麼也勸不了他。他幾乎是推搡著，把小唐尼和我們弄出了旅館，然後鎖上了大門。我和余沛江嘆息著，一人拉著小唐尼一人拉著行李，往後退到了幾十公尺的安全地帶。

幾分鐘後，我們聽到頂樓的房間裡傳來東西被毀壞的聲音。隔這麼遠，聲音非常小，只能算是勉強能聽到的程度，但這一下，直往我們心裡去了。與此同時，我們能感覺到整個房子連同著這片土地都搖晃了一下，我們的心都提到了嗓子眼上。不過，房子沒有倒塌。兩分鐘後，滿身是灰的傑克出現在了旅館的門口。我們趕緊迎了上去。傑克緊緊抱住了自己的兒子將近一分鐘，才慢慢鬆開，又緊緊擁抱了我倆。

剛才在我們吃早餐的時候，余沛江見勸不動他，唯有退而求其次，對他說如果他沒事，把他父親連同著可能與亞歷山大有關的東西都拿出來。這時，他指著地上一個木箱說，這就是了。

我們幾個人在旅館外，對著熊熊燃燒的木箱行了個注目禮，余沛江唸了長長一段超度的咒文。事情終於告一段落了。或者說，是希望告一段落了。

傑克說，他考慮好了，他把這房子賣掉以後，要帶著兒子去美國有著最美陽光沙灘的佛羅里達州生活。

我們再次握手擁抱，然後依依告別。

我和余沛江的車在公路上絕塵而去。

生活，還是可以很美好的。

那麼下一站，我們該是去哪裡呢？

2016年12月31日凌晨，於美國

（未完，待續）

我在美國賣凶宅——應運而生的副業：
凶厲獸、溫迪戈、嬰靈、酒靈……從「經紀人」開始的驅魔之路

作　　者：宸彬
發 行 人：黃振庭
出 版 者：崧燁文化事業有限公司
發 行 者：崧燁文化事業有限公司
E-mail：sonbookservice@gmail.com
粉 絲 頁：https://www.facebook.com/sonbookss/
網　　址：https://sonbook.net/
地　　址：台北市中正區重慶南路一段 61 號 8 樓
8F., No.61, Sec. 1, Chongqing S. Rd., Zhongzheng Dist., Taipei City 100, Taiwan

電　　話：(02)2370-3310
傳　　真：(02)2388-1990
印　　刷：京峯數位服務有限公司
律師顧問：廣華律師事務所 張珮琦律師

-版權聲明

本書版權為淞博数字科技所有授權崧燁文化事業有限公司獨家發行電子書及繁體書繁體字版。若有其他相關權利及授權需求請與本公司聯繫。

未經書面許可，不得複製、發行。

定　　價：330 元
發行日期：2024 年 07 月第一版
◎本書以 POD 印製
Design Assets from Freepik.com

國家圖書館出版品預行編目資料

我在美國賣凶宅——應運而生的副業：凶厲獸、溫迪戈、嬰靈、酒靈……從「經紀人」開始的驅魔之路 / 宸彬 著 . -- 第一版 . -- 臺北市：崧燁文化事業有限公司 , 2024.07
面；　公分
POD 版
ISBN 978-626-394-522-7(平裝)
857.7　113009757

電子書購買

爽讀 APP

臉書